장담 新무협 판타지 소설
FANTASTIC ORIENTAL HEROES

광룡기 7

장담 新무협 판타지 소설

초판 1쇄 찍은 날 § 2009년 2월 16일
초판 1쇄 펴낸 날 § 2009년 2월 26일

지은이 § 장담
펴낸이 § 서경석

편집장 § 문혜영
편집책임 § 서지현
편집 § 문정흠

펴낸곳 § 도서출판 청어람
등록번호 § 제1081-1-89호
등록일자 § 1999. 5. 31
어람번호 § 제2-1681호

주소 § 경기도 부천시 원미구 심곡2동 163-2 서경B/D 3F (우) 420-822
전화 § 032-656-4452 팩스 § 032-656-4453
http://www.chungeoram.com
E-mail § eoram99@chollian.net

© 장담, 2008

ISBN 978-89-251-1696-9 04810
ISBN 978-89-251-1521-4 (세트)

장담 新무협 판타지 소설
FANTASTIC ORIENTAL HEROES

狂龍記
광룡기

7

광룡번천(狂龍翻天)

도서출판 청어람

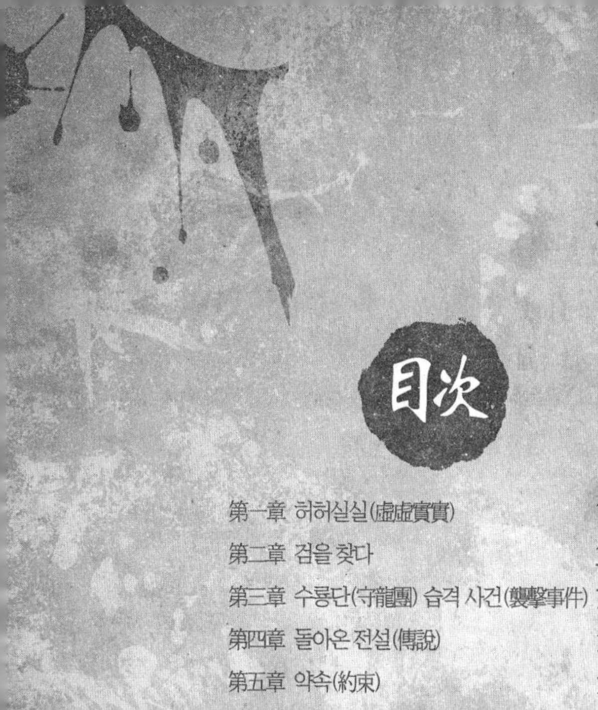

目次

第一章
허허실실(虛虛實實)

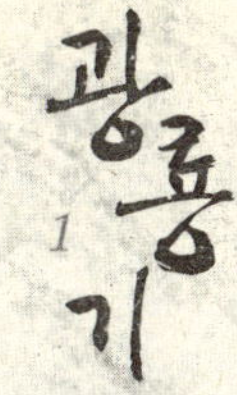

딸랑! 딸랑! 딸랑!

급박하게 울리는 방울 소리. 수하점 안이 소란스러워졌다.

"뭐, 뭐야?"

"무, 무슨 일이오?"

물건을 둘러보던 사람들이 웅성거리며 수하점의 무사들에게 물었다. 하지만 수하점의 무사들 역시 정확한 상황을 모르기는 마찬가지였다.

그즈음 백귀가 뛰어들 듯이 당호민의 방으로 들어섰다.

"침입자가 있습니다, 어르신."

방울이 쉬지 않고 울릴 때부터 짐작하고 있던 일. 당호민은 침착한 표정으로 물었다.

“몇 명이나 되느냐?”

“열 명이 넘는 것 같습니다. 그런데… 예상보다 기관이 빠르게 뚫리고 있습니다.”

당호민의 얼굴이 어두워졌다.

딸랑, 딸랑…….

말을 나누는 사이에도 방울 소리가 끊이지 않고 울린다. 기관이 부서지고 있다는 뜻.

그만큼 강한 자들이라는 말이다. 게다가 열 명 이상이다.

이곳의 힘만으로는 막을 수 없는 상황.

“일단 손님부터 내보내라.”

“지금 내보내고 있습니다.”

그때 남궁산산이 들어왔다.

“침입자인가요?”

“그렇단다. 기관이 계속 부서지는 걸로 봐서 아무래도 보통 놈들이 아닌 것 같다. 일단 몸을 피하고 보자.”

남궁산산의 두 눈에서 한광이 일렁였다.

당가의 원로인 당호민이 피하자고 할 정도면 그만큼 강한 자들이라는 말이다.

“따로 피할 곳이 있나요?”

“비밀 통로를 통해서 빠져나가야 할 것 같다.”

“그곳도 적들에게 막혔을지 몰라요. 아니, 막혔을 거예요.”

“하지만 이곳에서 저들과 맞서기에는 너무 위험하다.”

“싸울 수 있는 사람이 모두 몇 명이나 있죠?”

"삼십 명 정도 된다만, 그들로는 막을 수 없을 것 같구나."

"방법이 아주 없지는 않을 거예요."

당호민의 눈빛이 흔들렸다. 단 하루, 남궁산산이 얼마나 똑똑한지 아는 데 부족하지 않은 시간이었다.

하지만 지금 상황은 똑똑하다고 해서 모면할 수 있는 상황이 아니었다.

'저들의 목표는 산산이일 게야. 정 안 되면 이 아이라도 살리는 수밖에……'

당호민이 그런 생각을 하며 이를 지그시 악물 때였다.

남궁산산의 눈에서 일렁이던 한광이 사이할 정도로 번들거렸다.

"안은 저에게 맡기고, 백귀 아저씨는 수하들과 함께 통로를 막으세요."

백귀는 천천히 고개를 끄덕였다.

자신과 수하들만으로 막을 수 없을 만큼 강한 적이다. 하지만 그렇게라도 해서 두 사람이 피할 시간을 벌어야 했다.

한데 돌아서려는 백귀의 고막에 남궁산산의 전음이 울렸다.

"적이 들어오거든 제 말대로 하세요. 일단 밝은 횃불을 준비하시고……"

백귀는 남궁산산의 말대로 이십 명의 무사를 이끌고 통로를 막았다.

이미 통로를 지키던 열 명의 무사는 저들에게 당했다고 봐야 했다. 이들마저 당한다면 남은 사람은 당호민과 남궁산산 뿐이다.

이를 악문 백귀는 초승달처럼 휘어진 작은 칼을 들고 적들이 오기를 기다렸다. 밀랍처럼 창백한 그의 얼굴이 그 어느 때보다도 더 하얗게 보였다.

'어르신 덕분에 십오 년을 더 살았다. 죽는다 해도 아쉬울 것 없지. 어디 와봐라!'

바로 그때였다.

쾅!

석문이 부서지며 귀조가 통로 안으로 들어왔다.

귀조는 앞을 막고 있는 백귀를 보고 싸늘히 웃으며 명을 내렸다.

"쓰레기들을 치워라!"

붉은 안개가 안으로 밀려들었다.

그와 동시, 백귀의 양옆에 있던 두 사람이 들고 있던 횃불을 꺼버렸다.

순간, 암흑천지가 되어버린 통로에 백귀의 목소리가 울렸다.

"함께 죽자, 이놈들!"

당악은 수하점에 도착하자마자 돌아가는 상황을 알고 대경했다.

"놈들이 안으로 진입했습니다!"

사도종이 다급히 소리쳤다.

"안내하게!"

당악은 부서진 비밀 문을 넘어 지하 계단을 내려갔다.

황산검문의 사람들도 뒤를 따라 안으로 들어갔다.

당악은 바닥에 떨어진 횃불을 하나 집어 들고 조심스럽게 걸음을 옮겼다.

그렇게 십여 장을 가기도 전에 서너 명의 시신이 발견되었다. 횃불에 비친 시신들은 심장이 뚫리고, 목이 반쯤 잘린 채 구석에 처박힌 상태였다.

"개새끼들!"

당악은 이를 으드득 갈며 빠르게 통로를 통과했다.

통로의 벽이 여기저기 부서져 있었는데, 그 안에도 심장이 뚫린 시신이 한 구씩 들어 있었다.

사도종은 적의 손속을 짐작하고 황산검문의 제자들에게 소리쳤다.

"엄청난 고수가 끼어 있다! 모두 조심하도록 해라!"

스릉! 챙!

황산검문의 제자들은 모두 검을 빼 들고 몸을 낮췄다.

이십여 장을 들어가자 벽을 타고 날카로운 소리가 들렸다.

비명과 병장기 부딪치는 소리였다.

"가자! 놈들이 앞에 있다!"

수하들의 비명이 통로를 울린다.

백귀는 입술을 깨물고 손에 들린 칼을 휘둘렀다.

"얼마든지 와라!"

그의 전신은 상처에서 흘러나온 피로 끈적거리는 상태였다. 하지만 그의 목소리만큼은 여전히 싸늘했다.

"지독한 놈!"

귀조는 노성을 내지르곤 스윽, 일보를 내딛었다.

불이 갑자기 꺼지는 바람에 앞이 보이지 않았다. 평소라면 암흑이라 해도 적을 구분하는 것 정도는 어려움이 없었다. 그러나 갑자기 밝던 곳이 어두워지니 모두가 장님이 된 상태였다.

감각만으로 상대해야 할 상황.

그때 놈들이 무차별적으로 무기를 휘두르며 달려들었다. 감각만으로 한꺼번에 달려드는 적을 상대한다는 게 쉬울 리 없었다. 그 바람에 하찮은 놈들을 제거하는 동안 세 명의 수하가 덧없이 죽었다.

어찌 분노가 일지 않으랴!

일보를 내딛은 그는 백귀의 칼을 향해 손을 뻗었다.

쉬익!

백귀는 조금도 망설이지 않고 손에 들린 칼을 열십자로 휘둘렀다.

쩌정!

쇠가 부딪치는 소리가 울리며 백귀의 칼이 옆으로 튕겨졌다.

순간 귀조의 갈퀴처럼 구부러진 손가락이 백귀의 가슴을 찍어갔다.

백귀는 다급히 왼손을 들어 귀조의 손가락을 막았다.

콰직!

귀조의 손가락이 백귀의 팔을 잡더니 그대로 부러뜨려 버렸다.

백귀는 신음 한마디 흘리지 않고, 튕겨진 칼로 다시 귀조의 목을 노렸다.

귀조는 좌수를 뻗어 칼날을 움켜쥐었다. 그러고는 우수로 백귀의 팔꿈치를 움켜쥐고 힘을 주었다.

와득!

백귀의 팔뼈가 으스러지며 힘없이 꺾였다.

눈을 부릅뜬 백귀는 발로 귀조의 허리를 후려 찼다.

그러자 귀조는 백귀의 발마저 잡아 부러뜨려 버렸다.

우두둑!

"으아아아!"

백귀는 비명 같은 고함을 내지르며 귀조의 가슴을 머리로 들이받았다.

덥썩!

귀조는 백귀의 목을 움켜쥐고 냉혹한 목소리로 명을 내렸다.

"들어가서 나머지 놈들을 처리해라."

이미 적을 모두 처치한 상황. 아홉 명의 혈의인은 명이 떨어지기 무섭게 안쪽을 향해 달려갔다.

귀조는 여전히 눈을 부릅뜨고 있는 백귀를 향해 질렸다는 표정으로 말했다.

"참으로 징그러운 놈이지만, 네놈의 투지만큼은 높게 사주마."

"크르륵, 죽여… 개새……."

"흐흐흐. 걱정 마라, 깨끗하게 죽여줄 테니까."

그때 문득, 뒤쪽 통로 안에서 소란스런 발자국 소리가 들렸다. 그리고 곧 희미한 빛이 밀려들었다.

귀조는 백귀의 목을 잡은 채 슬쩍 고개를 돌려 뒤를 바라보았다.

당악과 황산검문의 사람들이 나타난 것은 바로 그때였다.

"백귀 아저씨!"

"멈춰라!"

동시에 싸늘한 검기가 귀조를 향해 밀려들었다. 당악의 바로 뒤를 따르던 담환이 다급한 김에 신검합일로 몸을 날린 것이다.

귀조는 백귀의 목을 부러뜨릴 것인지 찰나간에 고민했다.

죽이는 것이야 손에 힘만 주면 될 일이었다. 숨 한 번 쉴 시간도 필요없었다. 그러나 그 순간의 차이가 위기를 가져올 수도 있었다.

더구나 뒤에서 밀려드는 검기는 단순한 검기가 아니었다.

죽어가는 놈 하나 끝장내자고 위험을 자초할 수는 없는 일.

귀조는 백귀의 몸뚱이를 한쪽으로 밀치면서 그 힘을 이용해 옆으로 석 자가량 몸을 피했다.

순간 담환의 검이 귀조를 따라 방향을 틀었다.

귀조는 손을 옆으로 뿌리며 담환의 검을 쳐냈다.

땅!

담환은 훌쩍 여섯 자가량을 물러서서 검으로 귀조를 가리켰다.

귀조는 상대의 강함을 알고 눈살을 찌푸렸다.

강철조차 부러뜨리는 자신의 손이 저릿했다. 자신에게 조금도 밀리지 않는 강함이다.

'이놈들은 또 뭐야?'

문제는 그런 자가 한두 명이 아니라 적어도 이십 명은 되어 보인다는 것이었다.

'대체 어디서 나타난 놈들이지?'

그때 담환의 검에서 시퍼런 검강이 죽 뻗어 나왔다.

귀조는 우뚝 서서 두 손에 공력을 집중시켰다.

자신보다 좀 약해 보이긴 해도 큰 차이는 아니다. 그런 놈들이 통로를 꽉 메우고 있다.

'제기랄!'

놈들을 모두 이길 자신은 없다. 그러나 시간을 조금만 끈다면, 수하들이 목표물을 잡을 것이었다. 그러면 방법이 있을지도 몰랐다.

'훗, 통로가 좁다는 게 이럴 때는 유리하군.'

바로 그때 각소산이 소리쳤다.

"사정 볼 것 없다! 시간이 없으니 합공을 해서라도 뚫어라!"

담환에 이어 백리성혼과 공은효가 나섰다.

세 사람은 망설이지 않고 귀조를 향해 달려들었다.

통로에 검풍이 일며 세 줄기 검강이 귀조를 향해 뻗어갔다.

귀조는 유령처럼 몸을 날리며 세 사람의 공격을 피했다.

공간이 좁다는 점은 귀조에게 유리함과 불리함을 동시에 안겨주었다. 상대의 진출을 막을 수 있는 반면, 자신 역시 마음대로 몸을 피할 수가 없었던 것이다.

그나마도 전면만 막으면 된다는 것이 다행이었다.

귀조는 간간이 반격을 가하며 세 사람의 전진을 막았다.

그러나 그가 아무리 강하다 해도 세 사람의 합공을 막기에는 역부족이었다.

이십여 초가 지날 즈음, 귀조가 주춤거리며 물러서기 시작했다.

합공에 밀린 이유 때문만은 아니었다.

지금쯤이면 안으로 들어간 수하들이 그 계집을 잡았을지 몰랐다. 만일 아직도 잡지 못했다면, 수하들에게 이들을 맡기고 자신이 잡는 게 나을 것이었다.

어쨌든 귀조가 물러서자 세 사람의 공격이 더욱 거세졌다.

뒤에서 그 광경을 보던 사도종을 비롯한 황산검문의 사람들은 경악을 금치 못했다.

담환과 백리성혼은 차대 황산제일검의 자리를 다투는 사람들이다. 그런 사람 둘에 공은효까지 합세했는데도 승부가 바로 나지 않다니!

새삼 잠풍련의 가공할 힘이 느껴졌다. 저 안에 저런 자가 또 있다면 많은 희생을 각오해야 할 터. 표정이 무거워지지 않을 수가 없었다.

한데 바로 그때였다. 귀조가 음침한 귀소를 흘리며 안쪽으로 신형을 날려 사라졌다.

"흐흐흐, 죽고 싶으면 어디 따라 들어와 봐라!"

뒤에서 비치는 횃불로 인해 그림자가 너울거린다. 사방에는 죽은 사람들의 시신으로 가득한 상태다.

바닥을 흐르는 검붉은 선혈이 횃불에 반사되어, 저 안쪽이 지옥으로 통하는 길처럼 보일 지경이다.

언제 어디서 암습이 있을지 모르는 일. 사도종은 이를 악물고 잇새로 소리쳤다.

"놈들이 숨어 있을지 모르니 조심해서 쫓아라!"

황산검문의 제자들은 굳은 표정으로 조심스럽게 전진했다.

"백귀 아저씨!"

그때 당악이 백귀에게 달려갔다. 죽은 줄 알았던 그가 꿈틀거리는 것이 아닌가.

당악이 다급히 백귀를 안아 들자, 백귀가 눈을 뜨고 입술을 달싹거렸다.

"어서……. 안에 어르신과 아가씨가……."

빠르게 안으로 들어간 귀조는 걸음을 멈추었다.

어이가 없었다. 안쪽을 모두 정리했을 거라 생각한 수하들이 제법 넓은 지하 광장에 어정쩡한 자세로 서 있는 것이 아닌가.

"대체 뭐 하는 것이냐?!"

귀조의 노성에 혈의인 중 하나가 당황한 표정으로 대답했다.

"바로 앞에서 두 사람이 사라졌습니다. 그 바람에……."

"뭐야?!"

귀조가 대답한 혈의인에게 명을 내렸다.

"네가 가봐라, 구호!"

구호라 불린 혈의인은 입술을 깨물고 세 사람이 사라진 곳을 향해 걸음을 옮겼다.

그가 다섯 걸음쯤 걸었을 때였다.

<u>스스스스</u>…….

갑자기 구호의 모습이 흐릿해지더니 순식간에 사라져 버렸다.

귀조는 그제야 뭔가를 깨닫고 표정이 와락 일그러졌다.

"기문진?!"

설마 잡다한 물건이 널려 있는 곳에 기문진이 설치되어 있을 줄 누가 알았겠는가.

"빌어먹을!"

기관뿐만이 아니라 기문진에 대해서도 알고 있는 그다.

그러나 앞에 있는 기문진에 대해 자세히 알지 못하는 한 통과하려면 상당한 시간이 소요될 수밖에 없다. 문제는 뒤에서 쫓아오는 자들이었다.

"너희들은 뒤를 막아라! 앞은 내가 뚫겠다!"

귀조는 명을 내리고 기문진을 향해 다가갔다.

동시에 뒤쪽에서 황산검문의 제자들이 쏟아져 들어왔다.

여섯 명의 수하로는 저들을 모두 막기에 역부족인 상황. 마음이 다급해진 귀조는 일단 진세 안으로 들어가 진세의 축을 찾기로 작정했다.

수하들이야 다 죽어도 상관없었다. 계집만 찾으면 그 계집을 이용해 자신은 빠져나갈 수 있을 것이었다.

'밖으로 나갔다면 수하들이 들어와 알렸을 터. 아직 나가지는 않았을 것이다.'

진세 안으로 발을 딛자 갑자기 안개가 앞을 가로막았다.

'팔진도에서 따온 진세인가?'

그는 이런 곳에 사는 놈이 기고한 절진을 알고 있을 리 없다고 생각했다. 그렇다면 빠져나가는 것도 어렵지 않을 것이었다.

그는 천천히 발을 뻗으며 자신이 아는 진에 대한 지식을 총동원했다.

그렇게 한 걸음, 한 걸음······.

귀조는 다섯 걸음을 옮기고 나서야 표정이 조금 펴졌다.

몇 걸음만 더 가면 진세를 통과할 수 있을 것 같았다.

한데 막 여섯 걸음을 옮기고, 일곱 번째 발걸음을 내딛었을 때였다.

쉭!

뭔가가 좌측 옆구리로 다가왔다.

귀조는 왼손을 떨쳐 다가오는 것을 쳐냈다.

순간이었다. 갑자기 반대쪽 옆구리에 뭔가가 틀어박혔다.

푹!

'흐읍!'

이를 악문 귀조는 급히 몸을 틀었다. 이번에는 좌측 옆구리를 날카로운 물체가 스치고 지나갔다.

"이 빌어먹을……."

그게 끝이 아니었다. 귀조의 걸음이 흐트러지자 안개가 출렁이고, 사방에서 날카로운 기운이 쉴 새 없이 밀려들었다.

쉭! 쉬쉭!

귀조는 미친 듯이 손을 휘두르며 밀려드는 기운을 막았다.

그러나 아무리 손을 휘둘러도 잡히는 것은 아무것도 없다. 옆구리에 난 상처에서도 고통이 없다.

'아차!'

뒤늦게 자신이 허상에 당했음을 안 귀조는 휘두르던 손을 멈추고 우뚝 걸음을 멈췄다.

동시에 또 한줄기의 날카로운 기운이 다가왔다.

귀조는 가만히 선 채 기문진의 중심축에 대해서만 생각했다.

바로 그때였다!

푹!

다가오던 기운이 가슴에 꽂히며 격한 통증이 일었다.

'젠장, 허상치고는 너무 아프군.'

그런데 왠지 이상하다. 단순히 아픈 정도가 아니라 숨도 쉬기 힘들 정도다.

그때 들려온 소녀의 목소리.

"그따위 머리로 나를 잡으러 왔단 말이지?"

귀조는 자신도 모르게 몸을 부르르 떨었다.

'서, 설마……?

그는 황급히 자신의 가슴에 손을 가져다 대보았다.

가슴에서 뭔가가 잡혔다. 비수의 손잡이인 듯했다. 그리고 뒤이어 느껴지는 끈적끈적한 물기. 피였다.

차라리 계속 막아냈다면 이번의 공격도 막아낼 수 있었을 터였다. 하다못해 처음부터 손을 쓰지 않고 허상이라 생각했다면, 이번 공격이 진짜라는 것을 눈치챌 수 있었을 것이었다.

하지만 마음이 흐트러진 그는 둘 중 하나도 지키지 못했다. 그것이 생사를 갈랐다.

"깨끗이 죽을 생각은 포기해. 나에겐 쇠도 자를 수 있는 비수가 아직 몇 개나 남았거든."

허공에서 소녀의 목소리가 이어진다. 차가우면서도 밝은 목소리다.

귀조는 그 목소리를 듣고 소름이 끼쳤다.

'이, 이 계집은 내가 죽어가는 상황을 즐기고 있어. 뭐, 이런 계집이⋯⋯.'

그는 억지로 걸음을 옮겨 앞으로 나아갔다. 순간 뭔가가 다리에 걸렸다.

서걱!

"크윽!"

앞으로 비틀거리는 귀조의 입에서 절로 격한 신음이 흘러나왔다. 동시에 밝은 목소리가 그의 귀청을 때렸다.

"한쪽 다리로는 나를 잡을 수 없을걸?"

"이 악독한 년!"

"흥! 나를 잡으러 온 놈이 나더러 악독하다고?"

그 말은 맞았다. 한데도 그는 자신이 단순히 죽는 것으로 끝나지 않을 것 같다는 불길한 생각이 들었다.

그리고 때로는 불길한 생각이 현실로 드러날 때가 많았다.

오늘이 그랬다.

그가 평생 내지른 신음보다 더 많은 신음이 숨을 몇 번 쉬는 사이에 흘러나왔다.

"크억! 허억!"

귀조는 바닥을 기며 진세를 빠져나가려 했다.

이제 멀쩡한 것은 그의 양팔뿐이었다. 그나마 청마귀조를 익혀 쇠보다 단단하기에 멀쩡한 것이었다. 그러나 다른 곳은 베이고 잘려 온통 피로 범벅된 채였다.

"나는 나를 건드리는 놈은 누구든 용서하지 않을 거야. 물론 오빠는 제외지."

"주, 죽여라……. 악독한 년……."

"뼈를 하나하나 분리하고, 힘줄을 모조리 빼서 죽이고 싶은데, 오빠는 내 손에 피가 묻는 걸 좋아하지 않아. 그러니 그냥 죽어. 피가 다 빠지면 고통도 덜해질 거야."

귀조는 기어가는 것을 포기하고 피로 범벅된 바닥에 머리를 떨구었다.

계집의 목소리에 아쉬움이 담겨 있다. 자신의 고통을 즐기지 못해 아쉽다는 듯.

귀조는 죽어가는 중인데도 소름이 끼쳤다.

'나 같은 것은 상대도 안 될 만큼 나찰 같은 계집이다. 주군께선… 이 계집을 너무 몰랐어. 빌어먹을…….'

황산검문의 사람들이 여섯 명의 혈의인을 모두 죽인 것은 그로부터 반 각가량이 지나서였다.

그 싸움으로 인해 세 사람이 부상을 입었지만, 부상 정도는 그리 크지 않았다.

그제야 진세가 걷히고, 진세 안쪽의 참혹한 광경이 드러났다.

진세 안에서 죽은 사람은 모두 넷. 그들은 팔다리가 찢기고, 온몸이 너덜거릴 만큼 베어진 채 피를 다 쏟아내고 죽어 있었다.

그들에게서 쏟아진 피가 광장을 붉게 물들여 마치 혈해를 보는 듯했다.

황산검문의 제자들이 굳은 얼굴로 그 모습을 바라볼 때다. 백귀를 돌보던 당악이 멀찌감치 떨어져 있는 남궁산산을 발견하고 소리쳤다.

"남궁 소저! 괜찮습니까?"

남궁산산이 힘없이 대답했다.

"저는 괜찮아요."

누가 봐도 힘없는 소녀의 목소리, 표정이었다.

"크게 놀랐을 텐데, 정말 다행입니다. 그런데 조부님은 어디 계십니까?"

"제가 진세를 움직이는 동안 안전한 곳에 계시라고 했어요."

남궁산산의 말이 끝남과 동시, 그녀의 뒤에 있던 석문이 열리고 당호민이 걸어나왔다.

그는 펼쳐진 광경을 보고 참담한 표정을 지었다. 하지만 곧 억지로 얼굴을 펴고 남궁산산을 바라보았다.

"괜찮으냐?"

"예, 할아버지. 심력을 너무 소모해서 힘이 없을 뿐이에요. 다친 곳은 없으니 걱정 마세요."

"휴우, 정말 다행이다, 다행이야."

당호민은 자신의 도움 없이 적을 막아낸 남궁산산이 대견하기만 했다.

그런 한편으로는, 수하들이 죽어가는데도 뒤로 물러나 있어야만 했던 것이 못내 마음에 걸렸다. 아무리 남궁산산을 보호하기 위해서라지만, 그래도 십수 년을 함께한 사람들이 아닌가.

'후우, 차라리 나 몰라라 도망갔으면 몇 명이라도 살았을지 모르거늘……. 멍청한 사람들…….'

남궁산산이 그런 당호민의 마음을 눈치채고 입을 열었다.

"돌아가신 분들도 할아버지를 이해할 거예요. 어쩔 수 없었잖아요."

"글쎄다. 아무튼 네가 진을 펼쳐 적을 막아냈으니 그나마 다행이구나."

"모두 할아버지 덕분이죠. 진세를 펼칠 재료를 모두 대주셨잖아요."

"그거야 그냥 있던 것을 내줬을 뿐이지……."

그때 황산검문의 사람들이 남궁산산에게 다가갔다. 공은효와 유소경이 그녀를 향해 반갑게 말을 건넸다.

"정말 대단하오. 저 무서운 자를 진세로 막아내다니."

"늦은 줄 알고 가슴이 철렁했어."

남궁산산이 밝게 웃었다.

"아니에요. 그래도 여러분이 때맞춰 오셨기에 망정이지, 하마터면 정말 잡혀갈 뻔했어요."

그러더니 갑자기 생각났다는 듯 표정이 굳었다.

"아, 아마 놈들의 일행이 밖에 있을 거예요. 우리가 비밀 통로로 도망치면 잡으려고 말이에요. 나가서 그들을 모두 잡아야 해요. 그래야 우리가 장소를 옮겨도 적들이 모를 거예요.”

2

밖으로 나오자 무설강이 넌지시 물었다.

“너무 지나치게 몰아세운 거 아닌지 모르겠군. 그렇게까지 상대의 기분을 건드릴 필요가 있었나?”

이무환은 별 신경 안 쓴다는 투로 대답했다.

“그 덕에 일하기는 편해졌잖아요. 창룡부의 간부들은 물론이고 가족들까지 조사해야 할 판인데, 기세를 제압하지 못하면 골치 아플 수밖에 없잖습니까?”

“그럼… 고의로 그들의 신경을 건드린 건가?”

“뭐, 겸사겸사요.”

꼭 그 이유만은 아니었다. 보다 더 중요한 이유는 따로 있었다.

‘세 사람 정도는 분명 가식적인 표정이었어.’

생각에 잠긴 이무환을 제갈신걸이 눈을 크게 뜨고 바라보았다. 이무환 때문에 기를 못 펴서 그렇지, 와룡부의 잠룡이 바로 그다. 그는 몇 마디 말에서 이무환의 의도를 짐작한 것이다.

“그들 중에 수상한 자라도 있었소?”

이무환은 차가운 표정을 지은 채 고개를 끄덕이고 입꼬리를 말아 올렸다.

"꼬리를 어떻게 드러나게 하느냐, 하는 것이 문제겠죠."

이제 그 일을 시작할 것이었다. 그 일에 비하면 창룡부 사람들의 기세를 꺾은 것은 전초전에 불과했다.

한편, 이무환 일행이 나간 창룡전의 분위기는 전보다 더욱 무겁게 가라앉았다.

한참 만에 곽운산이 침묵을 깨고 입을 열었다.

"부주님을 살해한 범인을 잡는 것도 중요하지만, 이틀 후의 사안도 그 못지않게 중요하네. 대공자, 어떻게 하시겠는가?"

여건평은 굳은 얼굴을 들어 사람들을 둘러보았다.

"아버님을 살해한 범인을 반드시 잡을 것이오. 나에겐 오직 그 일만이 중요할 뿐이오."

그때 분노가 아직도 가라앉지 않았는지, 육도산이 이마에 내천자를 그은 채 카랑카랑한 목소리로 말했다.

"대공자의 마음을 모르는 것은 아니네. 하나 본 부의 장래도 생각해야 하지 않겠는가?"

"육 어르신, 피를 토하고 싶은 심정을 참고 있는 겁니다. 제가 어찌 다른 일에 신경 쓸 정신이 있겠습니까?"

"허, 내 어찌 그걸 모르겠나? 하지만 이렇게도 생각해 보게. 부주께서 생진에 추진한 일을 잘 마무리하는 것도 아들 된 도리가 아니겠는가?"

여건평이 입술을 깨물었다.

곽운산이 옆에서 한마디 거들었다.

"제 말이 바로 그 말입니다, 원주님. 어차피 구룡성주 선출일 전까지는 장례조차 제대로 치를 수 없을 터. 기왕이면 부주님의 원을 들어준 후에 장례를 치르는 것이 더 낫지 않겠습니까?"

"당연히 그래야지! 대공자, 결정하게나!"

"맞습니다. 대공자, 망설이지 말고 승낙하시지요!"

모두가 당연하다는 눈으로 바라본다.

여건평은 천천히 주위를 둘러보고는 하는 수 없다는 듯 고개를 끄덕였다.

"정 여러분의 생각이 그렇다면, 여러분의 뜻을 받들도록 하겠습니다. 하지만 당장 부주의 위에 오르면 남들이 오해할지도 모르는 일, 모레 아침부터 부주의 책임을 다하도록 하지요."

그 시각.

창룡전을 나온 이무환은 곧장 여후량의 가족들과 제자들이 기거하는 정향원(丁香院)으로 갔다.

창룡부의 뒤쪽에 위치한 정향원에 도착할 때까지 명세창이 여후량의 가족 구성에 대해 죽 늘어놓았다.

여후량에게는 일흔일곱 살의 노모, 삼남이녀의 자식. 그리고 열 살 터울의 아우가 하나 있었다. 그중 여건호가 죽었으니 이제 자식은 이남이녀만이 남은 셈이었다.

"제자들은 모두 다섯으로, 대제자인 양류한과 이제자 고석문, 삼제자 온현, 사제자 설미랑, 그리고 막내 제자인 염추인이 있습니다. 그중 설미랑만 여인이고 나머지는 모두 남제자들입니다."

"그들의 내력에 대해서도 알아보았소? 여후량의 제자가 된 시점은?"

"염추인을 뺀 나머지 넷은 이미 제자가 된 지 십 년이 넘은 사람들입니다."

대제자인 양류한이 이제 서른두 살로, 제자가 된 지 이십 년이 다 되었다. 스물아홉인 고석문이나, 스물여덟인 온현, 스물다섯인 설미랑 역시 십수 년 전에 제자로 받아들여진 사람들. 모두 어릴 때 제자로 들어온 만큼 가족이나 다름없는 사람들이었다.

거기다 마지막 제자인 염추인은 염화룡의 아들. 당장 의심이 갈 만한 사람이 없었다.

이무환은 명세창의 설명이 끝나자 질문을 던졌다.

"자식들과 제자 중에 검을 쓰는 사람은 누구요?"

"대제자 양류한과 막내 제자인 염추인입니다."

"양류한이?"

의외였다. 염추인이야 염화룡의 아들이니 검을 쓴다는 걸 이해할 수 있다. 그러나 양류한은 여후량의 대제자다. 대제자가 사부의 주무공이 아닌 다른 무공을 익힌다는 것은 납득하기 힘든 일이었다.

"일단 그를 만나봅시다."

여후량은 측근 중 절정 이상의 경지에 이른 검의 고수에게 죽임을 당했다. 양류한이 검을 익혔다면 그 역시 용의 선상에서 피해갈 수 없을 터였다.

양류한은 무엇 때문인지 창룡전에도 나가지 않고 자신의 방에 틀어박혀 있었다. 듣기로는 여후량의 시신 앞에서 일각가량을 소리없이 운 후에 방으로 들어가서 한 번도 나오지 않았다고 했다.

"특조대에서 몇 가지 물어볼 것이 있어서 왔소. 들어가도 되겠소?"

생각 외로 양류한은 이무환의 요청을 순순히 응낙했다.

"좋을 대로."

그는 머리를 풀어헤친 채 침상에 가부좌를 틀고 앉아 방으로 들어서는 이무환 일행을 맞이했다.

이무환은 안으로 들어가며 양류한을 살펴보았다.

풀어헤쳐진 머리카락 사이로 우수에 젖은 듯한 눈이 박혀 있고, 그 아래로 벼락에 맞아 쪼개진 바위처럼 우뚝 솟은 콧날, 두툼한 입술, 거친 수염이 자리하고 있다.

창룡전에 나가지 않고 방구석에 처박혀 있다고 해서 의지가 약한 자로 보았는데, 의외로 강인한 인상을 지닌 자였다.

이무환이 코앞으로 다가갈 때까지 그는 침상에서 꿈쩍도 하지 않았다.

일 장의 거리. 이무환은 의자를 하나 끌어당겨 그와 마주 볼 수 있는 자리에 앉았다.

양류한이 우수에 찬 눈을 들어 물었다.

"뭘 알고 싶은 건가?"

착잡한 표정, 목구멍에 모래가 들어 있는 듯 껄끄러운 목소리다. 이무환은 그를 똑바로 바라본 채 두 번째 요청을 했다.

"먼저 당신의 검을 보았으면 싶은데."

양류한은 손을 뻗어 침상 한쪽에 놓여 있는 검을 허공섭물로 잡아당겼다.

"얼마든지 보게."

이무환은 양류한이 내미는 검을 서슴없이 받아 들었다.

양류한의 눈가로 미미한 떨림이 일었다. 조금의 경계심도 보이지 않는 이무환의 태도가 의외인 듯했다.

그때 이무환이 검을 무설강에게 건넸다.

스르릉.

무설강이 검을 뽑더니 바윗덩이 같은 목소리로 입을 열었다.

"넓이 두 치 세 푼. 길이 두 자 아홉 치. 혈흔은 보이지 않네."

이무환은 무설강의 설명이 끝난 후에야 양류한에게 말을 건넸다.

"당신이 가진 검은 이것 하나뿐이오?"

순간 흐트러진 머리카락이 눈이라도 찔렀는지 양류한의 눈꺼풀이 미미하게 떨렸다.

"하나… 더 있네."

이무환의 눈이 반짝였다.

"그 검도 이것과 크기가 비슷하오?"

"길이가 이것보다 한 자 정도 짧은 단검이지."

"그것은 어디 있소?"

양류한이 눈을 한 번 감았다 뜨고는 나직이 대답했다.

"잃어버렸네."

"언제 잃어버렸소?"

"오늘 오후쯤."

"그 일을 증명해 줄 수 있는 사람이 있소?"

"없네."

묻고 대답하는 동안 두 사람의 눈동자는 실오라기만큼의 미동도 하지 않았다.

이무환의 질문이 이어졌다.

"부주가 살해당하던 시각에 어디에 계셨소?"

한데 그때였다. 양류한의 눈동자가 찰나의 순간 흔들렸다.

하지만 그도 잠시, 우수에 젖은 눈이 더욱 깊어지는가 싶더니 양류한의 입이 열렸다.

"사매와 만나고… 잠시 혼자 생각할 것이 있어서 후원의 연못가에 앉아 있었네."

"그 당시 당신을 본 사람은?"

"그건 나도 모르겠군. 구석진 곳에 앉아 있었으니까."

이무환은 더 이상 묻지 않고 곧장 설미랑을 만났다.

창룡부제일의 미인이자 구룡삼화 중에 하나인 그녀는, 슬픔에 잠긴 상태에서도 목단처럼 화려한 아름다움이 온몸에서 자연스럽게 흘러나오는 여인이었다.

이무환은 금방이라도 침이 뚝뚝 떨어질 것 같은 표정을 지은 채 그녀에게 물었다.

"양 대협이 유시 경에 소저를 만났다고 하던데 사실입니까?"

설미랑은 반쯤 넋을 잃은 표정으로 고개를 끄덕였다.

"맞아요."

"만난 이유가 있을 것 같은데요?"

"미안해요. 그건 말씀드릴 수 없어요. 개인적인 일이라서……."

"험험, 그럼 다시 묻겠습니다. 이야기 중에 소저의 사부이신 여 부주님을 언급한 적이 없었습니까?"

"그건… 없지는 않았어요. 대사형과 저의 사부님이시니까요."

"어떤 이야기였습니까? 아아, 두 분의 개인적인 일 말고, 여 부주님과 연관된 이야기만 묻는 것입니다. 뭐, 말씀하시기 싫다면 안 해도 됩니다."

아름다운 여인을 위해서라면 뭐든 이해할 수 있다는 표정이다.

설미랑은 고개를 살짝 숙인 상태에서 작아진 목소리로 대답했다.

"사부님이… 저와 대사형이 맺어지는 것을 달갑지 않게 여기는 것 같다는… 그런 이야기였어요."

설미랑을 바라보던 이무환의 눈이 커졌다.

"그게 정말입니까?"

그 질문에 설미랑이 눈물을 글썽거리며 고개를 발딱 쳐들었다.

"하지만 대사형과 사부님과의 갈등은 대사형이 검을 익히면서부터 자주 있어왔던 일이에요. 이번 일은 그 일과 아무런 상관이 없어요."

"아, 그래요?"

이무환은 당신의 말은 뭐든 이해할 수 있다는 듯 힘차게 고개를 끄덕이고는, 게슴츠레한 눈으로 설미랑을 바라보며 자리에서 일어났다.

"하, 하. 이거 도와주셔서 감사합니다. 자칫하면 아름다운 얼굴이 상할 수도 있으니 너무 슬퍼하지 마시고 기운 차리십시오, 설 소저. 그럼 저는 이만."

밖으로 나오자 제갈신걸이 넌지시 이무환의 행태를 비꼬았다.

"총대주, 정말 아름다운 여인이 아니오? 사실 저 정도 여인이면 남자가 넋을 잃고 멍청하게 바라봐도 누구든 뭐라고 하지 못할 거요. 안 그렇소?"

이무환은 그 정도쯤이야, 하는 투로 대답했다.

"화려하긴 한데, 아무래도 꼬맹이보다는 못하죠. 우리 옥이보다는 훨씬 더 못하고."

무설강이 힐끔 이무환의 옆모습을 흘겨보았다.

"입에서 침이 떨어질 것 같던데……."

이무환이 씩 웃었다. 온기가 거의 느껴지지 않는 웃음이었다.

"여자는 말이죠, 자신을 예쁘게 봐주면 경계심이 약해진다고 하더군요."

설미랑의 경계심을 풀기 위해 억지로 그랬다는 말?

무설강과 제갈신걸이 동시에 이무환을 쳐다보았다.

도대체 저 머릿속에는 능구렁이가 몇 마리나 들어 있을까? 한 번 갈라보고 싶은 표정들이었다.

그때 명세창이 조신스럽게 끼어들었다.

"염추인도 검을 쓰는데, 찾아가 봐야 하지 않겠습니까?"

"그 사람만이 아니라 다른 사람들도 만나보기는 해야겠지만 기대할 수 있는 말은 들을 수 없을 것이오. 그의 실력으로는 절대 그런 상처를 남길 수 없으니까."

"그럼 다른 제자들은……?"

"그들의 능력으로는 익히지도 않은 검을 그토록 능숙하게 다룰 수 없소. 살기마저 숨기고 일수만천 여후량의 등에 검을 박는다는 것이 얼마나 어려운 일인지 아시오?"

무설강이 대신 답을 내렸다.

"검을 익히지 않은 자가 범인이라면, 무위가 초절정의 경지에 도달한 자일 것이네."

이무환의 입가에 가느다란 냉소가 걸렸다.

"그런 경지에 이른 자는 창룡부에 몇 명 되지 않지요."

그리고 의심 가는 자들은 더 적었다.

'흥, 창룡부의 부주를 죽이면 모든 일이 다 될 거라고 생각하나 본데, 절대 네놈들 뜻대로는 되지 않을 것이다.'

第二章
검을 찾다

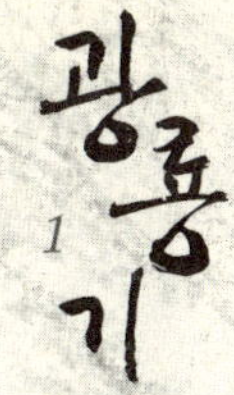

둥! 둥!

축시를 알리는 북소리가 막 울려 퍼졌다.

이무환은 제갈무진, 유철상, 백리웅을 수장으로 삼아 특조대원들을 세 개 조로 나누었다. 그러고는 그들로 하여금 창룡부를 교대로 감시하게 해놓고 일단 광룡대로 돌아왔다.

한데 이무환이 돌아온 지 일각이 지났을 즈음, 영호승이 서찰 하나를 들고 들어왔다.

"정문위사가 들고 왔는데, 오늘 밤에 약속했던 사람이 보냈다 합니다."

이무환은 마시던 차를 느긋이 다 비운 후에야 서찰을 펼쳐 보았다.

순간 글을 읽어가던 이무환의 눈이 별빛처럼 반짝였다. 지끈거리던 머리가 시원해지는 느낌이었다.

갈 길을 알려주게. 인시 말에 가겠네.

'됐어!'
마침내 주용천이 신룡부에 등을 돌렸다!
물론 아직 확실한 것은 아니었다. 오히려 함정일지도 몰랐다. 그러나 적어도 팔 할 이상은 진실이라는 것이 이무환의 판단이었다.
이무환은 서찰을 가루로 만들어 없애고 운기를 했다.
한 시진 후.
운공을 마치고 눈을 뜬 이무환은 경비를 서고 있는 영호승을 불렀다.
"잠시 나갔다 올 일이 있어. 아무도 못 들어오게 하고, 만약의 경우 대충 둘러대. 뒷간에 갔다고 하든 뭐라고 하든. 알았지?"
"예, 총대주. 그런데 어딜 가시려고……?"
대답하던 영호승이 묘한 눈빛으로 이무환을 바라보았다.
"혹시… 무창에 가시려는 거 아닙니까?"
이무환은 영호승을 잡아먹을 듯이 쏘아보다가 갑자기 한숨을 터뜨리며 어깨를 축 늘어뜨렸다.
"에휴… 뭐, 말해봐야 믿지도 않겠지만, 나에게는 그냥 꼬맹이일 뿐이야."

당연히, 영호승은 이무환의 말을 믿지 않았다.

그렇다고 해서 계속 추궁하지도 않았다. 한 번은 몰라도 두 번은 그냥 넘어갈 이무환이 아닌 것이다.

'휴우, 하마터면 큰일 날 뻔했네. 괜히 무창 이야기를 꺼내서……'

가만히 숨을 내쉰 영호승은 무조건 믿는다는 표정을 지은 채 또박또박 말했다.

"여긴 제가 목숨을 걸고 지키겠습니다. 걱정 말고 다녀오십시오, 총대주."

그러고는 이무환이 말꼬리를 잡기 전에 재빨리 방을 나갔다. 영호승의 뒤통수를 노려보던 이무환은 방문이 닫히자 옷을 흑의로 갈아입었다.

'분명히 나를 약 올리려고 한 말일 거야. 어디 갔다 와서 보자, 멋쟁이. 내 폭령잠마영단의 약효를 확실하게 퍼뜨려 줄 테니까.'

창문을 통해 방을 빠져나가자 반달보다 조금 큰 달이 구름 사이로 고개를 내밀었다. 꼭 꼬맹이가 슬그머니 훔쳐보는 것 같았다.

'이틀만 기다려라, 꼬맹아.'

암영무류를 펼친 이무환은 곧장 서쪽으로 날아갔다.

누구도 어둠 속에 묻힌 그의 움직임을 잡아내지 못했다.

서쪽 성벽에서 이십여 장가량 떨어진 곳에 조성된 작은 숲.

그 숲의 넓이는 기껏해야 천 평 정도에 불과했는데, 소나무와 전나무 등 사시사철 푸른 잎을 지닌 나무만이 심어져 있었다.

꽃나무 한 그루 없는 숲, 그래선지 구룡성 사람들은 그곳을 무화림이라 이름 붙였다.

이무환이 지나가는 밤새의 그림자처럼 무화림으로 스며든 것은 인시가 거의 다 지나갈 무렵이었다.

그는 무화림의 한가운데 공터에 내려서서 어둠 속을 바라보았다.

곧 소나무 뒤에서 한 사람이 걸어나왔다. 주용천이었다.

"잘 생각하셨습니다."

주용천은 쓴웃음을 지으며 나직이 입을 열었다.

"순찰을 핑계로 잠시 나왔네. 시간이 없으니 몇 가지만 짧게 묻겠네. 우선 하나, 내가 자네와 함께 갈 경우 뭐가 달라지는가?"

"많은 사람이 목숨을 건질 겁니다. 그리고 떳떳하게 하늘을 볼 수 있겠죠."

"자네가 정말 그들을 이길 수 있다고 보나?"

"내가 아니라도 이대로 가면 신룡부는 무너질 수밖에 없죠. 아니, 주가가 무너진다고 해야 하나요?"

주용천의 이마에 골이 파였다.

"무슨 뜻인가?"

"신룡부의 적이 나 하나만이 아니라는 말이죠."

"음, 자세히 말해주었으면 싶군."

이무환은 주용천에게 다가가며 나직이 입을 열었다.

"수룡단주 호연청에 대해서 얼마나 알죠?"

"알 만큼은 아네."

"창룡과 검룡조차 그의 뜻대로 움직이고 있다는 건 알고 있 나요?"

"글쎄, 내가 알기로는 동방휘가 그들을 주도하고 있는 것으 로 아네만."

이무환이 천천히 고개를 저었다.

"아마 주 단주님이 알고 계신 거와는 많이 다를 겁니다."

"으음……."

침음성을 흘리며 반신반의하는 주용천이다. 이무환은 그런 주용천을 향해 마지막 적에 대해 말해주었다.

"좌우간 그는 그렇다 치고……. 설마 주 단주께선 천세도인 이 항상 뒤에 있을 거라 보는 건 아니겠지요?"

주용천의 눈썹이 꿈틀거리며 뒤틀렸다.

"설마… 그가 배신할 거라 보는 건가?"

"배신이 아니죠. 원래 목적이 그것일 테니까요. 그는 분명 모든 일이 결정되면 곧바로 주 부주를 제거할 것입니다."

순간 주용천의 표정이 딱딱하게 굳어졌다.

"자넨 형님에 대해서 얼마나 아는가? 설령 자네 말이 사실이라 해도, 형님은 결코 천세도인에게 쉽게 당할 분이 아니시네."

이번에는 이무환의 표정이 굳어졌다. 단순히 주용천의 주백천에 대한 믿음 때문만은 아니었다.

자신은 과연 주백천을 얼마나 아는 걸까?

문득 그 생각이 든 것이다.

자신이 주백천에 대해 아는 것은 수룡단에 있는 인물편, 자신이 직접 본 인상과 자신이 직접 느껴본 기운, 그것이 전부였다.

물론 그것만으로도 주백천에 대해 많은 것을 알아냈다 할 수 있었다. 그러나 완벽한 것이 아니라는 것 또한 사실이었다.

'너무 성급하게 판단했나? 가만, 그렇다면 호연청도……?'

하지만 그리 말하면, 수십 년간 어둠에 숨어 있던 천세도인은 더욱더 알 수 없는 자였다.

생각했던 것보다 짙은 안개가 눈앞을 가리고 있다. 곧 모든 것을 해결할 수 있을 것 같았는데, 한순간에 어떤 것도 장담할 수 없는 오리무중의 상태가 되어버린 느낌이다.

다만 한 가지. 그 와중에도 이무환이 확신할 수 있는 것은, 주백천이 예상보다 훨씬 강하다 해도 결과가 변하지는 않을 것이라는 점이었다.

"물론 제가 잘못 판단한 것일 수도 있습니다. 하나 그가 아무리 대단하다 해도 호연청과 천세도인을 한꺼번에 상대할 수 있다고는 보지 않습니다.”

주용천도 그 말에는 쉽게 답을 하지 못했다. 그저 어두워진 표정으로 이를 지그시 악문 채 말을 이어가는 이무환만 바라볼 뿐이었다.

“주 단주에게 배신을 하라는 게 아닙니다. 형제끼리 검을 들이대고 싸우라는 것도 아닙니다. 신룡부를 믿고 따르는 사람들과 주가의 앞날을 생각해서 잠시 눈을 돌리라는 것이죠.”

주용천은 입술을 잘근잘근 씹고는 결심을 한 듯 잇새로 신음처럼 물었다.

“그 일을 위해서… 내가 어떻게 해주길 바라는가?”

3

아침 해가 떠오르자 창룡부 후원의 작은 연못에서 물안개가 피어올랐다.

이제 교대 시간이 반 시진 정도 남은 상황.

제갈신걸은 날이 밝자 시신이 발견된 장소를 한 번 더 훑어보았다. 밤에 미처 보지 못한 것을 볼 수 있을지도 몰랐다. 이무환이 찾지 못했다고 해서 자신까지 찾지 못하란 법은 없지 않은가 말이다.

그러나 이각이 지나도록 특별한 것은 보이지 않았다. 조금 아쉬웠다.

‘뭔가를 발견해서 광룡의 코를 납작하게 해주고 싶었는

데……'

얼마 전만 해도, 와룡의 복병으로서 아버지의 기대를 한 몸에 받았었다. 세상에 알려지지 않은 자신이지만, 자신 나이 또래의 누구에게도 지고 싶은 마음이 없었다.

하거늘, 광룡에게 꺾이고, 그것도 모자라 지난 한 달 동안 항상 끌려다니기만 했다.

이겨봐야겠다는 마음조차 들지 않을 정도의 완벽한 패배감!

해서 무공이 안 된다면 다른 것으로라도 한 번쯤 이겨보고 싶었다.

자신이 누군가, 와룡부의 잠룡이 아니던가?

머리싸움이라면 이길 수 있을지도 몰랐다. 어린 남궁산산에게 당하는 것을 보니 가능할 것도 같았다. 물론 잔머리는 힘들지 몰라도.

그런데 그것도 쉽지가 않았다. 광룡은 잔머리뿐만 아니라, 상대의 마음을 읽고 계획을 세우는 것까지 자신을 능가하는 듯했다. 도대체가 남궁산산에게 매일 당하는 걸 이해할 수 없을 정도였다.

그러던 차, 여후량의 살해 사건이 터졌다. 기회라면 기회였다.

광룡이 찾지 못한 사건의 실마리를 내가 찾아내는 거야!

당장은 그렇게 할 수만 있다면 어느 정도 위안이 될 것 같았다.

하지만 아무리 살펴봐도 이렇다 할 것이 보이지 않는다.

"제기랄!"

제갈신걸의 입에서 그답지 않게 투덜거림이 흘러나왔다.

눈앞에 보이는 연못의 물안개가 마치 부글부글 끓어오른 가슴에서 피어오르는 수증기처럼 보였다.

연못을 가득 뒤덮은 수련 잎처럼 자신도 강호라는 물위에 둥둥 떠 있는 것만 같았다.

바로 그때, 뭔가 알 수 없는 이질적인 느낌이 그의 뇌리를 자극했다.

'응? 뭐지?'

제갈신걸은 눈살을 찌푸리며 걸음을 멈췄다.

정확히 '이거다!' 라고 말할 수는 없지만, 분명 뭔가가 느껴졌었다. 자연스럽지 못한 그 어떤 것이 그의 감각에 걸렸다.

제갈신걸은 천천히 뒤로 걸으며 물안개 피어오르는 연못을 둘러보았다.

그러던 어느 순간이었다. 그의 눈에 자연스럽지 못한 그 어떤 것이 얼핏 스치고 지나갔다.

제갈신걸은 가만히 서서 수련 잎으로 가득 메워진 연못의 구석, 두 자 정도 위쪽 허공에 시선을 두었다.

그제야 중간 중간 떨어진 수련 잎 사이의 공간이 하나로 이어져 보였다. 마치 누군가가 막대기로 내려치기라도 한 것처럼, 반듯하고 길게.

제갈신걸은 다섯 자 정도 되는 나뭇가지를 하나 꺾어 들고 그곳으로 다가갔다.

연못을 바라보는 그의 눈이 묘한 빛으로 반짝였다.

'제발 내 생각이 맞기를…….'

그는 나뭇가지를 뻗어 반듯하게 갈라진 것처럼 보이는 곳의 수련 잎을 조심스럽게 옆으로 밀어냈다.

잠시 후, 수련 잎이 대충 치워지자 바닥이 보였다.

순간 뭘 봤는지 제갈신걸의 입이 쫙 찢어져 귀밑에 걸렸다.

"우흐흐흐흐, 찾았다."

4

수룡단에선 아침 일찍 호연청의 주재로 창룡부주 살해 사건에 대한 회의가 열렸다.

이무환은 못 잔 잠을 운기행공으로 대신하고 호연청의 집무실로 찾아갔다. 이미 수룡단의 간부들과 헌원숭, 소천득, 모용상명 등이 모두 모여 있는 상태였다.

이무환이 털레털레 걸어서 자신의 자리에 앉자, 기다렸다는 듯 호연청이 물었다.

"명 대주에게 대충 이야기는 들었네. 범인에 대해 자네가 가진 생각을 듣고 싶군."

이무환은 일단 차를 따라 목을 축이고는, 호연청이 눈에 힘을 주고 막 재촉하려 할 때 입을 열었다.

"일단 어떠한 관점으로 용의자를 분류했는지에 대해 말씀드리죠. 첫째는 여 부주님의 최측근일 가능성이 다분하다는 것. 둘째는 검을 쓴다면 절정의 경지에 이른 자, 다른 무공을 익혔다면 초절정의 경지에 이른 자일 거라는 것. 셋째는……. 이건 제 개인적인 생각인데, 죽음에 이르러서도 분노보다 원망이나 참담함을 느끼게 할 정도로 가까운 자라는 것 정도입니다.”

호연청이 이맛살을 찌푸렸다.

“너무 막연하군.”

“꼭 그렇지만도 않습니다. 그 세 가지 관점에 모두 포함되는 자가 생각보다 그리 많지 않더군요.”

“몇 명이나 되는가?”

“열 명 안팎입니다.”

호연청의 표정이 밝아졌다. 열 명이라면 많기는커녕 뜻밖이라 할 정도로 적은 숫자였다.

“흠, 그럼 잘하면 오늘 중으로 어떤 결과가 나올 수도 있겠군.”

이무환이 호연청을 빤히 바라보았다.

“단주님.”

“왜… 그런 눈으로 보는가?”

“이제 고기 잡으러 가려고 하거든요? 배가 고파도 좀 참으시죠?”

이무환의 말뜻을 알아들은 호연청이 멋쩍은 웃음을 터뜨렸다.

“하, 하, 하. 난 그냥 열심히 하라는 뜻으로 한 말이네. 여건평이 부주의 자리에 오르기 전에 잡았으면 싶어서 말이야."

이무환의 표정이 굳어졌다.

"그게 무슨 말이죠? 아직 부친을 살해한 범인이 잡히지도 않았는데, 그 아들이 부주의 자리에 오른다고요?"

"자네도 알다시피 내일 구룡성주 선출이 있지 않은가? 상황이 그러다 보니, 여건평이 극구 사양했는데도 장로와 원로들이 밀어붙인 모양일세."

"여건평이 승낙했다고 합니까?"

"나중에야 상황을 인식하고 승낙한 모양이더군."

이무환은 호연청에게서 시선을 떼고 눈을 반쯤 감았다.

'여건평이 극구 사양한 후에 승낙했다고?'

여건호의 죽음, 여후량의 죽음, 여건평의 부주위 승계, 구룡성주 선출. 그 모든 게 일직선상에 놓여 있다.

현재 그 한가운데 놓인 사람은 여건평이다.

아무래도 그의 주위에서 무슨 일이 벌어지고 있는 듯하다.

'아무래도 여건평 주위를 자세히 조사해 봐야겠어.'

이무환이 생각을 정리하고 고개를 들었을 때다. 밖에서 경비를 서고 있던 수룡단원이 안에 대고 소리쳤다.

"특조대주께 아룁니다. 광룡사위 중 한 분이 대주께 급히 드릴 말씀이 있다고 찾아왔습니다!"

바로 이어 영호승의 목소리가 들렸다.

"영호승입니다, 대주."

'멋쟁이가?'

이무환의 고개가 문 쪽으로 향했다.

"들어와."

문이 열리고, 영호승이 안으로 들어왔다.

길어야 일이각이면 회의가 끝날 거라는 걸 알고 있다. 그런데도 광룡대에서 기다리지 않고 이곳까지 찾아왔다는 것은 중대한 사안이 발생했다는 뜻. 게다가 굳은 표정이다.

설마 꼬맹이에게 무슨 일이 생긴 것은 아니겠지?

이무환은 당장 그 생각부터 들었지만, 최대한 침착한 표정으로 입을 열었다.

"멋쟁이, 무슨 일이지?"

"창룡부에서 긴급 연락이 왔습니다, 대주."

'휴우, 꼬맹이 일은 아닌가 보군.'

이무환은 편안해진 마음으로 되물었다.

"창룡부에서? 무슨 일인데?"

"범행에 사용된 것으로 보이는 검이 발견되었다 합니다."

창룡부 후원의 연못가에 도착한 이무환은 이십여 평의 작은 연못을 살펴보았다.

연못은 온통 수련 잎으로 뒤덮여 있었는데, 여후량의 시신이 발견된 곳과는 십이삼 장밖에 떨어지지 않은 곳이었다.

깊이는 석 자 정도, 검을 꺼내기 위해서 그랬는지 수련 잎이 한쪽으로 밀쳐져 있었다.

"수련으로 덮여 있어서 바닥이 보이지 않았을 텐데, 어떻게 발견했죠?"

이무환의 질문에, 제갈신걸이 목에 힘을 주고 대답했다.

"범인이 범행에 사용한 무기를 버렸을지 모른다 생각하고 주위를 살펴보았소. 마땅히 버릴 만한 곳이 없더구려. 한데 연못이 수상하게 보이더구려. 뭐, 직감이라고나 할까? 저곳에 뭔가가 있다, 그런 것 말이오. 그래서 찾아봤더니 아니나 다를까, 검이 나오지 않겠소?"

"흠, 그래요?"

"아무래도 피 묻은 검을 가지고 돌아다닐 수 없으니까 이곳에 버린 것 같소."

"그럴 가능성이 다분하다고 봐야겠죠. 하나 모든 것이 밝혀지기 전에는 어떠한 것도 확답을 내려선 안 됩니다."

"그게 아니라면 범인이 이곳에 검을 버릴 이유가 없지 않겠소, 대주?"

되묻는 목소리가 유난히 낭랑하다. 항상 고뇌에 찬 듯 보이던 표정도 오늘은 밝기만 하다.

이무환은 그런 제갈신걸을 빤히 바라보았다.

자신이 증거물을 발견했다는 것에 기분이 무척 좋은 것 같았다. 하긴 누구라도 같은 마음일 것이었다.

"검은 어디 있죠?"

"임시 숙소에 있소."

"아직 창룡부의 사람들은 모르고 있겠죠?"

"물론이오. 발견 즉시 사람을 보내고 숙소에 숨겨놓았소."

"가서 보죠. 양류한의 검이 맞는지 확인을 해야 하니까."

제갈신걸이 몸을 돌려 앞장섰다.

'우후후, 이번 일이 해결되면 내 덕이라는 것을 잊지 말아야 할 거요, 대주.'

이무환은 그런 제갈신걸의 뒷모습을 바라보며 흐뭇한 미소를 지었다.

'날 샜는데도 멀쩡하군. 잠 안 자도 일할 수 있겠는데? 잘됐어, 그러잖아도 한 사람이 아쉬운 판인데 말이야.'

추르르릉.

맑은 검명과 함께 푸른 검신이 모습을 드러냈다.

검격 한 치 위의 검신에는 '청령(靑靈)' 이라는 두 글자가 새겨져 있다. 은은한 청광이 어른거리는 검신. 검날은 어찌나 예리한지 보는 이의 가슴을 섬뜩하게 할 정도였다.

일순간 머리카락 사이로 보이는 양류한의 눈이 잘게 떨렸다.

"어디서… 찾았나?"

"후원의 연못."

이무환은 순순히 대답해 주며 천을 벗겼다.

"당신의 검이 맞소?"

"청령은 내 검이 맞네."

"어제 말했던 대로 잃어버린 것이 사실이오?"

이를 악문 양류한이 대답 대신 고개를 끄덕였다.

"나는 이 검을 창룡부의 간부들에게 보이고, 당신이 한 말을 그대로 할 것이오. 다른 할 말은 없소?"

"입이 열 개라 해도 할 말이 없네."

억눌린 목소리, 모든 것을 체념한 표정이다.

이무환은 무심한 눈으로 양류한을 바라보고는 한 가지 질문을 던졌다.

"설미랑의 말에 의하면, 귀하와 돌아가신 여 부주님 사이에 갈등이 있었던 것 같던데, 사실입니까?"

"갈등이라……. 하긴 그것도 갈등이라면 갈등이라고 할 수 있겠지."

"혹시 설 소저와의 일 때문에 여 부주님을 찾아가거나 하지는 않았습니까?"

"어제 오전에 만나서 허락해 주십사 했네만, 사부님의 마음은 변함이 없으셨네. 건평이 옆에서 도와주었는데도 소용이 없었지."

"대공자가 함께 있었단 말입니까?"

"그랬었네."

이무환은 묵묵히 천으로 검을 감쌌다. 그러고는 돌아서기 전에 마지막 질문을 던졌다.

"설 소저를 사랑하십니까?"

양류한의 눈이 또 한 번 파르르 떨렸다.

"물론이네."

양류한의 방에서 나온 이무환은 창룡전으로 갔다.

창룡전에는 이십여 명이 모여 있었다. 그중에는 어제 보지 못했던 사람들도 서너 명 끼어 있었다.

이무환이 무설강, 제갈신걸, 유철상, 광룡사위와 함께 창룡전으로 들어가자, 안에서 이런저런 이야기를 나누고 있던 사람들이 일제히 고개를 돌렸다.

"뭐라도 나온 게 있나?"

이무환을 향해 여건평이 물었다.

이무환은 청령검을 감싼 천을 풀었다.

"혹시 이 검을 아시오?"

두어 사람이 청령검을 알아보았다.

"그 검은 대사형의 검이오."

"그건 양 공자의 청령검이 아닌가? 그 검을 왜 그대가 가지고 있는 건가?"

이무환은 웅성거리는 창룡부의 간부들을 둘러보며 상황을 설명했다.

"조금 전, 후원의 연못 속에 있는 것을 특조대의 조장이 발견했소."

여건평이 자리에서 벌떡 일어났다.

"설마 아버님을 살해한 검이 청령이란 말은 아니겠지?!"

"연못 속에 있었는데도 검에 묻은 피가 완전히 지워지지는 않았소. 해서 본인은 부주께서 이 검에 의해 살해되었다 보고 있소."

“뭐라고?!”

경악한 사람은 여건평만이 아니었다.

장내의 모든 창룡부 간부들이 아연한 표정을 지었다.

특히 고석문은 어이없다는 듯 큰 소리로 그 사실을 부정했다.

“말도 안 되오! 그럼 양 사형께서 사부님을 죽이기라도 했단 말이오?”

이무환은 천천히 고개를 저었다.

“양 공자는 이 검을 잃어버렸다고 했소. 그러니 속단을 해서는 안 될 것이오.”

육도산이 차갑게 말했다.

“흥! 내 듣기로는, 어제 아침 류한이 부주께 크게 혼났다고 들었다. 속단을 할 수는 없지만 의심할 수밖에 없는 일이 아니겠느냐?”

“거참, 노인장은 양 공자와 원한이라도 있소?”

“무슨 말이냐?”

“아니라면 검을 잃어버렸다는데 왜 믿지 않는 것이오?”

“믿기 힘든 상황이니 믿지 못하는 것이 아니겠느냐?”

“어지간하면 사람 좀 믿고 사십시오. 나이도 많으신 분이 뭔 의심이 그렇게 많습니까?”

능글능글한 말투로 핀잔을 주는 이무환이다.

육도산은 노기가 이글거리는 눈으로 이무환을 쏘아보았다. 금방이라도 그의 머리꼭대기에서 불길이 솟을 것만 같았다.

"네, 네놈이 정녕 나를 놀리겠다는 게냐?!"

하지만 이무환은 태연히 천으로 검을 감쌌다.

"내가 왜 나이 드신 노인장을 놀린단 말입니까? 함부로 의심하지 말라는 말이 놀리는 말로 들리던가요?"

육도산은 주름진 입술을 씹으며 분노를 꾹 참고 되물었다.

"그럼 너는 무슨 이유로 양류한이 범인이 아니라는 것이냐?"

이무환이 어리둥절한 표정을 지었다.

"누가 그더러 범인이 아니라고 했습니까?"

"뭐야?!"

"그가 검을 잃어버렸다는 말이 사실일 수도 있으니 무조건 의심만 하지 말라는 말이죠. 내 말이 틀렸습니까?"

육도산은 분노가 부글부글 끓었지만 그 말에는 마땅히 대꾸할 말이 없었다.

그사이 이무환은 천으로 감싼 검을 제갈신걸에게 넘기고 사람들을 둘러보았다.

"좌우간 조사는 아직 끝나지 않았습니다. 진실이 밝혀질 때까지는 모두 입을 조심하시기 바랍니다. 잘 알지도 못하면서 누군가를 범인이라고 했다가 나중에 그가 범인이 아닌 게 밝혀지면 어떻게 얼굴을 마주하실 겁니까? 안 그렇습니까?"

얄밉긴 해도 틀린 말이 아니다.

육도산조차 이글거리는 눈으로 쏘아볼 뿐이었다.

이무환은 그런 눈빛 정도는 가볍게 받아넘겼다.

"그럼 저는 계속 조사를 진행하지요. 아! 대공자, 이 정도면 일단 첫 번째 성과는 내놓은 셈이 되겠지요?"

여건평은 무표정한 얼굴로 고개를 끄덕였다.

"인정하지."

이무환이 씩 웃었다.

"다음에는 더 확실한 걸 내놓지요. 아마 기대해도 좋을 겁니다."

노려보는 수십 쌍의 눈빛이 뒤통수에 화살처럼 꽂힌다.

뒷목이 근질거리는 것을 꾹 참고 창룡전을 나온 제갈신걸은 태평한 표정으로 털레털레 걸어가는 이무환을 향해 툭 쏘듯이 물었다.

"양류한이 정말 검을 잃어버렸다고 생각하는 거요, 대주?"

이무환은 조금도 망설이지 않고 대답했다.

"최소한 범인은 아닐 거라고 생각하고 있습니다."

"가장 혐의가 짙은데도 말이오?"

겉으로 드러난 사실만 봐서는 양류한이 범인일 가능성이 컸다. 하지만 그러한 이유 때문에 이무환은 양류한이 범인이 아닐 거라는 생각이 들었다.

"방금 보니 두 사람의 갈등은 이미 다 알려진 사실들이더군요. 그렇다면 제일 의심받을 사람이 바로 양류한이라는 말인데… 그런 판에 양류한이 여후량을 죽인다? 그가 그렇게 멍청한 사람일까요?"

"똑똑한 사람도 가끔은 스스로의 함정에 빠지는 법이오. 더구나 여인과 관계된 일이라면……."

멈칫, 말을 멈춘 제갈신걸의 표정이 일그러졌다.

'큭, 네가 그런 말할 자격이라도 있느냐? 제갈신걸, 사랑하는 사람조차 지켜주지 못한 너는 그런 말할 자격도 없다.'

자조의 표정으로 고개를 흔든 그는 더 이상 이러쿵저러쿵하지 않고 땅만 쳐다보며 걸음을 옮겼다.

이무환은 제갈신걸이 왜 그런 표정을 짓고 있는지 누구보다 잘 알고 있었다. 그러면서도 모른 척 자신이 양류한을 믿는 또 하나의 이유를 들이댔다.

"그리고 말이죠. 우수에 찬 그의 눈을 봤습니까? 오랜만에 보는 멋진 눈이더군요. 꼭, 나처럼 말입니다. 그런 눈을 지닌 사람은, 절대! 거짓말을 하지 못합니다."

어깨가 축 처진 채 땅을 쳐다보고 걷던 제갈신걸이 이무환을 흘겨보았다.

묵묵히 걷던 무설강도 눈에 힘을 주고 이무환의 뒤통수를 노려보았다.

이무환이 눈을 반쯤 내리깔고 걷는다.

우수에 찬 광룡의 눈?

아무리 봐도 어울리지 않았다.

'차라리 광기에 찼다면 몰라도…….'

두 사람 다 같은 생각을 했다.

하지만 영호승을 비롯한 광룡사위는 생각이 조금 달랐다.

"총대주의 눈이야말로 정말 멋진 눈이지요."

“그럼요, 바다에서 떠오르는 태양 같은 눈이죠.”

“아냐, 그보다는 석양을 더 닮았어.”

“맞습니다. 아마 세상에서 제일 멋진 눈일 겁니다.”

그들은 이무환의 눈을 이구동성으로 찬양했다.

새벽녘, 이무환이 폭령잠마영단의 약효를 확실하게 녹여주겠다며 자신들을 불러냈는데, 네 사람은 그때 보았던 이무환의 붉은 눈을 잊을 수 없는 것이다.

‘지금 이렇게 걸어다니는 것도 기적이지…….’

5

사시 무렵.

창룡부주 여후량의 죽음이 수룡단을 통해 구룡성 전체에 공식적으로 알려졌다.

극도의 긴장감이 구룡성 전체를 휘감았다.

천룡지주이자 구룡성주인 구룡무제가 살해당한 지 겨우 한 달밖에 지나지 않았거늘, 이번에는 창룡지주가 살해당하다니!

구룡성의 모든 사람들은 행여나 불똥이 튈까 봐 숨을 죽이고 사태의 추이를 지켜보았다.

이제 구룡성주 선출이 하루밖에 남지 않은 상황. 또 무슨 일이 벌어질지 아무도 모르는 일인 것이다.

한데 그런 와중에도 몇 가지 소문이 빠르게 번졌다.

　─범행에 사용된 검이 발견되었는데, 대제자인 양류한의 검이라고 하더군.

　─여건평이 부주가 될 거라고 하더라.

　그러더니, 여후량의 죽음으로 이득 보는 곳에서 사주한 일이 아닐까, 구룡무제를 시해한 자들이 여후량마저 죽인 것이 아닐까, 하는 소문마저 돌았다.

　그리고 오시가 지날 무렵에는 이틀 전 신룡부에서 일어난 일도 보다 더 상세하게 알려졌다.

　─신룡부의 원로원주인 천세도인의 손발이었던 환마가 구룡무제를 살해한 범인이라고 한다.

　─광룡이 특조대를 이끌고 쳐들어간 것도 환마의 주인인 천세도인을 잡기 위해서였다고 하더라.

　─그게 사실이라면, 신룡부는 도의적인 책임을 지고 이번 구룡성주 선출에서 빠져야 한다.

　들불이 강풍을 타고 번지듯, 소문은 단 두어 시진 만에 구룡성 전체로 퍼졌다. 마치 누군가가 의도하기라도 한 것처럼.

　그즈음.

　창룡부의 장로와 원로들이 특조대를 지휘하고 있는 이무환을 찾아와 직간접적으로 압박했다.

"행적도 수상하고 검마저 발견되었는데, 왜 양류환을 잡아들이지 않는 것인가?"

"도대체 사건을 해결할 생각이 있긴 있는 것인가?"

"자신없으면 물러서게!"

"호연 단주는 대체 무슨 생각으로 나이 어린 사람에게 이번 조사를 맡긴 건지 모르겠군. 커험!"

이무환은 당신들의 말이 다 옳다는 표정을 지은 채 고개를 숙이고 묵묵히 듣기만 했다.

그러다 장로와 원로들의 질타가 대충 끝나자 고개를 들고 나직이 말했다.

"사람들이 하도 과격하게 일을 해결한다고 해서 이번만큼은 조용히 해결하려고 했는데, 정 원하신다면야… 신룡부에서 했던 것처럼 화끈하게 일을 벌려보죠. 사실 단주가 말리지만 않았어도 처음부터 그렇게 했을 텐데 말이죠."

고개를 든 이무환의 눈이 반짝반짝 빛을 발한다. 언뜻 붉은 기마저 보이는 눈빛이다.

신룡부에서 벌어진 원로원 건물 해체 사건을 누가 모를까.

창룡부의 장로와 원로들은 헛기침을 하며 슬금슬금 방에서 물러갔다.

"험, 뭐, 말이 그렇다는 것이지… 누가 자네의 능력을 탓하던가?"

"좌우간 조금만 더 신경을 써주게나. 어험!"

"자자, 이 정도면 알아들었을 테니 그만 돌아갑시다. 허, 허."

이무환은 장로와 원로들이 돌아가자 차를 연거푸 석 잔이나 들이켰다.

"하긴 조용히 일을 처리하는 것은 아무래도 내 방식이 아니지."

성주 선출이 하루밖에 남지 않아 소란을 일으키고 싶지 않았다. 자칫 잘못하면 잠풍련 놈들만 도와주는 꼴이 될 테니까. 그런데 사람들이 자신의 마음을 몰라주는 것만 같다.

"그냥 확 저질러 버려? 에이, 참자, 참아. 하루만 더 참으면 되는데……. 쩝쩝……."

입맛을 다신 이무환이 차를 한 잔 더 마실까 말까 고민하는데 무설강이 제갈신걸과 함께 들어왔다.

"무슨 고민이라도 있는가?"

무설강이 그런 이무환을 보고 의아한 듯 물었다.

"별거 아닙니다. 뭐 좀 나온 것 있습니까?"

"장로와 원로들에 대해 알아봤네만, 이렇다 할 것은 나온 게 없네."

그때 중간 간부들을 조사하러 갔던 엽상과 유군명 등 수룡단 대주들이 방으로 들어왔다. 그들도 건진 것이 별게 없는지 별밀없이 자리에 앉았다.

이무환이 그들을 째려보자 엽상이 넌지시 물었다.

"총대주, 외성에 퍼지는 소문에 대해 들으셨습니까?"

"소문? 뭔데?"

엽상이 소문에 대해 말해주었다.

이무환은 엽상의 말을 듣고 실소를 흘렸다.

"그 양반, 머리깨나 굴렸군."

어떻게 된 일인지 알 것도 같았다. 누군가가 의도했다면 그럴 만한 사람은 한 사람뿐이었다.

수룡단주 호연청.

"하여간 사람은 겉으로 판단할 것이 아니라니까."

이무환의 말에 둘러앉았던 사람들이 일제히 고개를 주억거렸다.

바로 네가 그 표본이야! 그런 표정으로.

어쨌거나 신룡부를 궁지로 몰아넣으려 했다면 어느 정도는 효과를 보았다고 할 수 있었다.

문제는, 그럼으로써 신룡부와 잠풍련이 더욱 강하게 나올지 모른다는 것이었다.

"제길, 이러나저러나 우리만 고달프게 생겼군."

이무환이 투덜대자 무설강이 쇳덩이처럼 굳은 얼굴로 말했다.

"오늘 저녁이 고비가 될 것 같네."

"아무래도 그렇겠죠? 어디 놈들을 꼼짝 못하게 만들 수 있는 좋은 방법이 없을까요?"

"오늘 중으로 범인을 잡아서 확실한 것을 밝힌다면 놈들도 함부로 움직이지 못할 것이네."

"그러니까 범인을 잡을 묘책이 없냐, 이 말이죠."

“그거야……. 음, 머리 쓰는 것은 우리보다 아우가 훨씬 뛰어나지 않은가?”

이무환은 힐끔 무설강을 바라보았다. 철사자의 쇳덩이 같은 얼굴은 조금도 변함이 없었다.

‘잔머리라고 하려다 말을 돌린 것 같은데……’

갑자기 방 안이 조용해졌다. 정향원의 여인들을 만나러 갔던 영호승과 혁수린과 종리난경이 안으로 들어온 것은 바로 그때였다.

영호승은 조용한 방 안의 분위기에 멈칫하고는 조심스럽게 입을 열었다.

“저, 총대주, 드릴 말씀이 있는데요.”

“말해봐.”

“여소화 소저가 대주께 조용히 드릴 말씀이 있다고 합니다.”

이무환의 눈이 영호승을 향했다.

“여 소저가?”

여소화라면 여후량의 둘째 딸로, 설미랑과 함께 창룡이화라 불리는 방년 스물하나의 아름다운 여인이었다.

이무환은 여소화의 이름을 듣는 순간, 짜릿한 느낌이 등골을 타고 찌르르 흘렀다.

여후량의 부인과 딸이 기거하는 곳에 세 사람을 보낸 것은 아주 간단한 이유 때문이었다.

영호승과 혁수린은 얼굴이 잘생겨서, 종리난경은 여자들과 대화하기가 편할 것 같아서.

그런데 왜 자신을 찾는 걸까?

이무환이 고개를 모로 꺾으며 혼잣말처럼 중얼거렸다.

"왜 나를 찾는 거지? 멋쟁이나 꼬챙이 얼굴도 나 못지않은데 말이야. 나는 옥이하고 꼬맹이가 있어서 안 되는데……."

푹!

사람들의 고개가 일제히 숙여지고, 쇳덩이 같은 철사자마저 한숨을 절로 토해냈다.

"후우……."

이무환은 일단 여소화를 만나기 위해 방을 나섰다.

'그런 게 아니고 말입니다, 중요하게 드릴 말씀이 있다고 합니다' 라는, 왠지 송곳으로 콕콕 찌르는 듯한 영호승의 말에 내심 안도하고서.

그 뒤를 광룡사위와 종리난경이 자포자기한 표정을 지은 채 뒤따랐다. 따라가고 싶지 않았지만, 무설강과 제갈신걸이 등을 떼밀어서 어쩔 수 없었다.

그렇게 여소화의 거처에 도착하자 이무환이 명을 내렸다.

"거기 네 사람은 각자 한 방위씩 맡아서 아무도 접근하지 못하게 해."

여소화의 아름다운 모습을 보는 것도 나름 즐거운 일인 것은 분명하다. 하지만 그보다 이무환의 엉뚱한 말에 땀을 삐질삐질 흘리는 게 더 싫은 네 사람은 환한 표정으로 힘차게 대답했다.

"예, 총대주!"

영호승 등이 기다렸다는 듯 사방으로 흩어지자 종리난경이 어색한 표정을 지은 채 물었다.

"저는……."

"종리 대주야 나와 함께 들어가야지. 나 혼자 들어가면 사람들이 오해할지 모르잖아. 자, 이제 종리 대주가 앞장서."

종리난경은 어깨를 축 늘어뜨린 채 여소화의 방으로 다가갔다.

여소화는 소문만큼이나 아름다웠다.

설미랑에게 목단 같은 화려한 아름다움이 있다면, 여소화에게는 목련 같은 순수함이 있었다.

이무환은 여소화가 직접 따라 준 차를 홀짝이며 여소화를 힐끔거렸다.

'얼굴은 설미랑만 못해도 눈은 설미랑보다 훨씬 예쁘군.'

옆에 있던 종리난경이 그 모습을 보고는, 속으로 한숨을 내쉬며 먼저 입을 열었다.

"대주께 긴히 하실 말씀이 있다고 하셨죠? 그럼 저는 나가 있을게요."

이무환이 무슨 말이냐는 표정으로 손을 저었다.

"아냐, 아냐. 여기 있어."

그제야 여소화가 입을 열었다.

"제가 하려는 말은 굳이 비밀이라고 할 것까진 없지만 밖으로 새어서 좋을 것도 없어요. 괜찮겠어요?"

순간 이무환의 표정이 무심하게 가라앉았다.

"나는 내 수하를 믿소. 아무리 중한 비밀이라도 수하가 들을 수 없다면, 나 역시 들을 이유가 없소. 그러니 개의치 말고 말씀하시오."

종리난경이 이무환을 슬쩍 바라보았다. 갑자기 달라진 그의 모습이 생경하게 느껴질 정도였다.

여소화도 의외인지 잠깐 몸이 굳었다. 그러나 곧 정신을 차리고 얼굴을 붉혔다.

"제가 속 좁은 마음을 드러냈나 보군요. 죄송해요."

"뭐, 죄송할 것까진 없소. 그건 그렇고… 이 차 한 잔 더 마셔도 되겠소?"

"예? 예, 그러세요."

이무환은 출렁거릴 정도로 차를 가득 따르더니, 마치 맛있는 전병을 앞에 둔 아이처럼 밝게 웃었다.

"흠, 내 방에도 괜찮은 차가 있는데 말이오. 우리 꼬맹이가 가고 나니까 맛이 달라진 거 같지 뭐요."

"꼬맹이요?"

"하, 하. 키는 요만한 것이… 아니, 이제 요만큼 컸는데, 어찌나 영악하고 잔머리를 잘 쓰는지, 조심해도 항상 당한다오."

"당해요? 어떻게요?"

"저번에는 글쎄, 내 얼굴에다 도장을 몇 개나 찍어서……."

머리가 어질어질해진 종리난경이 황급히 이무환을 말렸다.

"저, 총대주."

"응? 왜?"

"중요한 이야기를 할 것이 있다고 해서 오셨잖아요."

"그랬지. 근데 왜?"

"이제 들어봐야지요. 총대주가 계속 말씀하시니까 여 소저가 말을 못하잖아요."

"어? 그래? 흠, 어디 말해보시구려. 무슨 이야기인지 들어봅시다."

눈을 반짝이며 듣고 있던 여소화는 아쉬운 표정을 감추고 이무환을 똑바로 바라보았다.

"이 이야기는 당사자를 제외하고는 저만 알고 있어요. 그러니 믿을 것인지 안 믿을 것인지는 대주님이 판단하세요."

이무환의 눈빛이 반짝였다. '당사자' 라는 말이 어쩐지 묘하게 들렸다.

"음, 알겠소. 말해보시오."

여소화는 숨을 깊게 몰아쉬고 나직이 말문을 열었다.

"설 언니는 양 사형하고만 사귀는 게 아니에요. 양 사형도 그걸 알고 있어요. 그 때문에 더 마음이 다급해져서 아버지를 만난 것인지도 몰라요."

반짝이던 이무환의 눈빛이 무심하게 가라앉았다.

자신만 좋아한다 생각했던 여자에게 다른 남자가 생겼다면 누구든 다급한 마음이 될 것이었다.

양류한 역시 마찬가지 심정이었을 터. 조금이라도 빨리 혼인에 대한 일을 매듭짓고 싶어 오전에 여후량을 만난 것일 게 분명했다. 그리고 불가(不可)라는 말을 들었을 테고.

양류한에게는 아주 불리한 내용이었다. 만일 이 사실을 안다면 장로와 원로들이 더욱 다그칠 것이 분명했다.

'거참, 이래저래 양류한만 구석으로 몰리는군.'

이무환은 속으로 혀를 차며 여소화에게 물었다.

"그녀가 사귀고 있다는 다른 사람이 누구요?"

여소화가 입술을 깨물고는 어쩔 수 없다는 듯 말했다.

"큰오빠예요."

이무환의 눈빛이 더욱 깊게 가라앉았다.

"그게 사실이오?"

"우연히, 아주 우연히 큰오빠와 설 언니가 함께 있는 걸 봤어요."

그 말을 하며 얼굴이 붉어진다.

단순히 그 사실 때문에 두 사람이 사귄다고 생각한 것은 아닌 듯하다.

'음, 입술이라도 닦고 있었나 보군.'

나름대로 짐작한 이무환이 계속 물었다.

"그게 다요?"

여소화의 눈빛이 흔들렸다.

이무환은 진짜 중요한 이야기가 아직 남아 있다는 걸 느낌으로 알고 여소화의 입이 열리기만 기다렸다.

잠시 숨을 고른 여소화가 다시 입을 열었다.

"제가 아는 한, 양 사형은 절대 범인이 아니에요."

"그렇게 확신하는 이유라도 있소?"

언뜻 대답하는 여소화의 목덜미가 붉어진 듯 보였다.

"제가… 어제저녁에 양 사형을 봤어요. 한참을 연못가의 구석진 곳에 앉아 계셨는데, 해가 완전히 질 때쯤 일어나서 방으로 돌아갔어요. 아버지가 범인에게 당한 그 시간에 양 사형은 방에 있었던 거죠."

"나중에 다시 나왔을 수도 있지 않소?"

여소화가 고개를 가로저었다.

"양 사형은 아버님이 돌아가셨다는 소식이 들린 후에야 방을 박차고 나오셨어요."

"여 소서가 계속 지켜보았나 보규요."

여소화가 고개를 끄덕였다. 반달처럼 고운 그녀의 눈가가 촉촉하게 젖은 듯 보인다.

사실이라면 근 반 시진이 넘게 양류한을 지켜봤다는 말.

이무환이나 종리난경이나 그 말이 무슨 뜻인지 모를 정도로 바보가 아니었다.

'쯔쯔쯔, 양 가도 어지간히 사람 보는 눈이 없군. 내가 봐서는 설미랑보다 이 이가씨가 훨씬 나은데.'

그동안 여소화는 두 사람을 멀리서 지켜보며 쓰린 가슴만 움켜쥐었을 것이다. 자신의 속마음을 내색도 못한 채.

그러다 여후량이 죽고, 자신이 사모하는 양류한이 유력한 용의자로 대두되자 하는 수 없이 자신의 마음을 내보이는 것일 터였다.

"설 소저가 언제부터 대공자와 사귀었소?"

"정확히는 몰라요. 단지 제 생각으로는 몇 달 된 거 같아요. 양 사형이 그 사실을 안 것은 최근이고요."

이후로 몇 가지 질문과 답변이 더 이어졌지만 특별한 것은 나오지 않았다.

이무환은 찻주전자가 비자 자리에서 일어났다.

"아주 중요한 정보를 말해주어서 고맙소. 나중에 사람들 앞에서 말해야 할 때가 있을지 모르는데, 그래도 괜찮겠소?"

여소화는 눈을 내리깔고 개미가 싸우는 소리보다 더 작게 대답했다.

"예, 할게요."

이무환은 그런 여소화에게서 눈을 떼고 몸을 돌렸다.

한데 걸음을 떼려 할 때였다. 문득 한 가지 의문이 고개를 들었다. 고개를 돌린 이무환은 여소화에게 마저 물었다.

"대공자가 여 소저의 식구들과 별로 닮은 것 같지 않던데, 내가 잘못 본 거요?"

여소화가 눈을 들어 이무환을 쳐다보았다.

"큰오빠는 아버지가 다른 여인에게서 얻은 아들이에요. 칠 년 전에 아버지를 찾아 이곳으로 왔는데, 아버지와 어머니가 혼인하기 전에 아버지가 좋아했던 여인이 낳은 아들이라고 했어요."

이무환은 고개를 끄덕이며 걸음을 옮겼다.

그렇다면 여건평이 여건호나 여소화와 닮은 구석이 거의 없
다는 것도 조금은 이해가 갔다.
　'흠, 일단은 설미랑의 주위부터 조사를 해봐야겠군.'

　임시 거처로 돌아온 이무환은 특조대의 간부들을 모두 불러
모았다.
　십여 명이 방 안에 모이자, 이무환은 설미랑의 주위를 조사
하기 위한 첫 번째 명을 내렸다.
　"제가 설미랑을 만나고 올 겁니다. 그 후부터 무 형님과 제
갈 형이 그녀를 철저히 미행하쇼. 움직임을 하나도 놓치면 안
됩니다."
　철사자와 뇌고자의 눈이 조금 커졌다.
　"미행? 우리 둘이 말인가?"
　"왜요, 자신없습니까?"
　자신없냐고 말하며 빤히 바라보는 이무환이다.
　그 얼굴에 대고 누가 자신없다고 말할 수 있단 말인가.
　무설강이 떨떠름한 표정을 지으며 난색을 표했다.
　"자신없는 건 아니지만…… 그거참……."
　"그녀가 만나는 사람은 한 사람도 놓치지 않고 알아두어야
합니다. 쉬운 일이 아니어서 두 분께 맡기는 것이니 절대 들키
지 않게 주의하시기 바랍니다."

第三章
수룡단(守龍團) 습격 사건(襲擊事件)

삼월의 태양이 서산으로 떨어지지 않으려 기를 쓰고 버티던 신시 말. 구룡성의 서문으로 열세 명의 무사가 들어섰다.

복장도 가지각색, 나이도 삼십대부터 오십대까지 골고루 섞여 있었는데, 십여 장의 간격을 두고 들어선 그들은 성안에 들어온 후 모두 같은 객잔으로 들어갔다.

그리고 잠시 후, 그들이 머무는 객방으로 한 사람이 찾아왔다. 호연청의 조카인 모용상명이었다.

"오시느라 수고하셨습니다."

"수고야 모용 공자가 더 했지, 이제 온 우리가 무슨 수고를 했다 그러는가."

모용상명은 조용히 웃으며 고개를 저었다.

“이렇듯 수천 리 길을 마다않고 와주신 것만도 고마울 뿐입
니다.”

오십대 중반의 백의중년인이 너털웃음을 터뜨렸다.

“허허허, 천하의 잠천신룡이 어지간히 애가 닳았었나 보군.
이제 한물간 우리를 이리도 반기다니 말이야.”

“황보 대협께서 한물갔다면 세상의 권사들이 모두 비통함
에 젖어 술통에 빠질 겁니다.”

모용상명의 대꾸에 백의중년인, 황보광이 피식 웃었다.

“어째 그동안 말재주가 일취월장한 것 같군.”

모용상명은 쓴웃음을 지었다.

자신이 생각해도 조금 그런 면이 없잖아 있었다. 모두가 한
사람 때문이었다.

광룡 이무환!

이상하게도 그를 몇 번 상대해 본 사람들은 모두 변한다. 자
신도 예외가 아니다.

처음에는 호연청이 변한 걸 보고 의아하게 생각했었다. 호
연청의 ‘자네도 그를 몇 번 상대해 보면 알게 될 거네’ 했을 때
까지도 변하지 않을 자신이 있었다.

한데 그게 아니었다. 그를 몇 번 만났을 뿐인데도, 자신과
이야기를 나눈 사람들이 말투가 변했다고 말한다.

아니라고 변명할 수도 없었다. 자신이 생각해 봐도 달라진
것이 분명했으니까.

어쩌면 너무 그자에게 신경을 썼기 때문일지도 몰랐다. 하

긴 언제 어디로 튈지 모르는 광룡의 행동과 말투는 천하의 누구라도 신경 쓰지 않고 견딜 수가 없을 것이었다.

'황보 대협도 변할까?'

모용상명은 문득 엉뚱한 생각이 들었다.

눈앞에 있는 사람이 누군가.

우내십존 중 한 사람, 개천신권(蓋天神拳) 황보광이다.

하지만 내기를 하라면, 모용상명은 광룡에게 판돈을 걸 것이었다.

'그는 상식적으로 이해할 수 있는 사람이 아니니까. 훗.'

모용상명의 입가에 웃음이 번지자 황보광 옆에 있던 갈의중년인이 짓궂은 표정을 지었다.

"구룡성의 물이 좋은가 보군. 모용 공자가 저렇게 환하게 웃다니 말이야. 아니지, 구룡성에 아름다운 꽃이 많다던데, 그래서 그런가?"

모용상명이 곧바로 받아쳤다.

"정 대협께서 원하시면 소개시켜 드리지요. 다만 뒷감당은 정 대협께서 다 알아서 하셔야 합니다."

"엉? 하하하! 이거 이제 말로도 못 당하겠구먼."

갈의중년인, 일도진천검 정화풍이 웃음을 터뜨린다.

다른 사람들도 고조된 분위기에 슬며시 웃음을 지었다.

그때 황보광이 웃음을 지우고 물었다.

"이후의 계획을 알았으면 싶군."

"수룡단에 계시면서 저희와 함께 움직여 주시기 바랍니다."

황보광이 고개를 끄덕였다.

"그렇게 하지."

"저… 그리고 수룡단으로 들어가기 전에 부탁 말씀드릴 게 있습니다."

"부탁? 말해보게. 잠천신룡의 부탁을 내 어찌 마다하겠는가?"

"수룡단에 성격이 조금 특이한 사람이 있습니다. 혹시라도 그와 부딪치면 한발 양보해 주시기 바랍니다."

한쪽에 서 있던 삼십대 중반의 청의장한이 물었다.

"혹시 천외광룡이라는 자를 말하는 거 아니오?"

"그렇습니다, 하후 형."

"오면서 그자에 대한 말을 들었소. 듣자 하니 그자로 인해 구룡성이 발칵 뒤집혔다던데, 정말 그렇소?"

"사실입니다."

"나이도 어린 사람이 제멋대로 행동한다는 말도 들었소만."

"그런 면이 없잖아 있지요."

모용상명의 담담한 대답에 천수도룡 하후영이 눈살을 찌푸렸다.

"그런 자에게 우리가 꼭 양보해야 할 이유라도 있소?"

천수도룡(千手刀龍) 하후영.

구유마도와 함께 천하제일도를 다투는 도왕(刀王) 하후중천의 장자이며, 중원오신룡 중 한 사람이 바로 그다.

강호의 선배도 아니고, 멋대로 행동하는 나이 어린 사람에게 무조건 한발 양보한다는 것이 그의 마음에 안 드는 듯했다.

하기야 이 자리의 누가 모용상명의 마음을 알 것인가.

"그도 무작정 자기 멋대로 행동하는 사람은 아닙니다. 그리고 무엇보다도, 시끄러워져 봐야 좋을 게 없는 상황이니 조금만 참아달라고 하는 겁니다."

비밀리에 움직이고 있는 터다. 당연히 시끄러워지는 것은 누구도 원치 않았다.

하후영이 여전히 눈살을 찌푸린 채 또 물었다.

"굉장히 강하다고 하던데… 정말 그렇소?"

모용상명은 잠깐 망설였지만 어차피 알게 될 일, 쓴웃음을 지으며 사실대로 말했다.

"일이 좀 우습게 되었습니다만, 명부신사 헌원 대협과 절수소 대협도 그를 마음대로 하지 못하고 있습니다."

2

"계획했던 대로 흐르고 있습니다, 사부님."

"놈은 어떻게 하고 있느냐?"

"특조대를 모조리 끌고 창룡부에 들어가서 조사를 한답시고 여기저기를 쑤시더니, 지금은 조용히 있습니다."

"그대로 놔둘 생각이냐?"

"수룡단을 건드려 볼 생각입니다."

"수룡단을?"

천세도인의 칼날처럼 뻗은 눈이 자신을 향하자, 환비는 담담히 자신의 계획을 밝혔다.

"호연청이 가진 힘도 정확히 알아볼 겸, 수룡단을 건드려 놈을 끌어낸 후 창룡부의 일을 완전히 정리할 생각입니다."

천세도인이 고개를 끄덕이며 시선을 돌렸다.

"그것도 좋겠지. 하지만 내일 일에 지장이 갈 정도로 무리해서는 안 된다는 점을 명심해라."

"예, 사부님."

깊게 고개 숙이는 환비의 눈에서 은은한 기광이 흘러나왔다.

'때로는 혼돈이 새로운 세상을 만드는 법이지요, 사부.'

하지만 그도 잠시, 그는 미간을 찌푸리고 눈을 가늘게 좁혔다.

'귀조가 왜 연락이 없지?'

3

무설강과 제갈신걸을 보조하던 엽상이 소식을 가져온 것은 석양이 서산 골짜기에 처박힌 후였다.

"설미랑이 은밀하게 여건평을 만났다는 소식입니다, 총대주."

여후량의 아들과 제자가 만나는 것은 하등 이상할 것이 없는 일이었다.

그러나 그것도 여소화의 말을 듣기 이전까지의 일일 뿐이었
다. 이제는 두 사람이 만나는 게 단순히 사형제 간의 일로 보
이지 않았다.

"얼마나 되었지?"

"일각이 조금 넘었다 합니다."

"무 형님과 뇌고자가 지키고 있어?"

"경비가 하도 삼엄해서 가까이 접근을 못하고 있다 합니
다."

여후량이 죽은 지 하루밖에 되지 않았다. 다음 대의 부주로
지명된 여건평에 대한 호위를 강화한 것은 당연한 일이라 할
수 있었다.

"음, 아깝군. 그럼 양류한은 뭐 하고 있지?"

"아직도 자기 방에 박혀 있습니다."

"쯔읍, 죽을 작정을 한 건가?"

"일체 움직이지 않고 먹지도 않고 있습니다."

이무환은 골똘히 찻잔을 바라보더니, 갑자기 벌떡 일어났
다.

"아무래도 그를 한 번 더 만나봐야겠어."

양류한은 아침의 그 자세 그대로 침상에 앉아 있었다. 얼굴
은 그때보다 수척해진 모습이었지만, 눈빛만큼은 여전했다.

"또 무슨 일인가? 나를 잡아가기 위해 왔나?"

"그렇게 잡혀가고 싶소?"

"큭, 상황이 그렇게 흐르고 있지 않은가?"

"왜 그렇게 매사에 비관적이오? 여자 때문에 삶마저 접고 싶은 거요?"

그 말에 처음으로 양류한의 눈빛이 강해졌다.

"함부로 말하지 말게."

"여자를 차지하고 싶으면 그럴수록 살 생각을 해야지, 지금 그 꼴이 뭐요?"

이를 악문 양류한이 고개를 든다.

눈이 마주치자 이무환이 조소 띤 표정을 지었다.

"근데 말이오. 혹시 그거 아쇼? 어떤 남자가 자기를 좋아하지도 않는 여자를 쫓아다닐 동안, 다른 여자는 그걸 바라보면서 가슴이 시커멓게 타들어가고 있다는 거 말이오."

"무슨 말인지 모르겠군."

"쯔쯔쯔, 저렇게 둔해서야. 하긴 그러니까 저렇게 청승맞게 쪼그리고 앉아 있는 거겠지."

"잡아갈 것이 아니면 나가주게."

"나도 잡아갔으면 좋겠는데, 범인도 아닌 사람을 잡아갈 순 없는 일 아니오?"

"사람들은 전부 내가 범인이라 생각하고 있네. 그럼 된 거 아닌가?"

"아, 젠장! 당신을 본 사람이 나와서 그럴 수도 없게 되었다니까?"

"나를 본 사람이 나왔다고? 후원에서 돌아온 후로도 나는 방 안에만 있었는데 누가 봤단 말인가?”

“누구긴 누구겠소? 당신에게는 과분한 당신의 사매지.”

“미랑이… 말인가?”

“사매가 그 여자 하나뿐이오?”

그제야 이무환의 말뜻을 알아들었는지 양류한의 눈이 커졌다.

“설마… 소화가?”

“저런, 저런. 정말 둔한 사람이군. 저런 사람이 뭐가 좋다고 한 시진이 넘게 눈물 흘리면서 지켜본 거지?”

양류한의 커진 눈이 파르르 떨렸다.

“맙소사, 어찌 그런 일이…….”

“몰랐소?”

“소화는… 그냥 친동생처럼…….”

이무환은 혀를 차며 고개를 저었다.

“다 큰 여자를 친동생처럼? 쯔쯔쯔, 여 소저보다 한참 어린 꼬맹이도 다 컸다고 은근슬쩍 기어오르는데…….”

그러다 양류한이 고개를 푹 숙이자 다시 질문을 던졌다.

“범행에 사용된 검을 오래도록 사용하지 않았다고 했던가요?”

양류한이 기운없는 목소리로 대답했다.

“맞네.”

“그럼 그 검에 대해 아는 사람은 그리 많지 않을 거 같은데, 안 그렇소?”

"많지는 않지만 적지도 않지. 최소한 사형제들은 모두 알고 있으니까."

"사형제들이라……. 그들 중 혹시 최근 들어 그 검에 대해 관심을 가진 사람이 없소?"

양류한이 잠시 멈칫거렸다.

"지금 내 사형제들을 의심하는 건가?"

이무환의 눈빛이 싸늘해졌다. 그는 싸늘한 눈빛으로 양류한을 노려보며 반말로 몰아쳤다.

"사람들은 당신을 자신의 사부 되는 사람을 죽였다고 생각하고 있지. 심지어 당신의 사형제들까지 말이야. 그런데 당신은 순진하게도 사형제들을 감싸고만 있군."

"그건… 아직 사제들이 사실을 모르다 보니 그런 것뿐이네. 그래도 이제는 상관없지만."

"과연 그럴까? 그래서 설미랑이 죽을 작정을 한 당신을 놔두고 대공자를 찾아간 걸까?"

이를 악문 양류한은 반말로 자신을 몰아붙이는 이무환을 뚫어지게 바라보았다.

"뭘 말하고 싶은 건가?"

"어리석게 굴지 말란 말이지. 진실을 외면하고 죽음을 택해서 남는 게 뭐지? 여자 때문에 사부의 죽음마저 외면할 건가? 복수하지 않을 거야?"

"내게 뭘 바라는 건가?! 사형제들을 의심하고 그들을 범인으로 몰아붙이기라도 하라는 건가?!"

양류한이 악을 쓰듯 소리쳤다.

이무환은 그런 양류한을 빤히 쳐다보았다. 이제 자신이 찾아온 진짜 목적, 낚싯밥을 던져야 할 때가 되었다.

"당신은, 당신의 검을 누가 가져갔는지 알고 있지? 그렇지?"

갑작스런 질문에 양류한의 목소리가 흔들렸다.

"나, 나는……."

"그렇군. 행여나 검을 가져간 사람이 범인으로 몰릴까 봐 입을 다물고 있는 거군. 어차피 이렇게 된 상황, 차라리 당신이 죽는 게 낫겠다고 생각하고 말이야."

양류한의 몸이 잘게 떨렸다.

"그런데 당신이 한 가지 잘못 생각하고 있는 것이 있어. 알아? 당신이 생각하고 있는 사람은 결코 당신의 사부를 죽일 수 없다는 걸 말이야. 내가 왜 단언하듯이 말하는 줄 알아? 아주 간단한 이유 때문이야. 그 사람은 그럴 실력이 안 되거든."

이무환은 거기까지만 말하고 몸을 일으켰다. 그러고는 낚싯대를 드리웠다.

"시간이 없어. 잘못하면 당신뿐이 아니라 창룡부 전체가 잘못될 수 있어. 정말 사부를 생각하고, 그 사람을 생각한다면, 입을 열어야 돼. 안 하면… 내가 직접 움직일 거야. 그때 가서는 누구도 그 사람의 목숨을 보장할 수 없어. 조금 심한 고문을 해서라도 사실을 밝혀낼 테니까."

구룡성의 누구도 막지 못한다는 광룡의 말이다.

심한 고문이 아니라 목을 친다고 해도 믿지 않을 수 없었다.

양류한의 몸이 부들부들 떨렸다.

그는 이무환이 돌아서서 방문을 향하자 악문 입을 열었다.

"잠깐… 기다리게."

'흐, 제대로 물었어!'

걸음을 멈춘 이무환은 입꼬리를 슬쩍 말아 올리며, 낚싯대를 힘껏 잡아챘다.

"그 사람의 목숨을 구할 수 있는 사람은 당신이 아니야. 바로 나, 사람들이 광룡이라고 부르는 나뿐이지. 나는 약속을 하면 반드시 지키거든."

"정말… 약속할 수… 있나?"

"나라면 말이야, 지금 그걸 물을 시간에 대답을 해주겠어. 왠 줄 알아? 그 사람이 위험해질지 모르니까. 설마 범인이 증인을 그냥 놔둘 거라 생각하는 건 아니겠지?"

양류한의 얼굴에 다급한 표정이 떠올랐다. 그가 비록 사랑에 눈이 멀었을지는 몰라도, 결코 멍청한 사람은 아니었다.

"좋네, 말해주지."

이무환의 입이 귀밑까지 쫙 찢어졌다.

'큰 걸 잡았군.'

4

이십여 줄기의 그림자는 완벽히 어둠에 녹아든 채 수룡단의 담장을 넘어갔다.

그들의 움직임은 밤새조차 흉내 내지 못할 정도로 은밀하고 빨랐다.

모두 스물넷이나 되는데도 담장을 돌던 경비 누구도 그들이 넘어간 것을 알지 못했다.

그들은 밤안개처럼 밀려가며 수룡단을 일직선으로 갈랐다.

어둠 속에서 피가 튀고 골육이 갈라졌다. 비명도 없고, 하다 못해 무기 부딪치는 소리도 들리지 않았다.

질풍(疾風)의 암류(暗流)!

그들의 존재가 알려진 것은 짧은 외마디 신음이 터진 후였다.

"컥!"

하지만 그것이 결코 시작은 아니었다. 그때는 이미 바닥에 쓰러진 십여 명이 저승의 경계를 넘은 뒤였다.

그때부터 여기저기서 고함이 터져 나왔다.

"웬 놈이냐?!"

"침입자다! 잡아!"

감찰부인 수룡단이 공격당하다니!

구룡성이 생긴 이래 처음 있는 일이 일시지간 수룡단의 무사들을 혼란으로 몰아넣었다.

그러나 수룡단에는 수룡단의 무사들만 있는 것이 아니었다.

암류가 호연청의 집무실인 수룡전으로 향하자, 수룡전 안쪽에서 다섯 사람이 나타났다. 헌원숭과 그의 제자 셋, 그리고 소천득이었다.

별말이 없는데도 헌원숭의 세 제자가 활을 거머쥐고 앞으로 나섰다.

투두둥!

활시위 퉁겨지는 소리와 함께 세 발의 화살이 암류를 향해 쏘아졌다.

강력한 내공이 실린 화살은 바위조차 뚫을 수 있을 만큼 강력했다. 하지만 암류를 완전히 뚫지는 못했다.

타당! 와직!

눈에 보이지 않는 속도로 날아가던 세 발의 화살이 일제히 퉁겨지고 꺾어진다.

"조심해서 상대해라! 보통 놈들이 아니다!"

한 번의 공격으로 상대의 무위를 짐작한 헌원숭이 침중한 표정으로 소리쳤다.

구룡성에 들어온 후 적지 않게 싸워본 그다.

천중십마? 우내십존?

살아나려면 그따위 허울은 벗어던져야만 한다.

명성이 결코 목숨을 지켜주지 않는 곳이 구룡성인 것이다.

퉁!

헌원숭은 조금도 망설이지 않고 화살도 없는 활시위를 퉁겼다.

쾅!

단발음이 울리며 암류 중 하나가 풀쩍 뛰어올랐다.

그러나 뒤로 서너 걸음 물러났을 뿐, 다시 무기를 고쳐 쥐고

덤벼든다.

"소 형, 전력을 다해야 할 거요! 사정 봐줄 생각 마시구려!"

소천득도 암류의 무서움을 어느 정도 인지하고 있던 터다.

빌어먹을 일이지만, 암류를 이끄는 자들은 자신들과 큰 차이가 나지 않는 자들이다.

물론 적에게 밀리고 싶은 마음 역시 눈곱만큼도 없었지만.

"오랜만에 땀 좀 흘려볼 수 있겠군!"

소천득은 차가운 눈을 번뜩이며, 밀려오는 암류를 향해 걸음을 옮겼다.

그사이, 그들의 뒤쪽으로 호연청과 호연청을 호위하는 열여덟 명의 수룡위사가 모두 나왔다.

"놈들을 막아라!"

헌원숭과 소천득이 암류를 향해 본격적인 공격을 펼침과 동시, 호연청의 입에서 냉랭한 명령이 떨어졌다.

천중십마 중의 두 사람을 긴장케 한 암류의 위세에도 호연청은 일말의 흔들림도 보이지 않았다.

차가운 표정, 무저의 늪처럼 깊게 가라앉은 눈빛, 은연중 피어오르는 분노의 위엄.

평소의 그와 완전히 달라진 모습이다.

'흥! 잠풍련의 쥐새끼들, 네놈들이 이런다고 흔들릴 나, 호연청이 아니다!'

상대가 누군지, 목적이 무엇인지 짐작하는 건 어려운 일이 아니었다. 아마도 창룡부에 이어 수룡단마저 흔들어보겠다는 속셈일 것이었다.

호연청은 혼전이 벌어진 장내를 둘러보며 두 손에 공력을 집중시켰다.

헌원숭과 소천득의 공격에도 암류가 흔들리지 않는다.

두세 명이 합공하자 천중십마에 속한 절대고수가 조금도 승기를 잡지 못하고 팽팽한 접전을 벌인다.

'하필 상명이 나가 있을 때 쳐들어오다니.'

한 사람의 고수가 미치는 영향을 누구보다 잘 아는 호연청이다. 모용상명만 있었다면 상황이 또 다르게 흘렀을 것이 분명했다.

그나마 다행이라면, 헌원숭과 소천득이 광룡대를 따라가지 않고 남아 있었다는 것이었다.

그때 한 사람이 방어막을 뚫고 암류에서 튀어나오더니, 곧바로 칠팔 장 거리를 날아 호연청을 덮쳤다.

호연청의 두 손이 움직인 것은 암류에서 튀어나온 고수가 머리 위에서 떨어져 내림과 동시였다.

새파란 검강을 뿜어내는 협봉검이 이 장 거리까지 다가온 순간! 호연청이 두 손을 뻗어 갈지자로 휘저었다.

찰나간에 백색 장력이 허공을 일곱 번에 걸쳐 두들겼다.

쩌저저정!

어둠이 부서지며 협봉검에서 뻗어 나온 검강도 함께 부서졌다.

콰광!

뒤이어 굉음이 터져 나오는가 싶더니, 협봉검을 든 자, 귀검마의 몸뚱이가 이 장 밖으로 튕겨졌다.

"크흡!"

귀검마의 잇새로 흘러나오는 답답한 신음.

겨우 땅에 내려선 그는 경악으로 물든 눈을 크게 떴다.

"호연청! 세상이 너를 너무 모르고 있구나!"

"어리석은 놈들! 알고 모르는 게 뭐 중요하다고 그러느냐?! 그럼 네놈들이 세상을 다 알고 있기라도 한단 말이냐?!"

호연청은 냉랭히 소리치며 귀검마를 향해 발을 내딛었다.

순식간에 귀검마의 삼 장 앞까지 다가간 그의 두 손에서 은은한 백색 장강이 일렁이며 흘러나온다.

바로 그때였다.

후우웅!

암류 한가운데에서 가공할 검강의 폭풍이 일었다.

갑작스런 상황 변화에 소천득마저 멈칫하며 한 걸음 물러서고, 호연청 역시 섬뜩한 느낌에 눈을 돌렸다.

그와 동시였다. 검강의 폭풍을 일으킨 자가 거대한 독수리처럼 날아올랐다.

청색가면인, 무면검마였다!

단숨에 십 장의 거리를 좁힌 무면검마는 웅혼한 검강의 기운을 호연청의 머리 위에 쏟아냈다.

폭포수처럼 쏟아지는 검강의 소나기!

호연청은 귀검마를 놔둔 채 무면검마의 검세를 향해 두 손을 휘둘렀다.

콰과과광!

순간 무면검마의 신형이 허공으로 튕겨졌다.

하지만 귀검마처럼 밀려서 튕겨진 것이 아니었다. 그는 오장 허공으로 튕겨진 후 재차 검을 내려쳤다.

호연청은 악문 이에 지그시 힘을 주고는, 쌍장을 들어 허공을 짚었다. 허공에 두 개의 백색 장인이 찍혔다 싶은 순간!

콰앙!

단발의 굉음이 울리며 호연청의 몸이 뒤로 주르륵 밀렸다.

반면에 무면검마는 훌쩍 오 장을 날아간 후 땅에 내려섰다.

언뜻 땅에 내려선 무면검마의 눈이 경악과 의혹으로 뒤범벅되었다.

"그것은……?"

하지만 그는 말을 다 끝맺을 수가 없었다.

남쪽 지붕을 넘어 십여 명이 날아든다.

모두가 예사롭지 않은 고수들!

현 상황만으로도 유리하다 볼 수 없는 상황이거늘, 저들이 합세하면 빠져나가기도 쉽지 않을 것이었다.

무면검마는 의혹을 접어두고 뒤를 향해 소리쳤다.

"돌아간다!"

그의 명령이 떨어짐과 동시, 난전을 벌이던 이십여 명이 일제히 몸을 날렸다.

미리 약조가 된 듯, 그야말로 손쓰고 자시고 할 틈도 없는 빠른 철수였다. 헌원숭이 활을 튕겨 한 사람을 잡았을 뿐, 처음에 들어왔던 자들 중 대다수가 수룡단을 빠져나갔다.

그리고 마지막으로, 무면검마가 유유히 몸을 날렸다.

황보광 등을 이끌고 남쪽 건물의 지붕을 넘어온 모용상명은 여유있게 수룡단을 벗어나는 무면검마를 향해 몸을 날렸다.

"멈춰라!"

호연청은 다급히 청색가면인을 쫓으려는 모용상명을 제지했다.

"그냥 놔둬라, 상명!"

쫓아간다고 잡을 수 있는 자가 아니다.

상대는 자신이 작정하고 쓴 공격마저 무리없이 막아낼 정두의 절대고수. 모용상명이 아무리 강하다 해도 아직은 그의 적수가 아니었다.

호연청의 곁으로 돌아온 모용상명이 잔뜩 굳은 표정으로 물었다.

"숙부님! 어떻게 된 일입니까?"

"광룡대가 없는 틈을 타 타격을 주려고 습격한 것 같다. 창룡에 이어 우리마저 힘을 잃으면 내일 무조건 이길 거라 생각한 거겠지."

호연청은 무표정한 얼굴로 입을 열고는 주위를 둘러보았다.

수룡단의 단원들이 넘어진 화톳불을 세우고 있었다.

적이 습격하고 빠져나간 시간은 반 각도 되지 않는 짧은 시간. 하거늘 화톳불의 불빛에 비친 장내의 풍경은 말 그대로 살풍경이었다.

수룡전 앞마당에 쓰러져 있는 자만도 이십여 명. 그중 죽은 자가 반이 넘었다. 아마 바깥쪽의 피해는 더 클 터였다.

물론 적도 피해가 없는 것은 아니었다.

쓰러진 적은 모두 넷. 둘은 헌원숭의 궁에, 하나는 소천득의 절명수에, 나머지 하나는 헌원숭의 제자들 손에 당한 상태였다.

'으음, 하루밖에 남지 않았다고 너무 방심했군. 설마 선출일을 하루 남겨놓고 공격할 줄이야.'

호연청은 속으로 자책하며 고개를 돌렸다.

한 사람이 자신에게 다가오고 있었다. 오래전부터 잘 알고 있는 사람이었다.

"오랜만이네, 광."

황보광을 향해 포권을 취하는 그의 얼굴이 서서히 펴진다. 마치 수십 년 만에 친구를 만나는 듯 짙은 감회가 서린 표정이다.

황보광도 조용히 웃으며 포권을 취했다.

"상황이 좋지는 않지만, 그래도 이렇게 만나니 정말 반갑소, 호연 형."

양류한의 방을 나온 이무환은 숙소로 돌아가지 않았다.

숙소에서 소식이 오기를 기다릴 시간이 없었다.

'젠장, 늦지 않았나 모르겠군.'

이무환은 속으로 양류한을 두들겨 패면서 창룡전으로 향했다.

양류한이 말한 '그'를 찾아가 보았다. 하지만 '그'는 거처에 없었다. 그렇다면 창룡전에 있을 가능성이 가장 높았다.

단숨에 창룡전에 도착한 이무환은 앞을 막으려는 위사들을 향해 눈을 부라렸다.

"비켜!"

창룡부에서 광룡을 모르는 사람이 누가 있으랴.

이무환은 입 한 번 뻥끗하지 못하고 벼락을 피해 옆으로 물러선 위사들을 스쳐 곧장 창룡전으로 들어갔다.

덜컹!

문이 거세게 열리자 안에 있던 예닐곱 명의 사람이 고개를 돌렸다.

"무슨 일인가?"

노곽의 질문에 이무환이 대뜸 물었다.

"혹시 염추인을 본 사람 있소?"

"염 공자? 못 봤네만."

"다른 분도 보지 못했소?"

“그러고 보니 저녁 먹을 때도 보이지 않았던 것 같았는데⋯⋯.”

고석문이 눈살을 찌푸리며 말을 흐리자 이무환은 짜증스런 투덜거림을 뱉어냈다.

“제기랄!”

그때 노곽이 물었다.

“왜 염 공자를 찾는가?”

하지만 이무환은 그에 대한 대답 대신 사람들을 둘러보며 되물었다.

“최근에 그를 본 것이 언제요?”

장로 중 한 사람, 칠절귀수 상소궁이 고개를 갸웃거리며 말했다.

“유시 초에 의당 쪽으로 가는 것을 봤네만⋯⋯.”

“의당 쪽으로?”

더 이상의 대답이 없다. 다른 사람은 그마저도 보지 못한 듯하다.

이무환은 사람들을 쓱 훑어보고는, 별다른 인사말도 없이 몸을 돌렸다. 예감이 좋지 않았다.

‘빌어먹을!’

의당으로 달려간 이무환은 즉시 지하로 내려갔다.

여후량의 관 앞에 무릎을 꿇고 있는 염추인의 뒷모습이 보였다. 이무환은 유등불에 비친 그의 뒷모습을 보고 이미 늦었음을 직감했다.

"염추인."

불러도 꼼짝하지 않는다. 숨소리도 들리지 않는다.

꿇고 있는 무릎 아래쪽으로 흐르는 핏물이 유등불에 반사되어 유난히 검붉어 보인다.

이무환은 눈살을 찌푸린 채 염추인의 옆으로 다가갔다.

심장에 박힌 비수가 보였다.

비수의 손잡이 끝에서 핏물이 뚝뚝 떨어지는 걸 보니 죽은 지 오래되지는 않은 것 같았다.

이무환은 염추인의 몸을 옆으로 눕히고 상태를 살펴보았다.

반쯤 뜬 눈이 보였다. 절망과 고통이 뒤섞인 눈빛. 아마도 육체적인 고통이 아닌, 마음의 고통이 염추인을 절망으로 몰아넣은 듯했다.

"바보같이……."

옆으로 다가온 엽상이 나직이 물었다.

"왜 자결했을까요? 염추인이 여 부주님을 살해한 것입니까?"

이무환은 여전히 눈살을 찌푸린 채 고개를 저었다.

"염추인은 여후량을 죽일 실력이 안 돼."

"그럼 왜……?"

"아마 자신의 행동이 사부의 죽음에 중대한 영향을 미쳤다는 걸 알고는 자괴감을 견디지 못한 것 같아."

영호승이 이무환을 바라보았다.

“검을 훔친 자가 염추인입니까?”

이무환이 고개를 끄덕였다.

“방으로 돌아오던 양류한이 검을 품에 숨긴 채 어스름 속으로 사라지는 염추인을 멀리서 봤다더군. 양류한은 자신과 마찬가지로 검을 택한 염추인을 친동생처럼 아꼈던 것 같아. 그래서 차마 염추인에 대한 말을 하지 않았던 거고. 물론 설미랑과의 관계 때문에 자학적인 마음도 있었을 테지만 말이야.”

“그럼 염추인이 범인에게 검을 건넸겠군요.”

“아무래도 그랬겠지. 상황이 이렇게 될 줄은 꿈에도 모른 채……. 음, 어쩌면 자신 때문에 양류한이 범인으로 몰리는 것도 죽고 싶다는 마음에 일조했을 것 같군.”

“누구에게 검을 건넸을까요?”

이무환이 힐끔 영호승을 흘겨보았다.

“그걸 알면 내가 당장 가서 때려잡았지.”

움찔한 영호승이 슬그머니 고개를 돌렸다.

“하긴… 그런데 살해에 쓰일 것을 몰랐다면, 어디에 사용하려는 것으로 알고 검을 가져다주었을까요?”

막위도 그것이 정말 궁금한 듯 혼잣말처럼 중얼거렸다.

“조금 화려한 검이긴 해도 연인에게 선물하려고 가져가지는 않았을 테고…….”

이무환의 눈빛이 화살처럼 막위의 두 눈에 꽂혔다.

“도끼, 방금 뭐라고 했지?”

제풀에 놀란 막위가 흠칫 머리를 뒤로 뺐다.

"예? 뭐, 뭘요?"

"방금 한 말. 연인에게 선물하려고 했다고 안 했어?"

"그건… 그냥… 그럴 생각은 아니었을 거라고……."

이무환은 말을 더듬는 막위에게서 시선을 떼고 엽상을 바라보았다.

"눈발, 즉시 가서 정향원의 시비들에게 염추인이 최근 누굴 자주 만났는지, 특히 여자 쪽에 신경 써서 알아봐."

"예, 총대주."

엽상이 밖으로 나가자 이무환은 염추인을 내려다보았다.

절망과 고통의 눈빛, 그 속에서 어렴풋이 또 하나의 감정이 느껴졌다.

'누구에 대한 원망이냐, 염추인? 누군데 그렇게 원망하면서도 입을 여는 대신 죽음을 택한 것이냐?'

염추인의 눈에서 느껴지는 눈빛. 그것을 굳이 한마디로 표현하자면, '애증(愛憎)'이라 해야 할 것이었다.

의당을 나온 이무환은 곧장 여소화를 찾아갔다. 그녀에게 물을 것이 있었다.

여소화는 이무환이 찾아가자 순순히 만나주었다.

이무환은 그녀에게 양류한의 검을 가져간 자가 염추인이라는 것을 말해주었다.

"염… 사형이요?"

여소화의 그늘진 얼굴이 잘게 떨렸다.

양류한의 일이 풀리는가 싶더니, 이번에는 염추인이다.

좋아할 수도, 슬퍼할 수도 없는 기이한 상황이 된 것이다.

그녀가 어쩔 줄 몰라 하는 표정으로 입을 다물고 있자, 이무환이 질문을 던졌다.

"혹시 염추인이 여인을 사귀고 있었소?"

그 말에 여소화의 표정이 묘하게 이지러졌다.

"그것까지 알아야 하나요?"

뭔가 알고 있는 듯한 표정. 이무환은 무심하게 가라앉은 눈으로 여소화를 직시했다.

"말씀해 주시오. 죽은 염추인을 위해서라도 말이오."

한껏 커진 여소화의 봉목이 잠자리의 날갯짓처럼 파르르 떨렸다.

"무, 무슨 말인가요? 염 사형이… 어떻게 되었다고요?"

"자결했소. 부주님의 시신 앞에서."

"서, 설마……?"

"염추인이 범인이라는 게 아니오. 그는 그럴 실력이 되지 못하니까. 여 소저, 시간이 없으니 일단 제 질문에 먼저 대답해 주었으면 좋겠습니다만."

두 손을 꼭 움켜쥔 여소화가 눈물을 글썽거렸다.

"그 여자가… 염 사형의 죽음과 관계되어 있나요?"

"아직 정확한 것은 잘 모르오. 그걸 알기 위해 조사를 하려는 것일 뿐이오."

"진작 말렸어야 했는데……."

뭔가를 알고 있다는 뜻. 이무환이 눈을 빛내며 재촉했다.

"누구요?"

여소화가 울먹이며 말했다.

"아마 염 사형은 따로 사귀는 여자가 없었을 것이에요."

'응? 그게 무슨 말이지?'

이무환은 의아한 표정을 지었다. 마치 아는 것처럼 말해놓고 사귀는 사람이 없다니.

그때 입술을 질겅거리며 망설이던 여소화가 말을 이었다.

"염 사형은 설 언니를 좋아했어요. 설 언니와 양 사형이 만나는 걸 멀리서 바라보다 돌아서는 것을 몇 번 봤는데, 돌아서는 염 사형의 표정이 우울해 보였었어요."

"염추인이 설미랑을?"

여소화가 고개를 끄덕이며 소맷단으로 눈물을 찍어냈다.

"그냥 바라보는 정도였지만, 저도 그 마음을 알기 때문에 말리지 않았어요."

아마 동병상련의 마음이었을 것이다.

"그러니까, 사귀지는 않고 좋아하기만 했다, 그 말이오?"

"예, 제가 아는 대로라면…… 흑흑흑……."

이무환은 잠시 이런저런 가능성을 생각해 보고는 자리에서 일어났다. 호느끼며 우는 여소화다. 더 이상 물어보아야 특별한 말이 나올 것 같지도 않았다.

"말씀해 주셔서 고맙소. 그럼 편히 쉬시오."

밖으로 나가자 엽상이 다가왔다.

"알아봤어?"

"예, 총대주. 염추인이 만난 여인들은 정향원의 여인들이 전부인 것 같습니다."

"특히 신경 쓰이는 만남에 대한 말은 없었어?"

"에, 별것은 아닌데… 어제 점심 무렵에 설미랑을 만났다고 합니다. 사형제 간이니 이상할 것도 없는 일인데, 어제 후원 안쪽에 서 있던 두 사람의 모습이 평소와 달라 보여서 조금 이상하게 느껴졌었다고 합니다."

"그래?"

이무환은 무심한 눈을 싸늘히 빛내며 걸음을 빨리했다.

"눈발은 창룡전으로 가서 염추인의 죽음을 알려주고 와. 그리고 사위는 나를 함께 거처로 가서 상황을 정리해 보자고."

하지만 거처에 도착한 이무환은 염추인과 설미랑의 얽힌 관계를 생각할 겨를이 없었다. 거처에 도착함과 동시, 유군명이 수룡단의 소식을 전한 것이다.

"총대주, 수룡단이 습격을 받았다고 합니다."

유군명의 말에 이무환이 눈을 휘둥그렇게 떴다.

"뭐야?"

"상당한 피해를 입은 것 같습니다. 반 각 만에 도망갔다는데, 잠깐 사이에 이십여 명이 죽고 사오십 명이 부상을 입었다고 합니다."

굳이 적이 누군지 물을 것도 없었다. 현 상황에서 수룡단을 칠 사람이 누구겠는가.

"으음, 단주로선 완전히 뒤통수 맞은 기분이겠군."

"순식간에 소문이 퍼져서 금방 무슨 일이라도 날 것 같은 분위깁니다."

이무환의 이마가 좁혀지며 두 줄기 골이 파였다.

"단주의 무공도 그렇고, 헌원 대협과 소 대협이 남아 있었는데, 적의 피해는 얼마나 되지?"

"적은 네 구의 시신을 남기고 도망쳤다고 합니다."

"피해가 그것밖에 안 되었다고?"

"모두가 대단한 고수들이었다고 합니다. 특히 단주와 맞붙은 자는 능히 절대지경에 달한 고수였는데, 청색 가면을 써서……."

이무환이 손을 들어 유군명의 입을 막았다.

"가만! 방금 뭐라고 했지? 청색 가면을 쓴 자라고?"

"예, 총대주. 왜 그러십니까?"

이무환은 명세창의 질문에 대답을 하지 않고, 굳은 표정으로 수룡단 쪽을 바라보았다.

'그자가 나왔단 말이지?'

한 번 만나자는 말을 했었다. 무슨 말을 하려고 만나자고 했는지는 알 수 없었다.

한데 오늘의 일을 들으니, 이무환도 그를 만나보고 싶어졌다.

‘눈빛이 기이한 자였어. 뭔가 고뇌에 찬, 그런······.’

어쨌든 당면 문제는 그것이 아니었다.

“단주는 뭐라고 해? 연락 온 거 없어?”

“소식을 전한 단원의 말에 의하면, 일단 돌아오셨으면 하는 거 같습니다.”

비비 꼬인 사건이 하나하나 풀어지고 있는 상황, 당장 돌아 갈 수는 없다. 그렇다고 수룡단의 일을 나 몰라라 하고 눌러앉 아 있을 수만도 없는 일.

‘어차피 좀 더 자세한 것을 알려면 시간이 필요해. 내가 물러나면 범인이 마음을 놓을지도 모르고 말이지.’

이무환은 내심 생각을 정리하고는, 명세창에게 무설강과 제 갈신걸을 비롯해 광룡대의 간부들을 불러 모으도록 지시했다.

창룡부에는 무설강과 제갈신걸, 유군명과 수룡단 삼대, 구 대가 남기로 했다.

이무환은 세 사람에게 지시 사항을 상세히 전하고는, 구룡 수호대와 사십팔객을 이끌고 창룡부를 나섰다.

뒤에서 창룡부 간부들의 반기는 눈길이 느껴졌지만, 내심으 로는 코웃음만 나왔다.

아마 자신이 무설강 등에게 지시한 내용을 알면 떠나가는 자신의 뒤통수를 결코 웃으면서 쳐다보지 않았을 게 분명했 다.

‘우흐흐. 나이만 먹었지, 저렇게 순진하다니까.’

수룡단에 도착한 이무환은 곧바로 수룡전으로 향했다. 가는 도중에도 여기저기 싸움의 흔적이 보였다.

많이 부서진 건물은 없었다. 그러나 정원 곳곳의 나무가 베어지고 꺾여 난장판이 되어 있었다.

특히 수룡전 앞마당의 상황은 더욱 심했는데, 다른 곳과 달리 바닥의 청석마저 파헤쳐져서 마치 공사판처럼 어수선해 보였다. 그만큼 고수들의 격전이 벌어졌다는 뜻.

이무환은 골똘히 생각에 잠긴 채 수룡전으로 다가갔다. 그러더니 위사들이 고개를 숙이는 사이, 갑자기 수룡전의 전각문을 거세게 밀쳤다. 위사들이 미처 안에 기별을 하기도 전이었다.

덜컹!

수룡전의 문을 열고 들어선 이무환이 소리쳤다.

"단주! 대체 어찌 된 일입니까?!"

정말 놀란 것처럼. 무지 당황한 것처럼.

수룡전에 있던 사람들이 일제히 고개를 돌리고 이무환을 바라보았다.

호연청이나 헌원숭, 소천득, 모용상명 등 이무환의 성격을 잘 아는 사람들은 그러려니 하며 별다른 변화를 보이지 않았다.

"왔나?"

그저 호연청만이 건성으로 한마디 내뱉을 뿐이다.

그러나 황보광이나 하후영, 정화풍 등 모용상명과 함께 온 열세 명의 고수는 언짢은 표정으로 이무환을 노려보았다.

잘 봐줘야 이십대 초반. 새파랗게 젊은 놈이 도대체 예의를 어디다 빠뜨리고 왔기에 저리 건방진 행동을 한단 말인가!

아마 이곳이 구룡성이 아닌 다른 곳이었다면, 한바탕 야단을 치고 혼쭐을 냈을 것이다. 하지만 손님의 자격으로 온 이상 심한 말을 할 수는 없었다.

그래도 그냥 지나가기는 뭐했는지, 정화풍이 이맛살을 찌푸리며 혀를 찼다.

"쯧쯧, 아무리 칼날 위에서 살아가는 무사라 해도 기본적인 예의범절 정도는 지켜야 사람대접을 받거늘."

이무환은 고개를 갸웃거리며 걸음을 옮겼다.

호연청과 모용상명, 헌원숭과 소천득은 그런 이무환을 묘한 눈빛으로 지켜보았다.

그사이 호연청의 이 장 앞에 도착한 이무환이 턱으로 정화풍을 가리키며 물었다.

"단주, 어디서 온 분들입니까? 처음 보는 분들 같은데요."

"우리를 도와주기 위해 외부에서 온 분들이라네, 이 대주."

헌원숭과 소천득도 외부에서 왔다. 몇 사람 더 들어왔다고 해서 이상할 것도 없었다. 어차피 어느 정도는 예상하고 있던 일이었으니까.

물론 그렇다고 해서 마냥 이해할 수만은 없었다.

쓱, 정화풍을 째려보는 이무환의 말투에 가시가 돋았다.

“도와주기 위해서 온 사람은 아무에게나 저렇게 말해도 되는 건가 보군요.”

그러잖아도 턱짓에 기분이 상해 있던 정화풍이 눈을 부라렸다.

“그대가 예의를 지켰으면 내가 그리 말했겠는가?”

이무환의 눈빛도 착 가라앉았다.

“내가 무슨 예의를 안 지켰다는 거요? 당신은 당신 집에 적이 쳐들어와서 사람이 죽었어도 온갖 예의를 지키며 행동하나 보죠?”

“나는 적어도 그대처럼 행동하지는 않는다.”

“어이구, 참 대단하신 분이군요.”

“뭐야?!”

‘은근히 사람 속 긁는 놈이군.’

그때 문득, 모용상명의 말이 떠올랐다.

‘혹시 이놈이 광룡?’

아무래도 그런 듯했다. 아니라면 호연청 등이 묵묵히 보고만 있을 리 없었다.

“그와 부딪치면 한발 양보해 주십시오.”

모용상명의 당부를 상기한 정화풍은 부글거리는 화를 꾹 참았다.

“최소한 어른들이 있는 방에 들어갈 때는 미리 전갈을 하고 들어가야 하지 않겠나?"

"그게 그렇게 잘못한 거요? 미안하지만 말이오. 나는 동료들이 죽어간 판에 그따위를 예의라고 따지는 사람은 별로 좋아하지 않거든요? 그러니 그런 예의는 당신 동료들에게나 가르치쇼."

이무환이 짜증난다는 듯 거칠게 말하고 고개를 돌리자 하후영이 한 걸음 앞으로 나서며 물었다.

"그대가 광룡인가?"

이무환의 눈이 하후영을 향했다.

"남들이 그렇게 부르더군. 그런데 당신은 누구지?"

당연하다는 듯 자연스럽게 반말이 튀어나온다.

'역시 이자가 광룡이었군.'

하후영은 눈에 힘을 주고 차갑게 말했다.

"나는 하후영이라고 한다."

"하후영? 복우의 천수도룡?"

하후영이 이무환의 말을 흉내 냈다.

"남들이 그렇게 부르더군."

그러면서 강렬한 눈빛으로 이무환을 찍어 눌렀다.

하지만 이무환은 눌리고 싶은 생각이 눈곱만큼도 없었다.

'흥, 다섯 마리 토룡 중에 한 마리가 또 기어나왔군.'

오히려 속으로 코웃음 친 이무환이 눈썹 하나 끄떡하지 않고 턱을 치켜들었다.

"그런데 왜 부른 거지?"

“나이도 어린 사람이 어른들 앞에서 너무하는 거 아닌가?”

“밑도 끝도 없이 건방지다고 하는데, 그대라면 가만히 있겠어?”

“그거야……”

그때다. 갑자기 묘한 기분이 들었다.

자신을 바라보는 동료들의 괴이한 눈빛. 왜 저런 눈으로 자신을 바라보는 것일까?

'가만? 뭐야? 저 자식, 여태 나한테 반말했잖아?'

반말하는 게 하도 자연스러워서 미처 깨닫지 못했다. 깨닫고 나니 이무환의 말이 하나하나 떠오르고, 속에서 뭔가가 치밀고 올라왔다.

하후영은 와락 구겨진 얼굴로 이무환을 노려보았다.

“네가 지금……!”

하지만 그가 분노를 다 표현하기도 전에 이무환이 말을 끊었다.

“칼 좀 쓴다고 들었는데, 기분 풀고 싶으면 조금 기다리지그래? 아직 단주와 나눌 이야기가 남아 있거든?”

이무환을 뚫어지게 바라보던 하후영이 냉랭히 말했다.

“좋아, 그렇다면 기다려 주지.”

묵묵히 지켜보던 호연청이 때를 노려 끼어들었다.

“이야기하기 전에 일단 서로 인사나 나누게.”

이무환은 하후영에게서 시선을 떼고 황보광을 바라보았다.

아무래도 일행 중 그가 제일 강하게 보인 것이다.

“무환입니다.”

조금 전까지와 달리 정중한 태도로 포권을 취하는 이무환이다.

은근히 어떻게 나오나 보고 있던 황보광은 의외라는 표정을 지으며 마주 포권을 취했다.

“황보광이라 하네.”

“아! 대협께서 개천신권이라 불리는 황보 대협이셨군요. 하, 하! 영광입니다!”

당장 두 손을 맞잡고 감격에 겨워 몸을 떨 것 같은 이무환의 말투다.

호연청과 모용상명과 헌원숭과 소천득은 속으로 탄식하며 ‘속지 마시오’를 연발하고, 황보광과 함께 온 사람들은 얼떨떨한 표정을 지었다.

특히 정화풍과 하후영은 이무환의 모습을 보며 조금 전의 일을 상기해 보았다.

‘내가 너무 과민 반응을 보였던 게 아닐까?’ 그런 마음으로.

그러든 말든, 이무환은 환한 표정으로 나머지 사람들과 인사를 나누었다.

“오위경이라 하네. 강호에선 칠환검이라 불러주지.”

“손풍이라 하네.”

“역산우라 하오.”

“윤사평이네.”

정중하게 마주 포권을 취하며 인사를 하는 자들도 있었지만 모두가 그런 것은 아니었다. 몇몇은 노골적으로 이무환을 경시하며 건성으로 인사했다.

그래도 인사를 하며 어느 정도 분위기가 가라앉자 호연청이 입을 열었다.

"그래, 창룡부의 일은 어떻게 되었나?"

이무환은 착 가라앉은 표정으로 창룡부의 일을 말해주었다.

"범행에 사용된 검을 양류한의 방에서 훔친 자의 정체를 알아냈습니다."

"그래? 그게 누군가?"

이무환의 고개가 한쪽으로 돌아갔다. 그의 눈이 향한 곳에는 염화룡이 서 있었다. 수룡단이 공격받았다는 말을 듣고 그역시 창룡부에서 온 듯했다.

이무환은 최대한 무표정한 얼굴을 하고서 입을 열었다.

"여 부주의 막내 제자인 염추인입니다."

담담히 서 있던 염화룡이 눈을 부릅떴다.

"무, 무슨 말인가? 추인이가 검을 훔쳤다니?"

호연청도 놀라서 고함치듯 물었다.

"그게 정말인가, 이 대주?! 설마 잘못 안 것은 아니겠지?"

하지만 충격은 이제 시작에 불과했다.

"조사를 해봤는데, 사실인 것 같습니다."

"추인이는, 추인이는 지금 어디 있는가? 내가 직접 물어봐야겠네!"

염화룡이 다급히 소리쳐 물었다. 믿을 수 없다는 표정이 역력했다.

이무환의 무심한 표정이 찰나간 흔들렸다. 아버지에게 아들의 죽음을 전하는 일이다. 그라 해도 담담할 수만은 없는 일이었다.

"오기 직전… 의당의 지하, 여 부주의 관 앞에서 염추인의 시신을 발견했습니다."

"시, 시신이라고?"

염화룡이 휘청거리려는 몸을 겨우 세우고 이무환을 잡아먹을 듯이 노려보았다. 당장 '네놈이 죽였느냐!' 라며 고함이라도 내지를 것 같은 표정이었다.

"아마도 자신으로 인해 여 부주께서 돌아가셨다 생각해서 자결한 듯싶습니다."

이무환의 그 말에 모용상명이 눈을 예리하게 빛냈다.

"가만, 그럼 염추인이 여 부주를 살해한 것은 아니라는 말이구려."

"내가 언제 염추인이 여 부주를 살해했다고 했소?"

염화룡이 안달하며 재촉하듯 물었다.

"좀 더 자세히 말해보게나. 그럼 추인이 왜 자결했단 말인가?"

"여 부주를 직접 죽이지는 않았지만, 염추인이 살해에 사용된 검을 훔쳐서 범인에게 가져다주었을 거라는 게 제 판단입니다."

여인과 관련된 것은 말하지 않았다. 아직 조사해야 할 일이 남아 있으니까. 하지만 그 말만으로도 장내가 침묵에 눌려 무겁게 가라앉았다.

염화룡은 눈을 꽉 감고 이를 악물었다.

절대 그럴 리 없다며 부인하고 싶었지만 그럴 수도 없었다. 그것마저 아니라면 염추인이 범인이라는 말이나 다름없게 되는 것이다. 그것은 더욱 바라는 일이 아니었다.

이무환은 침묵이 길어질 것 같자 먼저 입을 열었다.

"좌우간 조사를 더 해보면 확실한 것이 드러날 테니 그건 시간이 해결해 줄 것이고, 염추인의 시신은 곧 이곳으로 옮겨오도록 하겠습니다."

염화룡이 눈을 뜨고 잇새로 말했다.

"그래… 주겠나?"

말없이 고개를 끄덕인 이무환은 호연청을 바라보며 화제를 돌렸다.

"그건 그렇고, 단주님, 잠풍련 놈들의 행방을 알아보셨습니까?"

겨우 정신을 차린 호연청이 고개를 저었다.

"추적을 하지 못했네."

"그렇게 강한 자들이었습니까?"

호연청이 눈을 가늘게 좁혔다.

"얼굴에 청색 가면을 쓴 자 때문에 쫓을 수가 없었네. 그자만 아니었어도 추적해서 놈들이 숨어 있는 곳을 찾아낼 수 있었을 것이거늘……."

　“적룡단의 순찰무사들이 곳곳에 깔려 있었을 텐데, 그들에게 알아보지 않으셨습니까?”

　“그들에게 들킬 자들이었다면, 습격하기 전부터 경고가 있었겠지.”

　사실이 그랬다. 그러나 선입견이라는 것이 때로는 벽이 되는 것 또한 사실이었다.

　“제가 가서 한번 알아보죠. 헛수고라 해도 안 하는 것보단 낫겠죠 뭐. 혹시 압니까? 쥐구멍이라 생각했는데 그 안에 늑대가 살고 있을지.”

第四章
돌아온 전설(傳說)

이무환은 엽삼과 꽝룡사위를 대동하고서 비룡루로 갔디.

콰직!

문을 부수다시피 열고 들이가자 감이랑이 화들짝 놀러 뛰쳐
나왔다.

"왜 이러나? 왜 문을 부수는 건가?"

"왜 이러긴! 온다고 해놓고 왜 안 온 거요?"

"주루가 팔려야 갈 것 아닌가?"

"잔말 말고 오늘부디 임무를 맡으쇼!"

"글쎄, 주루를 먼저 팔고……."

뭉그적거리던 감이랑이 눈을 휘둥그렇게 떴다.

이무환이 주루 한가운데 박힌 기둥을 잡고 흔드는 것이 아

닌가.

"이봐! 지금 뭐 하려고 하는 거야?!"

"안 움직이면 주루를 다 때려 부술 거요. 그럼 불쏘시개로라도 팔 수 있겠지. 도끼! 도끼 좀 빌려줘 봐!"

"가! 간다고! 간다니까!"

감이랑이 두 손을 들고 소리쳤다. 그제야 이무환은 흔들던 기둥을 놓고 감이랑을 쳐다보았다.

"시간이 없으니까, 빨리 옷을 입고 나오쇼. 지금 적룡단에 갈 거니까. 사실 그래서 찾아온 거요."

"적룡단에?"

감이랑이 눈살을 찌푸리자 이무환이 다시 기둥을 잡았다.

"시간없다니까요?"

"아, 알았네! 알았으니까, 기둥에서 손 떼!"

감이랑은 부리나케 안으로 들어가 대충 장포를 걸치고 나왔다. 그리고 주방으로 들어가더니, 허리를 두른 가죽띠에 두 개의 칼을 꽂았다. 하나는 면이 넓고 뭉툭한 감도(砍刀)였고, 하나는 끝이 뾰족한 첨도(尖刀)였는데, 둘 다 요리할 때 쓰는 칼이었다.

"제길, 다시는 사람을 향해 이 칼을 쓰고 싶지 않았는데……."

비룡루를 나선 이무환은 곧장 적룡단으로 향했다.

도중에 유철상과 백리웅이 사십팔객의 조장 넷, 구룡수호단의 부단주 둘과 조장 다섯을 데리고 합류했다.

특조대가 적룡단으로 몰려가자 단주인 곽가위가 허둥지둥 뛰어나왔다. 그로선 광룡이 특조대를 이끌고 한밤중에 몰려왔다는 것만으로도 불안할 수밖에 없었을 것이었다.

"무슨 일로 왔는가?"

"정보를 좀 얻을 게 있어 왔습니다."

"정보?"

"수룡단이 습격당했다는 것은 알고 있겠죠?"

"나도 조금 전에 들었네. 어떻게 그런 일이 벌어질 수 있었는지 도무지 이해할 수가 없군."

"순찰 돌던 사람들 중 습격자들의 모습을 본 자가 있을 거라 생각합니다만."

"음, 그건 아직 잘 모르겠네. 이제 막 정보를 취합하던 터라……."

"그래요? 그럼 아쉬운 대로 지금까지 들어온 정보라도 저희가 좀 볼 수 있겠습니까?"

적룡단에선 순찰조가 교대하면 순찰 도중 있었던 특이한 사항을 일지에 적어놓도록 되어 있었다.

수룡단이 습격당한 시간 전후로 어떤 일이 있었다면 순찰 일지에 적혀 있을 것이었다.

"그게… 본 당의 정보는 본다고 해서 아무나 알 수가 없는 거라……."

정보를 내보이기 싫은 곽가위가 핑계를 대며 머뭇거렸다.

평소라면 충분한 핑계였다. 일지를 적을 때 일반적인 글과 적룡단 특유의 비문을 섞어서 적으니까.

그러나 이무환도 그 정도의 해결책은 가지고 있었다.

"그건 저희가 해결하지요. 마침 본 대에 그걸 알아볼 수 있는 사람이 있으니까요."

적룡단의 비문을 알아볼 사람이 있다는 말에 곽가위가 눈을 가늘게 떴다.

"누가……?"

"감 씨!"

이무환이 부르자 맨 뒤에서 돌아선 채 얼쩡거리던 감이랑이 몸을 돌려 앞으로 나왔다.

감이랑을 본 곽가위의 눈이 커졌다.

"자네……!"

"오랜만입니다, 단주."

감이랑은 일단 수룡단이 습격을 당한 시간대의 일지를 대충 살펴보았다.

당시 구룡성의 내성에서 벌어진 상황이 적힌 일지는 모두 이십여 장 정도 되었다. 감이랑은 그중 몇 곳을 골라 비문을 해석했다.

신룡부 뒤쪽에서 갑자기 밤새들이 놀란 듯 한꺼번에 날아올랐습니다.

느닷없이 뭔가가 몸을 짓눌러서 정신을 잃었습니다. 속하가 정신을 차렸을 때는 이미 동료인 정산과 복위가 죽어 있었습니다.

금룡부에서 기르는 개가 겁에 질려 낑낑대다가 외마디 소리를 내지르는 걸 듣고서 확인해 보았는데, 담장 옆에 개 두 마리가 모두 죽어 있었습니다.

수룡단 쪽에서 비명이 들려 급히 달려갔는데, 검은 그림자들이 빠르게 북쪽으로 사라졌습니다. 뒤쫓았지만 그들의 움직임이 너무나 빨라 서쪽으로 꺾어지는 것만 보고 놓쳤습니다.

이무환은 그 네 가지 내용 모두를 머릿속에서 뒤섞었다.

'분명 놈들이 몰래 이용하는 비밀 통로가 있어.'

예상은 하고 있었다. 구룡성이 제아무리 넓다 해도 이토록 완벽하게 몸을 숨긴 채 움직일 수는 없는 일이니까.

문제는 통로의 입구가 어디 있느냐 하는 것이었다.

'입구가 신룡부에만 있는 것이 아닐 수도……'

그동안 철저하게 감시했다. 한데도 티끌만 한 단서 하나 잡지 못했다. 그렇다면 신룡부에 있을 거라 생각한 입구가 다른 곳에 있을 가능성도 배제할 수 없다는 말이었다.

"일단 놈들의 발을 묶어놔야겠어. 자, 가자고!"

적룡단을 나온 이무환은 특조대원들과 함께 신룡부의 담을 끼고 돌았다.

순찰을 돌던 몇 명의 적룡단원들과 신룡부의 경비무사들이

제풀에 놀라 옆으로 비켜섰다.

이무환은 신룡부의 담을 돌며 담장에 박힌 벽돌을 하나하나 철저히 살펴보았다.

특히 건물 외벽이 담장 대신 서 있는 곳은 손으로 두들겨 진짜 벽인지 알아보았다.

어찌나 세게 때렸는지, 건물 안에서 놀란 사람들이 뛰어나올 정도였다.

“웬 놈이 벽을 부수는 것이냐?!”

“어떤 새끼야?!”

“특조대다! 밖으로 나오는 사람은 모두 잡아갈 것이다! 아무도 나오지 마!”

그렇게 한 시진에 걸쳐 신룡부 주위를 살폈지만, 수상한 곳은 보이지 않았다.

대신 광룡이 특조대를 이끌고 미친놈처럼 돌아다닌다는 소문에 구룡성의 내성이 조용해졌다.

아마 날이 새기 전에는 잠풍련의 고수들도 움직이지 못할 터. 이무환은 일단 그것에 만족하고 수룡단으로 돌아왔다.

내성을 한바탕 휘젓고 수룡단으로 돌아온 지 반 시진.

자시가 넘어갈 무렵 유군명이 달려왔다.

“계획대로 설미랑을 구금했습니다.”

“그 일에 대해 아는 사람은?”

“창룡부의 사람들은 아무도 모르고 있습니다.”

씩 웃은 이무환이 자리에서 일어났다.

"좋아, 가보자고."

광룡사위만 데리고 창룡부로 간 이무환은 정문으로 들어가지 않고 담을 넘었다.

창룡부에 자신이 돌아왔다는 게 알려져서는 안 되었다. 적의 눈을 속이기 위해선 창룡부의 눈도 속여야 했다.

유군명의 안내를 받아 넘어간 곳에는 특조대원들이 어슬렁거리며 돌아다니고 있었다. 그들 때문인지 창룡부의 경비무사들은 한 명도 보이지 않았다. 이무환이 담을 넘자 그제야 특조대원들이 사방으로 흩어졌다. 이무환도 그들과 섞여 한곳으로 사라졌다.

설미랑이 구금된 장소는 의당 지하였다. 그곳만큼 외부와 철저히 단절된 곳은 창룡부 어디에도 없었다.

유군명과 함께 들어간 의당 지하에는 제갈신결과 무설강이 기다리고 있었다.

"방에 들어가기 직전 데려왔네. 아무도 모를 거네."

무설강의 말에 이무환은 고개를 끄덕이며 설미랑을 바라보았다.

마혈과 아혈이 제압된 채 한쪽에 앉아 있던 설미랑은 이무환이 나타나자 눈을 부릅뜨고 쳐다보았다.

이무환은 자신을 잡아먹을 듯이 쳐다보는 설미랑을 차가운 눈으로 응시했다.

"왜 잡혀왔는지 대충은 짐작할 거야. 일단 아혈을 풀어주지. 큰 소리 지르면 다시 제압할 것이니까, 판단은 당신이 내려. 알았어?"

입술을 깨문 설미랑은 미미하게 고개를 끄덕였다. 대항한다고 해서 어떻게 할 수 없는 사람이 광룡이라는 것쯤은 그녀도 아는 까닭이다.

이무환이 고갯짓을 하자 제갈신걸이 설미랑의 아혈을 풀어주었다.

설미랑은 터져 나오려는 목소리를 억지로 누르고 나직이 물었다.

"대체 이게 무슨 짓이죠?"

"질문은 내가 할 거야. 당신은 그에 대한 대답만 하면 돼. 제대로 대답하면 내보내줄 테니까, 거짓말할 생각은 하지 마."

"당신에게 이럴 권리가 있다고 생각하나요?"

"당연히 있지. 여 부주를 죽인 범인을 잡는 게 내 일이거든."

"어이가 없군요. 내가 사부님을 해치기라도 했다는 말인가요?"

"당신에게는 그럴 만한 실력이 없어. 하지만 당신 주위에는 그 정도의 실력을 지닌 사람이 있지. 내가 원하는 건 바로 그 자야."

"도대체 무슨 말인지 모르겠군요."

"모른다? 그럼 한 가지만 묻지. 양류한의 검을 누구에게 가져다주었지?"

이무환이 직접적으로 대놓고 묻자 설미랑의 눈빛이 흔들렸다.

"무, 무슨 말이에요?"

"염추인에게서 검을 받지 않았나? 양류한은 그렇게 알고 있던데."

"나, 나는……."

"염추인을 꼬드긴 게 단순히 검 때문이었나?"

이를 악문 설미랑이 잇새로 소리치며 악착같이 사실을 부정했다.

"나와 염 사제는 사형제간일 뿐이에요. 대체 무슨 말도 안 되는 소리를……."

하지만 이무환은 티끌만큼도 동요하지 않고, 모든 사실이 다 드러났다는 듯 태연히 말했다.

"당신이 미처 모르고 있는 사실이 있어. 염추인이 검을 가져가는 걸 양류한이 봤지. 그리고 당신과 염추인과의 관계를 세세하게 아는 사람도 있어. 그 사람은 항상 당신을 주시하고 있었거든."

설미랑이 입술을 씹으며 고개를 저었다.

"나는… 아무 말도 하지 않겠어요."

"꽤나 고집이 세군. 사랑하는 사람을 위해서 죄를 뒤집어쓰기라도 하겠다는 건가? 당신 때문에 죽어간 염추인이 불쌍하지도 않아? 제자를 잘못 둬서 죽임을 당한 사부에게 미안하지도 않아?"

“……”

“누군지 대충 짐작은 하고 있어. 다만 내가 궁금한 것은 그가 왜, 무슨 이유로 여 부주를 죽였는가 하는 것이야.”

“……”

“잘 들어둬. 사부를 죽인 제자는 어떤 이유로든 용서받지 못해. 목이 잘려서 구룡성 정문 앞에 효시되는 걸 원한다면 입을 다물어. 사람들이 잘린 당신의 머리에 욕을 하고 가래침을 뱉을 거야. 어쩌면 오물을 던질지 모르지.”

설미랑의 몸이 잘게 떨렸다.

누가 뭐래도 그녀 역시 아름답기를 원하는 여인이었다.

그냥 죽는 것이라면 받아들일 수 있었다.

그러나 자신의 잘린 머리가 성문에 내걸리고, 사람들이 욕을 하며 침을 뱉는다는 걸 상상하니 아무런 생각도 떠오르지 않았다.

“정말 그렇게 죽고 싶어? 아마 당신이 보호하려는 사람은 당신이 죽어서 그 꼴을 당해도 나 몰라라 할걸?”

설미랑의 숨소리가 거칠어졌다.

이무환이 비아냥거리는 말투로 말을 이었다.

“아닐 거라고 생각해? 정말 그렇게 생각해? 흥! 웃기는 일 아냐? 그렇게 당신을 생각하는 사람이 이런 일에 당신을 끌어들이다니 말이야.”

잠시 말을 멈춘 이무환은 설미랑에게 다가가 고개를 내밀었다.

"내가 약속하지. 당신이 그 이유를 알려주면, 내 모든 걸 걸고 당신을 보호해 줄 거야. 하지만 입을 열지 않으면, 죄가 밝혀지든 말든, 사람들이 다 나를 욕해도 내가 직접 당신의 목을 자를 거야. 당신이 사부를 죽이는 데 일조한 것만큼은 확실하니까. 나는 사부를 개떡으로 아는 사람은 죽이고 싶을 정도로 싫어하거든. 당신도 알지? 내가 약속을 지키기 위해서 잠풍련의 간자들을 모두 풀어주었다는 걸."

그걸 모르는 사람이 어디 있을까?

그 일로 인해 구룡성에서 도는 소문이 있었다.

—광룡이 비록 미치기는 했지만, 자기가 한 말은 철저히 지킨다.

설미랑도 그 소문을 들었다. 하기에 마음이 흔들리지 않을 수 없었다.

이무환이 속삭이듯이 계속 채근했다.

"잘 생각해 봐. 그자는 자기 욕심 때문에 당신을 이용한 것뿐이야. 그런 자 때문에 목이 잘리고 싶어? 성문에 매달려서 남들이 뱉는 침에 범벅이 되고 싶어? 정말 그런 거야?"

악마의 속삭임이 의당에 울려 퍼진다.

무거운 침묵이 의당 지하를 내리눌렀다.

광룡사위는 물론이고, 무설강과 제갈신걸마저 딱딱하게 굳은 얼굴로 이무환의 뒷모습을 바라보았다.

하물며 당사자는 말할 것도 없었다.

심혼을 짓누르는 이무환의 목소리에 설미랑은 온몸을 떨었다.

"난, 난……."

"털어놓으면 속이 시원할 거야. 말해봐."

순간, 설미랑의 두 눈에서 두 줄기 굵은 눈물이 주르륵 흘렀다.

"나는… 그분이 설마 사부님을 죽이기까지 할 줄은 꿈에도 몰랐어요."

"흠, 죽일 줄 모르고 검을 가져다주었다는 건가?"

"예……."

"그게 누구지?"

흠칫한 설미랑이 이무환을 올려다보았다.

다 알고 있다는 듯 말했었다. 한데 범인이 누군지 모른다는 뜻처럼 들리지 않는가.

"서, 설마… 모르고……?"

"아아, 짐작은 하는데 당신 입으로 확실하게 듣고 싶어 그러는 거야. 어차피 이제 다 말할 거잖아? 당신은 다 알고 있고. 말해봐. 속 시원하게 말이야."

뒤에 서 있던 사람들이 질렸다는 표정으로 이무환의 뒤통수를 노려보았다.

그들조차 이무환이 범인에 대해 알고 있는 줄 알았다. 한데 그것이 아닌 것처럼 느껴진 것이다.

2

“계집이 사라졌습니다.”

“언제 사라졌지?”

“자시쯤으로 추정됩니다.”

환비는 미간을 찌푸린 채 다시 물었다.

“당시 광룡의 위치는?”

“수룡단에 있었던 것으로 알려졌습니다.”

“음, 한발 늦은 건가?”

무릎을 꿇고 있던 흑의인의 어깨가 가늘게 떨렸다.

“제대로 일처리를 못한 점, 속하가 책임지겠습니다.”

“그대가 죽는다고 해서 해결될 문제가 아니야.”

“하오나…….”

“지금 즉시 창룡부 일대에 대한 감시를 늘려. 혹시 광룡이 창룡부에 있는지도 다시 한 번 알아보도록 하고.”

“예, 공자.”

“그리고… 사람을 무창의 용강통으로 보내서 귀조를 찾아봐라. 아무래도 기분이 안 좋아.”

흑의인이 고개를 숙이고 밖으로 나가자 환비의 얼굴에 싸늘한 냉소가 걸렸다.

“생각보다 머리 좀 굴린다, 이건가?”

적수가 있다는 것이 즐거웠다. 하기에 적당히 풀어놓았다.

한데 광룡에 대해 알면 알수록 신경이 쓰였다.

"아무래도 본격적으로 몰아쳐야겠어."

환비는 자리에서 일어나 방을 나섰다. 사부인 천세도인을 만나 그에게 한 가지 물건을 요구해야만 했다.

"놈이 모든 내막을 알아낼 거라 보느냐?"

"확률은 반반입니다, 사부님. 해서 만약의 사태에 대비해 놈들을 더 흔들까 합니다."

"이미 많은 것을 드러냈다. 여기에서 더 내보이는 것은 좋을 게 없을 것 같은데… 그래도 하는 게 나을 거라 생각하느냐?"

환비는 숙였던 고개를 들고 천세도인을 바라보았다.

"방법이 전혀 없는 것은 아닙니다. 풍 사형이 남긴 물건을 이용한다면, 지금까지 드러낸 힘만으로도 충분히 놈들을 흔들 수 있을 것입니다."

그제야 천세도인의 눈에서 기광이 번뜩였다.

신도연풍이 남긴 것. 그것은 다름 아닌 서른두 알의 마단이었다.

비록 완전한 것은 아니었지만, 어떤 일을 수행하기에는 오히려 그게 더 나을지 몰랐다.

천세도인은 사이한 웃음을 지으며 고개를 끄덕였다.

"흠, 그것도 괜찮겠군."

"그리고 이사형으로 하여금 담사황을 움직이게 할 생각입니다. 놈들이 뜻밖의 원군을 끌어들였지만, 그자들 정도는 담사황이 맡을 수 있을 것입니다."

"일이 너무 커지는 것이 아니겠느냐? 만에 하나라도 저들이 이 일을 빌미 삼아 반격한다면 상황이 복잡하게 될 텐데?"

환비는 반쯤 고개를 숙인 채 담담히 대답했다.

"어차피 하루도 남지 않았습니다. 반격은 오히려 환영할 일이라 생각됩니다, 사부님. 나중을 위해서라도 상대를 약화시킬 기회가 되지 않겠습니까?"

"하긴, 구룡성주 선출이 끝났다고 모든 일이 끝난 것은 아니지. 보나마나 어느 한쪽이 순순히 인정하지는 않을 테니까. 좋아, 그럼 네 뜻대로 해보거라."

마침내 천세도인의 허락이 떨어졌다.

"감사합니다, 사부님."

환비는 머리를 깊숙이 숙였다.

'아마 당신의 생각보다 일이 크게 벌어질 겁니다. 기대해도 좋을 겁니다, 사부.'

그리 생각하면 당연히 기분이 좋아야 했다. 그런데 왠지 찝찝한 기분이 가라앉지 않았다.

'빌어먹을 귀조. 대체 어떻게 된 거지?'

금철종이 와서 물었다. 대체 언제 계집을 납치할 거냐고.

그는 대답할 수가 없었다. 다만 오늘 밤이면 결정날 거라고만 했다.

화가 났다. 그까짓 멍청이에게 추궁을 받다니.

'흑귀가 사람을 보냈으니 곧 소식이 있겠지.'

창룡부를 빠져나온 이무환은 곧바로 이금환을 찾아갔다.

이제 그에게 자신이 가지고 있는 물건을 전해주어야 했다.

그리고 한 사람이 왔는지 알아보아야 했다.

"받으쇼."

이무환이 주머니를 내밀자 이금환이 주머니와 이금환을 번갈아 보았다.

"그게 뭐요?"

"일단 받으쇼."

이금환은 엉겁결에 주머니를 받고 이무환의 설명을 기다렸다.

"그거, 백조부께서 잠시 나에게 맡겨놓았던 거요. 뭐, 줄 사람이 없으면 나더러 가지라고 했는데, 귀찮아서 그냥 금 형 주는 거요."

"할아버님이?"

"잘 들으쇼. 이제 그걸 받은 이상 뒤로 물러날 생각도, 상황을 피할 생각도 마쇼. 알겠수?"

이금환이 손에 들린 주머니를 만지작거리며 의아한 표정을 지었다.

"이 안에 든 게 뭔데 그런 말을 하는 거요?"

이무환은 별거 아니라는 듯, 철전 몇 개 툭 던지듯 말했다.

“천룡령.”

하지만 이금환에게는 만 근짜리 철전이 머리 위에 우르르 떨어진 것만큼이나 충격적인 이름이었다.

그럴 수밖에 없었다.

천룡령!

천룡지주를 상징하는 영패를 말함이다.

그간 천룡령은 원로들이 가지고 있다고 소문났었다. 이건천이 병상에 누워 있을 때 맡겼다고 했다. 다음 대의 천룡지주를 원로들에게 선택하게 했다는 말과 함께.

그 때문에 이충선과 이충현이 함부로 움직이지 못했던 것이기도 했다.

한데 그런 천룡령이 어떻게 해서 이무환에게 있단 말인가?

“대체 이게 어찌 된 일이오?”

“깊게 생각할 것 없소. 노친네가 수를 쓴 것뿐이니까. 잘난 손자 가만히 있는 꼴을 못 봐서 고생시키려고 말이오.”

“할아버님이 자네에게 맡겼다고?”

“더 깊게 이야기하려면 머리만 아프니까, 이것만 아쇼. 이제부터 당신이 천룡의 주인이라는 것 말이오. 물론 천룡에 속한 사람들을 어떻게 부리느냐 하는 것도 다 당신이 알아서 해야 하오.”

“나는 자격이 없소. 차라리 그대가……”

“거참! 내가 하고 싶었으면 미쳤다고 형에게 그걸 주겠어?!”

갑작스럽게 튀어나온 ‘형’ 이라는 말에 이금환의 눈이 파르르 떨렸다.

"아우……."

다 귀찮다는 듯 이무환이 손을 저었다.

"잔소리 말고, 좌우간 그걸 가지고 내일 회의에 참석하쇼. 그리고 무조건 내가 하라는 대로 하쇼."

이금환의 방을 나온 이무환은 암영무류를 시전해 천룡부 뒤쪽에 있는 원로원을 찾아갔다.

천룡부의 원로원은 다른 부의 원로원과 조금 달랐다. 다른 부의 원로원이 반쯤 개방되어 있다면, 천룡부의 원로원은 완전히 폐쇄되어 극히 일부의 사람을 제외하고는 왕래를 하지 못했다.

구룡무제가 생전에 원로원의 원로들로 하여금 어떤 일에도 참견하지 못하도록 못을 박아놓았던 것이다.

그로 인해 천룡부의 원로들은 구룡무제의 장례 때를 제외하고는 결코 원로원을 벗어나지 않았다. 오히려 구룡무제가 살해당한 후에는 더 심해져서, 음식을 가져오는 시비를 외에는 누구도 왕래하지 못하도록 했다.

심지어 이충선과 이충현도 원로원에 들어갔다가 쫓겨나올 정도였으니, 다른 사람은 말할 것도 없었다.

하지만 이무환은 조금도 개의치 않고 담장을 넘었다.

송림에 둘러싸인 원로원은 어둠보다 더 깊은 침묵에 빠져 있었다.

　이무환은 어둠이 내려앉은 송림을 비집고 안으로 들어갔다.

　십오륙 장을 들어가자 송림이 끝나고 건물이 보였다.

　걸음을 멈춘 이무환은 네 채의 건물로 이루어진 원로원을 물끄러미 바라보며 기운을 탐지했다.

　안에서 느껴지는 기운은 모두 넷, 원로들의 숫자와 같았다. 게다가 특별한 기운도 없었다.

　며칠 전이나, 지금이나 똑같은 사람들만 있다는 말이었다.

　'오늘 안 오면 와봐야 소용이 없는데…….'

　이건천이 남긴 일지에는 한 사람의 이름이 쓰여 있었다.

　이건천은 구룡성의 존망이 위태롭게 되면 그 이름의 주인이 돌아올 거라고 했다. 삼십 년이나 구룡성을 떠나 있던 구룡성의 살아 있는 전설이.

　한데 아직까지 '그'의 모습이 코빼기도 보이지 않는다. 구룡성주 선출이 몇 시진 남지 않았거늘.

　'제길, 안 오면 할 수 없지. 나 혼자 미친 짓을 해보는 수밖에.'

　'그'가 구룡성을 떠난 것은 이건천의 부탁으로 모종의 비밀을 조사하기 위해서였다.

　지금쯤은 조사가 끝나 있을 터였다.

　그를 만나면 안개 속에 감춰진 뭔가가 모습을 드러낼 터. 한 가지만 확실히 드러나도 그만큼 일이 쉬워질 것이었다.

　물론 그가 안 온다고 해서 물러설 생각은 조금도 없었다.

　구룡성을 완전히 뒤집어엎는 한이 있더라도 잠풍련 놈들에게 구룡성이 넘어가는 꼴은 볼 수 없었다.

광룡의 자존심을 지키기 위해서라도!

"지미, 북궁만호라는 노인네, 돌아다니다 돌부리에 걸려서 자빠지기라도 했나, 왜 안 오는 거야?"

이무환은 투덜거리며 원로원을 바라보았다. 조금만 더 기다리다 안 오면 돌아갈 생각이었다.

그때 바람이 불어왔다. 상당히 거친 바람이었다.

그래서일까? 바람 속에 섞인 목소리에도 조금 날이 서 있었다.

"네놈은 누군데 원로원에 들어온 것이냐?"

이무환은 고개를 들어 어둠에 눌린 송림 꼭대기를 바라보았다.

한 사람이 바람에 실려 천천히 내려오는 게 보였다.

체구가 제법 큰, 나이를 짐작키 힘든 노인이었는데, 어둠이 그의 주위에서 비켜가는 듯 느껴졌다.

가히 절대고수의 기운!

물론 그렇다고 해서 기죽을 이무환이 아니었다.

"그러는 노인네는 뉘슈?"

"이제 보니 버르장머리를 장강에 던져 두고 온 놈이군."

"처음부터 '놈, 놈' 하는데 기분 좋을 놈이 어디 있겠수?"

노인은 희한한 놈 본다는 눈빛으로 이무환의 전신을 살펴보았다. 그러다 곧 경악한 눈빛으로 이무환의 두 눈을 뚫어지게 바라보았다.

‘이놈이 누군데 이리도 거대한 기운을 지니고 있단 말인가?

그러나 경악도 잠시, 노인은 표정을 굳히고 이무환을 노려보았다.

강하다는 말은 그만큼 위험한 자라는 뜻. 위험한 자가 원로원에 몰래 침입한 이상 이대로 놔둘 수는 없는 일이었다.

“원로원에 아무도 들어오면 안 된다는 것을 모르지는 않겠지? 안다면 정체를 밝혀라, 어린놈.”

노인의 목소리가 깊어졌다. 은은한 살기가 노인의 전신에서 흘러나왔다.

이무환도 두 손을 늘어뜨린 채 천광지령의 내력을 끌어올렸다.

그러고는 소리가 밖으로 새지 않도록 주위 삼 장을 내력으로 감싼 후 노인을 향해 물었다.

“원로원의 원로들께선 모두 저 안에 있으니 노인네도 외부인인 것 같은데… 아무래도 정체를 밝혀야 할 사람은 내가 아닌 것 같은데요?”

“훗, 오래 떠나 있긴 했지만, 나도 이곳 사람이다. 그러니 네놈이나 정체를 밝혀라. 어떻게 내 이름을 알았는지 모르지만, 그렇다고 다 용서될 거라는 생각은 버려야 할 것이야.”

순간 이무환의 한껏 커진 눈이 반짝였다.

“호, 혹시… 노인장이 북궁만호……?”

“알면 되었다. 이제…….”

“구룡성의 전설이라는 그 비천룡(秘天龍)이란 말씀이죠?”

"한때는 그리 불렸지. 중요한 것은 그게 아니……."

이무환이 연속적으로 북궁만호의 말을 끊었다.

"정말 무운천수(舞雲天手) 북궁만호, 그분이란 말입니까?"

끝내 노인, 북궁만호의 이마에 골이 파였다.

"그렇다고 했잖느냐?!"

한데도 이무환은 환하게 웃으며, 끌어안을 것처럼 두 팔을 뻗었다.

"이거, 정말 반갑습니다! 저는 이무환이라고 합니다!"

북궁만호의 노안에 곤혹감이 떠올랐다.

반로환동하지 않은 이상, 앞에 있는 놈은 아무리 잘 봐줘도 이십대 초반이다. 한데 어떻게 자신을 아는 것이며, 뭐가 좋아서 저리 환하게 웃는단 말인가?

혼내는 것은 나중에 해도 될 일. 그는 일단 궁금한 것부터 물었다.

"네놈은 나를 어떻게 아는 것이냐?"

이번에는 '놈'이라고 하는데도 이무환의 얼굴에서 웃음이 사라지지 않았다.

"그거야 구룡무제께서 남긴 일지를 보고 알았죠. 이곳에 온 것도 그분 때문이고 말이죠. 근데……. 남긴 글로 봐서는 제법 사나운 인상인 줄 알았는데, 막상 보니 정말 멋진 모습인데요? 그렇게 늙기도 쉽지 않은데, 정말 멋지게 늙으셨습니다."

북궁만호의 이마에 파인 주름이 두어 개 더 늘었다.

듣다 보니 머리가 어지러웠다.

　대충 정리를 해보면, 구룡무제 이건천이 남긴 일지를 보고
자신을 알았고, 목적이 있어 자신을 만나러 왔다는 것 같았다.
　문제는 그 뒤의 말이었다.
　‘칭찬 같기도 하고, 놀리는 것 같기도 하고…….’
　도무지 갈피를 잡기가 쉽지 않다. 다만 티 하나 없이 맑은
표정을 보니 놀리는 것은 아닌 듯 보인다.
　북궁만호는 일단 끌어올린 기운을 누그러뜨리고 싸늘한 목
소리로 물었다.
　“구룡무제의 일지는 어떻게 얻었느냐?”
　이무환이 어깨를 으쓱 추켜올리며 대답했다.
　“그야 그분이 줬죠 뭐.”
　“건천이 너에게 주었다고?”
　“솔직히 저는 원하지 않았으니까, 떠맡긴 거라고 봐야죠. 쳇,
줄려면 좋은 것이나 주지, 골치 아픈 일만 떠맡기고. 좌우간 한
분 있는 백조부님도 도대체가 손자 편한 꼴을 못 본다니까요.”
　중얼거리며 투덜대는 말에서 대충 이무환과 이건천의 관계
를 눈치챈 북궁만호의 눈이 조금 커졌다.
　“네가 건천의 손자란 말이냐?”
　“그렇다니까요? 아니면 제가 무슨 재주가 있어 구룡무제의
일지를 얻을 수 있었겠습니까?”
　북궁만호는 이무환을 뚫어지게 바라보고는 이무환의 말에
거짓이 없음을 알았는지 눈빛을 누그러뜨렸다.
　“그런데 나는 왜 찾아온 것이냐?”

이무환이 눈을 동그랗게 떴다.

"아! 이런! 이러고 있을 때가 아닌데, 너무 반가워서 헛소리만 지껄였군요. 저쪽으로 가죠. 중요하게 할 이야기가 있으니까요."

지금까지 한 이야기가 다 헛소리였다고?

눈을 가늘게 뜬 북궁만호는 몸을 반쯤 돌린 이무환을 노려보았다.

'이놈, 머리가 조금 이상한 놈 아냐?'

아무리 봐도 그런 것 같았다.

인시 말.

천룡부에서 돌아온 이무환은 더 조사할 게 있다며 염추인의 시신을 수룡단으로 옮겼다.

자결로 결론지어진데다가, 염화룽마저 승낙하자 창룡부에서도 반대하지 않고 순순히 넘겨주었다.

이무환은 관을 광룡대로 가져오도록 지시했다.

덜컹!

관뚜껑이 열리자 시퍼렇게 변한 염추인의 얼굴이 보였다.

"들어내서 저리 옮겨."

이무환의 말에 영호승과 막위가 염추인의 시신을 들어내 준비해 놓은 다른 관에 넣었다.

그때까지도 이무환은 관속에서 시선을 떼지 않았다.

얼마나 지났을까, 텅 빈 관을 바라보던 이무환이 관속을 향해 손을 내밀었다.

투둑, 관의 밑바닥을 장식한 나무판이 흔들리더니 이무환의 손짓에 따라 들춰졌다.

이무환은 관의 밑바닥을 완전히 뜯어내고, 관 안을 향해 말했다.

"나오쇼."

순간, 관 안에서 한 사람이 일어났다.

창백한 안색의 여인, 설미랑이었다.

4

"후욱!"

"후우욱!"

거친 숨소리. 붉게 변한 두 눈. 광기와 살기가 뒤섞여 넘실 거린다.

모두 스물다섯 명. 그들의 몸에서 흘러나오는 기운에 지하 석실이 터져 나갈 것만 같다.

맨 안쪽에 앉아 있던 무면검마는 이를 악물고 끓어오르는 기운을 억눌렀다.

'너무 방심했어.'

한순간의 방심이 참담한 결과를 가져왔다.

한 번의 습격으로 일이 끝난 줄 알았다. 하기에 환비가 내상을 치료하라며 내준 단약을 별 의심 없이 복용했다. 자신뿐만 아니라 수하들까지 모두가.

그가 준 단약의 약효는 상당히 빨랐다.

처음에는 그조차 빠른 약효에 감탄을 금치 못했다. 그런데 채 반의반 각이 되기도 전이었다. 서서히 내부의 기운이 주체할 수 없이 끓어오르기 시작했다.

그제야 그는 뭔가가 잘못되었다는 걸 깨닫고, 약효가 퍼지는 것을 억눌렀다.

하지만 때늦은 깨달음이었다. 그가 복용한 것이 비록 독은 아니었지만, 그렇다고 해서 내상을 치료하기 위한 약도 아니었다.

주체할 수 없이 끓어오르는 기운, 그것은 광기였다!

뒤늦게야 그는, 그 약이 바로 소문으로만 들었던 마단임을 알고 황급히 광기를 한곳으로 몰아넣었다.

그러나 그때는 이미, 반 이상의 약효가 그의 몸을 집어삼킨 후였다.

그나마 그는 나았다.

그의 수하들은 완전히 마단의 약효에 지배당한 상태였다.

'무엇을 원하는 것이냐!'

이를 악문 그가 전력을 다해 광기를 누르고 있을 때였다.

드르르르……

한 치 두께의 철문이 소리없이 옆으로 밀려나는가 싶더니, 환비가 안으로 들어섰다.

환비는 무면검마를 무심한 눈으로 바라보며 나직이 명을 내렸다.

"지금 즉시 검룡부를 치시오."

"왜 이런 짓을… 한 것이냐?"

"적에게 최대한의 타격을 주려면 어쩔 수 없소. 귀하라면 충분히 상황을 이해할 텐데?"

"상대의 반발이 거셀 것이다. 자칫하면 전면전이 벌어질지도 모른다. 설마 그걸 모르고 이런 일일 벌이는 것은 아니겠지?"

환비가 잔잔한 웃음을 지었다. 눈은 웃지 않는데, 입만 가늘게 늘어진다.

"상관없소. 그러면 오히려 상황이 빨리 마무리될 테니까."

무면검마의 붉어진 눈빛이 묘하게 이지러졌다.

"혹시… 처음부터 전면전을 바라고……?"

"나는 그것도 나쁘지 않다고 생각하고 있었소. 물론 사부님께선 나와 조금 다른 생각을 가지고 계시지만 말이오."

대답하는 환비의 두 눈에서 파르스름한 기운이 일렁인다.

그걸 본 무면검마의 붉은 눈빛이 거세게 출렁였다.

지난 이십여 년, 오직 한 가지 목표를 위해 모든 것을 버리고 참아왔다. 한데 뭔가가 잘못되었다. 자칫하면 이십여 년 고생이 공염불이 될 판이다.

'야율 늙은이는 이 아이의 속마음을 알고 있을까?

무면검마는 입술에 이가 박히도록 세게 깨물었다.

짜릿한 통증과 함께 광기가 조금 누그러졌다.

그때 환비의 목소리가 울렸다.

"시간이 촉박하니 지금 출발하시오."

무면검마는 자리에서 일어나 환비를 바라보았다.

"목적을 위해 수단 방법을 가리지 않는 단호함도 때론 필요하지. 하나 남자라면, 최소한 하늘을 바라보는 데 부끄러움이 없는 행동을 해야 하는 법이다. 너는 오늘의 일에 한 푼의 부끄러움도 없다고 자부할 수 있느냐?"

옅은 조소가 환비의 입가에 떠올랐다.

"훗, 당신은 나에게 그런 말을 할 자격이 없소. 얼굴을 드러내는 게 부끄러워 평생 가면을 쓰고 산 사람이 하기에는 조금 뻔뻔한 말이라는 생각이 들지 않소?"

무면검마는 그런 환비를 물끄러미 바라보고는 천천히 몸을 돌렸다.

"그럴지도 모르겠군."

환비가 돌아선 무면검마의 등에 대고 강조하듯 말했다.

"최대한의 타격을 줘야 한다는 점 명심하시오."

"그러지."

들릴 듯 말 듯 나직이 대답한 무면검마가 석실을 나섰다.

눈이 붉어진 스물네 명의 무사가 묵묵히 그 뒤를 따랐다.

무면검마는 어둠만이 존재하는 통로를 걸어가며 또 한 번 입술을 깨물었다.

'네 뜻대로 되지는 않을 것이다.'

第五章

약속(約束)

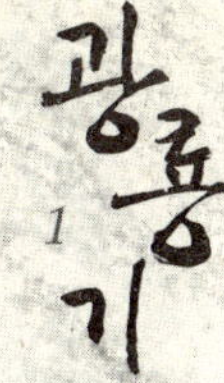

광기에 물든 스물다섯 명의 무사는 쏟아지는 달빛을 등에 지고 검룡부의 담장을 넘었다. 인시가 막 지나가던 시각이었다.

운 좋게 그들의 행적을 발견한 적룡단 순찰들의 신호 소리가 요란하게 울렸다.

삐이이익!

휘이익!

"수상한 자들이 검룡부로 들어갔다!"

"빨리 알려라! 수룡단을 친 놈들 같다!"

하지만 스물다섯 명의 무사는 소란이 이는 것을 조금도 신경 쓰지 않았다.

그들은 검룡부의 담장을 넘는 순간부터 지옥의 수라가 되었다.

피와 죽음!

그들은 그것만이 지상의 목표인 양 행동했다.

앞을 막는 자를 향해 뻗는 도검에 추호의 인정도 두지 않았다.

어둠 속, 난데없는 날벼락이 검룡부를 덮치고, 그때부터 지옥이 펼쳐졌다.

"으악!"

"적이다! 막아라!"

"당황하지 말고 침착하라!"

"크어억!"

검룡부의 간부들이 각자의 거처를 뛰쳐나왔을 때는 이미 사오십 명의 무사가 바닥에 널브러진 후였다.

"정상이 아닌 놈들이다! 합공해서 상대해!"

누군가가 침입자들의 상태를 알아보고 소리쳤다.

붉은 눈에서 뿜어지는 혈기. 입가에 떠올라 있는 기괴한 웃음.

어둠을 밀어내며 몰려드는 사이한 기운에 소름이 끼친다.

그러나 광인들이 무서운 것은 그러한 기운 때문만이 아니었다.

핏빛 혈기를 뿜어내는 그들은 하나하나가 강했다. 절정의 고수들이 몇 번 부딪쳐 보지도 못한 채 뒤로 나가떨어진다.

장로와 호법들, 검룡부의 자랑이라는 십팔검자조차 일대일
에서는 뒤로 밀린다.

게다가 부상을 조금도 개의치 않는 자들이다.

고통이 느껴지지 않는 듯, 팔다리가 베어져 쩍쩍 갈라지고,
시뻘건 피가 튀는데도 움직임에 별다른 변화가 없다.

오히려 피를 볼수록 두 눈에서 피어오르는 광기가 짙어진
다.

광란의 격전!

그렇게 검룡부가 지옥의 전장으로 변해갈 때였다.

분노의 호통이 구룡성을 흔들었다.

"누가 감히 검룡의 대지를 피로 물들인단 말이냐?!"

검룡의 주인, 검왕 동방휘였다.

순간이었다. 스물다섯 명의 광인 틈에서 한 사람이 숫구쳤
다.

상황을 주시하며 손쓰는 것을 자제하고 있던 청색가면인,
무면검마였다.

"동방휘! 그대는 내가 상대해 주마!"

"이놈들! 내 네놈들을 한 놈도 내보내지 않으리라!"

"응? 뭐지?"

지하 석실에서 설미랑을 취조하던 이무환은 고개를 발딱 쳐
들고 눈을 가늘게 떴다.

적룡단의 호각 소리가 들린다. 다급한 신호음이다.

뒤이어 들리는 요란한 소음.

비명, 무기가 부딪치는 소리, 강맹한 기운의 격돌음이 뒤섞여 있다.

'혹시?'

이무환의 눈이 처연한 표정을 짓고 있는 설미랑을 향했다.

"무슨 일이 벌어진 것 같소. 밖으로 나가면 위험하니까, 이곳에서 한 발자국도 움직이지 마시오. 알겠소?"

설미랑은 대답할 힘도 없는지 고개만 끄덕였다.

이무환은 즉시 석실을 나서며 영호승을 향해 소리쳤다.

"멋쟁이! 빨리 사람들을 소집해!"

"예, 총대주!"

하지만 영호승 등 광룡사위가 사람들을 찾아다닐 필요도 없었다. 소란스런 소리를 들었는지, 모두가 이무환의 방을 향해 몰려들었다.

"총대주! 아무래도 일이 터진 것 같습니다!"

엽상의 말에 이무환의 눈이 북쪽으로 향했다.

"검룡부야?!"

"그런 것 같습니다!"

바로 그때, 동방휘의 호통이 밤공기를 타고 구룡성에 울렸다. 그리고 곧이어 동방휘의 이름이 구룡성 하늘에 울려 퍼졌다.

이무환은 욕설을 내뱉으며 눈을 치켜떴다.

"이 빌어먹을 작자가!"

동방휘마저 나설 정도라면 보통 심각한 상황이 아니라는 말이다. 게다가 조금 전의 동방휘를 부른 목소리. 귀에 익은 목소리다.

청색가면인, 그자다!

그가 두더지굴에서 또 나왔다는 것은 하나를 의미했다.

'놈들이 작정하고 일을 벌였어!'

그렇다면 지체할 시간이 없었다. 호연청의 명이 떨어지기를 기다릴 시간조차 아까웠다.

"자! 굴에서 나온 두더지들을 잡으러 가자고!"

쾅광! 쩌저정!

세 번의 격돌이 찰나간에 이루어졌다.

절대의 기운이 충돌하자 부서진 기운의 파편이 어둠을 갈기갈기 찢으며 주위로 퍼져 나갔다.

고오오오!

인근에 몰려 있던 사람들 중 몇이 그 여파에 휩쓸리고, 일순간 대여섯 명이 사방으로 튕겨졌다.

오 장 뒤로 훌쩍 물러선 동방휘의 얼굴에 경악이 일렁였다.

우세는커녕 오히려 밀린 기분이다. 천중십마와 우내십존의 누구에게도 밀리고 싶지 않은 자신이 밀리다니!

"네놈은 누구더냐?!"

검을 중단으로 들어 올린 무면검마가 음울한 목소리로 되물었다.

"지금 중요한 것은 그것이 아닐 텐데?"

사실이 그랬다. 비명이 끊이지 않고 흘러나온다.

사방에서 피가 튀고, 말하는 사이에도 서너 명의 무사가 죽어간다.

"오냐, 이놈! 나 동방휘가 어떤 사람인지 보여주마!"

후우웅!

동방휘의 전신에서 웅혼한 기운이 솟구치는가 싶더니, 모든 기운이 우수에 들린 검으로 집중되었다.

찰나였다. 무면검마가 검을 앞세운 채 동방휘를 향해 신형을 날렸다.

짧은 시간, 검룡부의 정문과 담장 근처에 많은 무사들이 몰려들었다. 그러나 안으로 진입하지는 못하고 눈치만 보았다.

어쩌면 당연한 일일지도 몰랐다.

침입자들이 누군지 확인조차 안 되고 있는 판이다. 적아마저 분명치 않은 상황. 무턱대고 들어가면 적으로 오인한 검룡부 무사들의 공격을 받을지도 모르는 일이 아닌가.

더구나 들려오는 굉음과 비명으로 봐서 침입자들은 절정 그 이상의 경지에 달한 무인들임에 분명했다.

눈먼 칼에 목숨을 내맡기고 싶지 않은 이상 망설일 수밖에 없었다.

이무환은 그들을 향해 달려가며 소리쳤다.

"특조대다! 안 들어갈 거면 비켜!"

누군가가 엉겁결에 큰 소리로 이무환의 존재를 알렸다.

"광룡이 왔다!"

벼락이라도 떨어진 듯 정문 근처에 있던 무사들이 쫘악 갈라졌다.

이무환은 조금도 지체하지 않고 검룡부의 담장을 넘었다.

물론 특조대원들도 일제히 몸을 날려 이무환의 뒤를 따랐다.

검룡부 내부의 상황은 목불인견의 상황이었다.

찢겨지고, 갈라지고, 터지고, 몸체와 떨어져 나간 팔다리들이 핏구덩이를 이룬 사방에 널려있다.

그 숫자가 족히 일백이 넘어 보인다.

검룡부의 고수들과 아귀다툼에 가까운 싸움을 벌이고 있는 자들은 모두 이십 명 정도. 광기에 찬 붉은 눈빛을 빛내는 그들은 지옥에서 뛰쳐나온 아수라의 화신과도 같았다.

이무환은 광기에 찬 자들을 보는 즉시 상황을 이해했다.

"약을 처먹었군!"

무창에서 만났던 혈귀들. 그들과 같은 모습이다. 다만 차이라면, 그들보다 이곳에 있는 자들이 몇 배 더 무서운 자들이라는 것이었다.

"빌어먹을 자식들이 절정의 고수들에게 약을 처먹였어!"

무서운 일이었다.

적은 기껏해야 이십여 명 정도. 한데 그 숫자로 검룡부를 뒤집어놓다니.

"손에 인정을 남기지 마! 죽일 때는 확실히 죽여!"

누굴 따로 지목하고 한 말이 아니었다. 모두에게 들으라는 말이었다.

일전 마단에 대한 것을 들은 적이 있는 특조대원들은 전장을 향해 달려가며 무기를 쥔 손에 힘을 주었다.

이무환도 망설이지 않고 격전이 벌어진 한가운데로 뛰어들었다.

특조대원들이 가세하자 상황이 급변했다.

그러잖아도 절정의 무위를 지닌 사람들이 철저히 함께 손을 쓴다. 제아무리 마단의 약효를 빌려 두세 배의 무위를 발휘하는 광인들이라 해도 절정고수 서너 명이 합공하자 뒤로 밀리지 않을 수 없었다.

헌원숭과 소천득이 담장을 넘어온 것은 전세가 서서히 기울 즈음이었다.

이무환은 두 명의 절대고수가 합류하자 두 명의 광인을 때려눕히고 무면검마와 동방휘의 격전장으로 다가갔다.

비록 다른 광인들에 비해 약하긴 해도 청색가면인의 두 눈 역시 붉게 변해 있다. 마단을 복용했다는 말.

그래선지 미세하나마 동방휘가 밀리고 있는 형국이다. 천중십마, 우내십존에게도 밀리지 않는다는 검왕이.

그나마 다행이라면, 청색가면인이 광기에 완전히 지배당하지는 않은 것 같다는 것이다.

한데 이무환이 다가갈 때였다. 무면검마가 동방휘를 향해 전력을 다한 일검을 내뻗었다.

"동방휘! 이것도 받아봐라!"

찰나! 검첨에서 벼락이 뿜어졌다.

어둠을 가르며 쭉 뻗은 검강이 거대한 화살처럼 날아든다.

동방휘도 더는 밀릴 수 없다 생각했는지 이를 악물고 혼신의 공력을 다 쏟아냈다.

"오냐, 이놈!"

쩌저저적! 콰앙!

굉음이 검룡부를 뒤흔들고, 부딪친 검강의 위력이 일대를 진공으로 만들었다.

일순간, 강기의 회오리가 하늘 높이 솟구쳤다.

하늘의 달도, 구름도 모조리 부숴 버릴 것처럼!

콰아아아!

의외의 일이 벌어진 것은 바로 그때였다.

끝장을 볼 것 같던 무면검마가 강기의 회오리를 따라 신형을 날린다.

격돌의 충격에 이 장이나 뒤로 물러선 동방휘가 눈을 부릅뜨고 소리쳤다.

"이놈! 아직 끝나지 않았다!"

그러나 내부에 큰 충격을 받은 동방휘였다. 그는 무면검마를 따라가지 못하고 입술을 비집고 흘러나오는 핏물을 삼쳤다.

이무환이 대신 무면검마를 쫓아가며 소리쳤다.

"이곳이나 정리하십시오! 제가 쫓겠습니다!"

무면검마는 곧장 북쪽 성벽을 넘더니 구룡성을 빠져나갔다.

이무환도 철천지원수를 쫓는 것처럼 속도를 더해 그 뒤를 쫓았다.

그렇게 오 리, 이무환은 그와의 거리가 십 장으로 줄어들자 전음으로 소리쳤다.

"어디까지 갈 거요?!"

순간이었다. 무면검마가 땅을 박차고 십 장 허공으로 솟구쳤다.

이무환은 그가 갑작스럽게 솟구치자 잔뜩 긴장한 채 속도를 늦추었다.

<u>고오오오오!</u>

그때 하늘에서 거대한 검이 떨어져 내렸다.

일검에 하늘을 두 쪽으로 갈라 버릴 것 같은 가공할 기운!

석치상에게서조차 느껴보지 못했던, 무거움과 웅혼함이 담긴 검이다.

'한번 해보자, 이거지?!'

이무환은 천광지령의 기운을 십성 끌어올리고는 하늘을 향해 천광수뢰장 중 천광뇌령을 펼쳤다.

우르릉!

천지를 뒤흔드는 은은한 뇌성! 진저리치는 어둠이다!

콰르르릉! 쩌저저적!

단 한 번의 격돌로 방원 십 장이 들썩이며 그 안의 모든 것
이 부서진다.

“크읍!”

“으음……”

무면검마가 묵직한 신음을 흘리며 멀찍이 튕겨졌다.

이무환도 미간을 찌푸린 채 뒤로 세 걸음을 물러섰다.

비틀거리는 무면검마의 청색 가면 틈으로 핏물이 새어 나온
다. 두 눈에서 일렁이던 혈기가 조금 가라앉은 듯 보인다.

“지독하군.”

나직한 목소리. 허탈한 눈빛. 검을 내리며 고개를 젓는 무면
검마다.

이무환은 고개를 갸웃거리며 무면검마를 바라보았다.

예상했던 것보다 반발이 약하다 싶더니, 심한 타격을 입은
듯하다. 자해에 가까운 행동.

왜 저자는 내상을 자처한 것일까?

문득 이무환의 눈빛이 반짝였다.

“혹시… 광기를 누르기 위해서 고의로……?”

“과연 광룡이군.”

이무환의 미간이 좁혀졌다.

“왜 그런 거죠?”

"할 말이 있는데 광기를 지닌 채 말할 수는 없지 않겠나?"

왠지 모르게 처연한 음성이다. 이무환은 무면검마를 빤히 바라보다 한쪽을 고갯짓으로 가리켰다.

"그럼 일단 저쪽으로 갑시다. 보아하니 아무도 없는 곳을 원해서 이곳까지 온 것 같은데 말이죠."

두 사람은 장강 가의 바위 위에 앉아 서로를 바라보았다.

먼저 입을 연 사람은 무면검마였다.

"내 짐작이 틀리지 않았다면, 지금쯤 수룡단도 공격을 받고 있을 거네."

이무환은 눈살만 찌푸렸을 뿐, 별다른 반응을 보이지 않았다.

"화를 내지 않는군."

"내가 왜 화를 내야 하죠? 화를 내면 뭐가 달라집니까?"

무면검마의 눈이 가늘어졌다. 웃음을 짓는 듯했다.

"자넨 정말 재미있는 친구야."

"하고 싶은 말 있다면서요? 몸도 안 좋은 거 같은데 빨리 해 보쇼."

무면검마는 숨을 한 번 크게 몰아쉬고 담담히 입을 열었다.

"자네와 거래를 했으면 싶네."

이무환의 눈 깊은 곳에서 기광이 번뜩였다.

"거래?"

"자네가 궁금해하는 것을 알려주지. 대신 내 부탁 하나만 들어주게."

말을 하는 와중에도 무면검마의 턱에서 피가 뚝뚝 떨어졌다.

이무환은 무면검마의 눈을 주시하며 곤혹스런 표정을 지었다.

"아무리 봐도 내가 아는 누구랑 눈이 닮았는데, 일단 얼굴부터 봅시다."

2

적이 수룡단을 침입한 것은 이무환이 무면검마를 쫓아가고, 검룡부의 싸움이 마지막을 치달릴 무렵이었다.

적은 소리없는 폭풍처럼 밀려왔다.

숫자는 처음 침입했던 자들보다 십여 명이 많을 뿐이었나. 하지만 무력은 일차 침입 때보다 훨씬 강했다.

수룡단으로선 날벼락을 맞은 셈이었다. 설마 하룻밤 새 두 번의 습격이라니!

광룡대도 없고, 헌원숭과 소천득마저 이십여 명의 구룡수호단과 함께 검룡부로 보낸 상황. 그나마 황보광 등 열세 명의 지원 세력이 도착해 있었던 것이 천만다행이었다.

하지만 그들로서는 적을 완벽하게 막아내지 못했다.

"모두 전력을 다해서 상대하라!"

호연청의 고함이 터져 나온 직후부터 비명이 이어졌다.

목구멍을 긁으며 흘러나오는 신음!

강력한 기운의 충돌음!

치열한 격전의 굉음이 순식간에 수룡단을 뒤덮었다.

그러나 수룡단의 격전은 검룡부의 싸움에 가려 큰 주목을 받지 못했다. 더구나 시작된 지 일각이 지나기도 전에 싸움이 끝나, 사람들이 달려왔을 때는 이미 싸움이 끝난 후였다.

짧은 시간의 격전. 하지만 그 피해는 결코 작지 않았다.

황보광과 함께 왔던 열세 명 중 둘이 죽고 넷이 중경상을 입었다. 수룡단원 중 삼십여 명이 죽임을 당했다. 수룡단에 남아 있던 구룡수호단 삼십여 명 중 일곱 명이 죽고 대부분이 부상을 입었다.

그뿐이 아니다. 창룡부는 주인이 죽고, 검룡부도 치명적인 피해를 당했다.

구룡성주 선출을 한나절 앞두고 너무 큰 피해였다.

호연청의 노성이 수룡단을 흔들었다.

"전열을 정비하고 경계를 철저히 하라! 즉시 가서 광룡대 모두 돌아오라고 해!"

3

"왜 그리 무리하게 움직였느냐?"

묻는 천세도인의 표정이 굳어 있다. 평소와는 다르게 무심한 눈에서 노기마저 묻어 나온다.

환비는 고개를 숙이며 담담히 대답했다.

"오늘만큼 좋은 기회가 쉽게 오지 않을 거라 생각했습니다, 사부님."

"폭령잠마단을 너무 성급하게 소모했다만, 그래도 적에게 큰 손실을 줬으니 네 죄를 묻지는 않겠다."

"감사합니다, 사부님."

"그런데 무면이 보이지 않던데, 돌아오지 않았느냐?"

"광룡을 성밖으로 유인해 냈다는데, 아직 돌아오지 않았습니다."

천세도인의 기다란 눈썹이 요동쳤다.

그는 잠시 생각하는 듯하더니, 짧게 명을 내렸다.

"즉시 첫 번째와 두 번째 출구를 봉쇄해라."

환비의 고개가 살짝 들렸다.

"예, 사부님."

천세도인의 명이 이어졌다.

"이제 하루도 남지 않았다. 누가 되든, 구룡성주가 결정되면 즉시 움직일 것이다. 추호도 차질이 없도록 만반의 준비를 해놓아라."

흠칫한 환비가 물었다.

"이겼을 경우에도 계획을 실행에 옮기실 것인지요?"

"쓸어버릴 때 확실히 쓸어버려야 후환이 없는 법이니라."

"하오면 주백천은 어찌할 생각이신지요?"

천세도인의 입가에 가느다란 조소가 걸렸다.

"사냥이 끝나면 개는 필요가 없는 법이지."

4

이무환은 수룡단으로 돌아오자마자 엽상의 보고를 받으며 곧바로 수룡전으로 갔다.

수룡전에는 뜻밖에도 동방휘가 직접 와 있었다.

내상을 입은 듯 보이는데도 왔다는 것은 사태가 그만큼 심각하다는 뜻.

물론 오늘의 피해는 호연청과 연합한 전체 세력의 이 할 정도에 불과했다. 광룡대를 뺐을 때.

문제는 그 차이가 전체 상황을 좌우할 수도 있다는 것이었다. 잠풍련의 힘은 아직 제대로 파악조차 되지 않은 상황이 아닌가 말이다.

"그는 어찌 되었는가?"

이무환이 들어가자 동방휘가 먼저 물었다.

무면검마와의 격전에서 밀린 것에 자존심이 상한 듯 묻는 그의 얼굴이 굳어 있다.

이무환은 어깨를 으쓱 추켜올리며 고개를 저었다.

"어찌나 빨리 도망가는지, 장강까지 쫓아갔다가 놓쳤습니다."

태사의에 깊숙이 몸을 묻고 있던 호연청이 침중한 표정으로 입을 열었다.

"피해가 너무 많아. 구룡성주 선출이 있기 전까지 놈들의 흔
적을 찾지 못하면 곤란한 상황이 닥칠지 모르네."

이무환은 묵묵히 수룡전 내부를 둘러보았다.

호연청과 동방휘를 제외하고도, 천중십마에 속한 헌원숭과
소천득, 우내십존 중 한 사람인 황보광이 있고, 모용상명과 하
후영 등 강호에서 내로라하는 고수들이 즐비하다.

물론 이들 외에도 검룡부와 창룡부, 천룡부의 무사들이 힘
을 보탤 것이었다.

한데도 잠풍련을 이긴다는 보장이 없어 무겁게 가라앉은 분
위기다.

'훗, 물고 있던 떡이 뚝 떨어진 기분인가 보군.'

이무환은 속으로 코웃음 치며 턱을 치켜들었다.

"아직 한나절이 남았는데 뭘 그렇게 걱정부터 합니까?"

호연청이 미간을 씰룩이더니, 이대로 당하고만 있을 수 없
다는 듯 차갑게 말했다.

"놈들에게 타격을 줄 방법을 찾아야 하네. 그래야 함부로 움
직이지 못할 걸세. 이 대주, 방법이 없겠나?"

이무환이 씩 웃었다.

"찾아보면 왜 없겠습니까? 걱정 마쇼."

새벽의 어스름이 밀려들 즈음, 이무환은 열두 명의 특조대
를 이끌고 철룡부를 방문했다.

"왜 새벽부터 소란인가?!"

철위평이 득달같이 달려나와 앞을 막았지만, 이무환은 걸음을 멈추지 않고 인상을 버럭 썼다.

"확 뒤집어 버리기 전에 비키쇼! 부주님만 만나고 갈 거니까!"

그 기세가 어쩌나 거센지 철위평은 이가 부러진 복수도 못하고 물러나지 않을 수 없었다.

'빌어먹을 놈. 어디서 뺨 맞고 와서는 여기서 화풀이야?'

철위평은 속으로 이를 갈면서 이무환을 노려보았다.

"그래도 새벽부터 무작정 안으로 들어가면 어떡하겠다는 건가? 잠시 기다리게. 내 부주님께 말씀드릴 테니까."

이무환은 턱을 치켜들고 철위평을 재촉했다.

"시간이 없으니까, 빨리 가서 말씀드리쇼."

돌아선 철위평은 부러진 이를 혀로 문지르며 철룡전으로 들어갔다.

'건방진 놈, 내 더러워서 참는다.'

검룡부와 수룡단의 소란 때문인지, 아니면 본래부터 새벽 수련을 하는지 몰라도, 철군평은 무복을 걸친 채 이무환 일행을 맞이했다.

"새벽부터 무슨 일인가?"

이무환은 장난기가 일체 없는 표정으로 철군평을 뚫어지게 바라보며 입을 열었다.

"이리저리 말 돌리지 않고 단도직입적으로 말하겠습니다."

이무환의 말장난에 놀아나고 싶지 않은 철군평으로선 환영할 말이었다.

"그거야말로 내가 바라는 바네. 어디 말해보게."

이무환은 평소의 그답지 않게 무게를 잔뜩 잡고 말했다.

"저는 약속을 지켰습니다. 그러니 이제 부주님께서 약속을 지키시지요."

철군평이 의아한 표정으로 이무환을 바라보았다.

"약속을 지켰다고? 무슨 약속을 말인가?"

이무환의 눈이 조금 가늘어졌다.

"제가 구유마도 석치상을 처리한다고 하지 않았습니까?"

"그랬지."

철군평의 태평한 대답에 이무환의 고개가 살짝 기울어졌다.

"아직 모르십니까?"

한심하다는 눈빛.

철군평의 두 눈이 가운데로 모이고, 되묻는 말투에서 짜증이 묻어 나왔다.

"뭘 말인가?"

"석치상이 저에게 죽은 거 말입니다."

순간 뒤에서 철위평의 헛바람 들이키는 소리가 터져 나왔다.

"헛!"

철군평은 뒤통수를 망치로 두들겨 맞은 충격에 입을 꾹 닫고 이무환만 바라보았다.

이무환이 마저 말을 이었다.

"구유도문의 졸개들까지 싹 쓸어버렸죠. 정말 모르셨습니까?"

"…몰랐네."

"저런저런, 그래서야 어디……."

이무환은 말끝을 흐리며 입술을 삐죽거렸다.

비웃는 것처럼 보이는 표정. 삐죽거리는 주둥이에 날선 검날을 푹 쑤셔 넣고 싶을 정도로 얄미운 얼굴. 단도직입적으로 말하자고 하더니, 또 슬슬 사람 속을 또 긁는다.

철군평은 숫구치는 열기를 가라앉히기 위해 숨을 크게 들이쉬었다. 어찌 되었든 그런 일을 알지 못한 것은 자신의 실책이 아닌가.

"석치상이 한동안 안 보인다 했더니, 그런 일이 있었군."

"지금이라도 아셨으니 다행이죠 뭐. 자, 이제 탁 터놓고 우리들의 약속에 대해 이야기를 나눠볼까요?"

약속.

그랬다. 전날 찾아왔을 때, 이야기의 말미에 한 가지 약속을 했다. 이무환이 석치상을 처리해 주면 자신도 한 가지 부탁을 들어주기로.

물론 들어줄 수 있는 부탁이라는 전제가 달린 약속이었다. 구유마도 석치상을 철룡부의 희생 없이 처리할 수만 있다면, 어느 정도 무리한 부탁도 못 들어줄 것이 없다 생각했으니까.

그런데… 그 약속이 이제 현실이 되어 닥치자 괜한 약속을 했다는 후회감이 들었다.

당금 구룡성은 일촉즉발의 상황. 언제 터질지 모르는 화산과도 같았다. 여차하면 한순간에 모든 것이 무너질지 모르는 일이었다.

'상황이 너무 좋지 않아. 조금만 무리한 부탁을 해도 무조건 거부해야겠어.'

내심 각오를 다진 철군평이 천천히 입을 열어 물었다.

"뭘… 바라는 건가?"

갑자기 이무환의 표정이 무심하게 가라앉았다.

"간단한 겁니다. 부주님이 결심만 하면 되니까요."

5

결심한 듯 이금환이 몸을 일으켰다.

"어르신께서 도와주셔야겠습니다."

북궁만호는 조용히 웃으며 고개를 끄덕였다.

이무환을 만난 후 이금환을 찾았다.

아직 어려서 제대로 일처리를 할 수 있을까 염려했는데, 생각했던 것보다 훨씬 믿음직했다.

'허허허, 역시 천룡의 피라는 건가?'

결정을 내린 이상 망설일 것이 없었다.

"일단 우리들이 소리없이 처리할 테니 뒷마무리는 네가

해라."

"예, 어르신."

깊숙이 고개를 숙이는 이금환의 눈에서 신광이 소용돌이쳤다.

그렇게 태양이 떠오르는 시각. 천룡부에서 소리없는 바람이 불기 시작했다.

                    *   *   *

철룡부에 들어간 지 반 시진.

쓰윽, 머리를 쓸어 올린 이무환은 철룡부를 나서며 동쪽에서 떠오르는 불덩이를 보고 씩 웃었다.

발걸음이 어느 때보다 가벼워서 기분이 좋은 아침이었다.

"그 양반, 그냥 들어주면 오죽 좋아?"

솔직히 무리한 부탁도 아니었다. 기권할 거면 글자 하나만 써달라고 했다. 그랬더니 조건을 내걸었다.

비무에서 이기면 들어준다나? 그 정도는 되어야 자신의 의지가 꺾인 것에 불만이 없을 거라나?

이무환은 몸도 풀 겸, 철군평의 비무를 승낙했다. 자신이 이기면 두어 가지 부탁도 더 들어주기로 하고. 이자는 기본이니까.

그러고는 철군평이 평소 수련하는 철무원의 연무장에서 한바탕 몸을 풀었다.

예상했던 대로 철군평의 무공은 석치상에 못지않았다. 아니, 어떤 면에선 석치상보다 조금 강하다고 봐야 했다.

이무환은 처음부터 묵린도를 빼지 않고 뇌정갑을 긴 쌍수로 맞상대했다.

철군평의 철혈무적검은 무적철검이라는 별호만큼이나 강맹하고 웅혼한 위력을 자랑했다.

그 기세만으로도 연무장의 청석이 들썩이고 주위의 나무들이 비명을 질러댔다.

하지만 이무환을 압도할 정도는 아니었다. 오히려 적수공권에 철혈무적검이 봉쇄당하자 철군평의 얼굴이 일그러졌다.

이무환은 그렇게 오 초가 지난 후에야 묵린도를 빼 들었다.

묵린도가 뽑히면서 승부가 급격히 기울기 시작했다.

광풍폭우 사이에서 번개가 번쩍였다.

소나기처럼 쏟아지는 묵빛 번개!

쿠르르릉! 콰과광!

묵빛 비늘 같은 도강이 철군평의 철혈검강을 부순 것은 채 오 초가 지나기도 전이었다.

그렇게 팔 초. 철군평은 하얗게 질린 표정으로 검을 내렸다.

생사투를 벌인다면 아마 몇 초 정도는 더 견뎠을지 몰랐다. 하지만 그래 봐야 서로 간에 좋을 게 없었다.

결국 철군평은 아직 몸이 풀리지 않아 제대로 실력 발휘를 못한 것 같다고 얼버무리고는, 나중에 다시 붙자는 말과 함께 부탁을 들어주기로 했다.

"사람들은 참 이상해. 그냥 졌다고 하면 입술에서 이가 나나?"

어쨌든 몸은 제대로 풀었다.

이제 창룡부로 가서 또 하나의 일을 해야 할 때였다.

"멋쟁이, 세상에서 제일 치사한 놈이 누군지 알아?"

'광룡.'

멋쟁이 영호승은 하마터면 불쑥 튀어나올 뻔한 말을 급히 목구멍 안으로 집어넣고 고개를 저었다.

"잘 모르겠습니다."

"낯짝이 두 겹으로 된 놈이야. 얼마나 얼굴에 자신이 없으면 보여주기 싫어서 껍질을 썼겠어?"

영호승은 물론이고, 뒤따라가던 사람들이 모두 고개를 갸웃거렸다.

그게 그렇게 치사한 일인가?

영호승은 도무지 알 수 없다는 눈빛으로 이무환의 뒤통수를 노려보았다.

'나는 총대주의 얼굴이 몇 겹인지 도통 모르겠소.'

물론 묻지는 않았다. 길 걸어가다 맞아 죽고 싶지는 않았으니까.

6

태양이 떠오르자 창룡부가 바빠졌다.

검은 띠를 팔에 두른 채 연무장에 모인 창룡부의 무사들은 벙어리마냥 입을 꾹 닫고 창룡전을 바라보았다.

부주가 유명을 달리한 지 이제 하루 반. 장례조차 미룬 채 다음 대 부주를 임명해야 하는 상황에 놓인 창룡부였다.

그럴 수밖에 없는 것이, 구룡성주 선출이 이제 세 시진밖에 남지 않은 것이다.

끼이익!

창룡전의 문이 열리자 사람들의 눈이 일제히 전각 안을 향했다.

드넓은 전각 안, 정면의 상석을 바라보며 양쪽으로 늘어선 인원은 총 삼십삼 명이나 되었다.

"이제 다음 대의 부주를 뽑겠소이다!"

육도산의 카랑카랑한 목소리가 창룡전과 연무장을 울렸다.

"선대 부주님의 장례조차 치르지 못하는 것은 안타까우나, 구룡의 한 축으로써 성의 장래를 외면할 수 없음이니, 모두들 이해해 주기를 바라겠소!"

환호도 없었다. 별다른 열기도 없었다.

와중에도 육도산의 목소리는 계속 이어졌다.

"우리 원로원에서는 다음 대 부주님으로 전대 부주님의 징자이신 여건평 공자를 추대키로 하였소!"

대부분의 사정을 알고 있는 창룡부의 무사들은 육도산의 말이 이어지기만을 기다렸다.

"모두 무릎을 꿇어 새로운 부주님께 충성을 맹세하길 바라겠소!"

순간 연무장에 모였던 창룡부의 무사들이 일제히 무릎을 꿇었다.

"충!"

"새 부주님께 충성을!"

"충!!"

육도산이 여건평을 바라보았다.

"여 대공자께선 상석으로 올라가시구려!"

여건평이 자리에서 벗어나 상석으로 걸음을 옮겼다.

상석으로 올라간 여건평이 돌아서자 육도산이 말을 이었다.

"오늘 이 시간부로, 창룡의 주인은 여건평 대공자임을 선포……."

바로 그때였다.

"잠깐!"

육도산은 홱 고개를 돌려 자신의 말을 끊은 곳을 바라보았다.

이무환이 특조대와 함께 창룡부로 들어서고 있었다.

일순간, 육도산의 두 눈이 가늘어지고 이마에 열 개는 됨직한 주름이 그어졌다.

"무슨 일인가?!"

“그전에 먼저 해결해야 할 일이 있소!”

“해결할 일?”

“부주를 살해한 범인을 잡아갈 생각이오. 그러니 부주 위임식은 조금 미루었다 하시지요.”

주름진 육도산의 표정이 그대로 굳어졌다.

“범인을 알아냈단 말인가?”

“알아냈으니 잡아가겠다고 온 것이 아니겠소?”

“으음, 정말 잘되었군. 한데… 그 일은 이 일이 끝난 후에 하지 그러나? 그리 오래 걸리지는 않을 거네.”

이무환은 천천히 고개를 저으며 입가에 조소를 지었다.

“미안하지만 그럴 수가 없게 되었소.”

“무슨 말인가?”

육도산의 골이 깊어지는 것에 아랑곳하지 않고, 이무환은 창룡전의 안쪽을 직시한 채 한 소리 내질렀다.

“여건평! 그대를 창룡부주 여후량의 살해범으로 체포하겠다!”

쿵!

갑작스런 이무환의 일갈에 창룡부가 뒤흔들렸다.

사람들은 어리둥절한 표정을 지으며 이무환과 창룡전을 바라보았다.

잠시 어리둥절한 표정을 지었던 육도산이 곧 정신을 차리고 노성을 내질렀다.

“지금… 본 부를 능멸하겠다는 건가?”

"능멸? 귀하의 눈에는 내가 헛소리나 하는 사람으로 보이시오?"

"아니라면, 어찌 대공자를 살해범이라고 하는 것이더냐?"

"그가 여 부주를 죽인 게 확실하니까!"

"말도 안 되는 소리!"

"과연 그럴까요?"

이무환은 조소를 지은 채 여건평을 바라보았다.

여건평은 눈앞에서 벌어지고 있는 일이 자신과 아무 상관 없는 일이라도 되는 양 무표정한 얼굴로 여전히 상석에 서 있었다.

턱을 살짝 치켜든 이무환이 그에게 물었다.

"당신도 그렇게 생각하시오?"

"대체 무슨 말을 하는 건지 모르겠군."

"모른다? 하, 하, 하! 사람들은 나더러 얼굴이 두껍다고 하는데, 당신 얼굴은 더 두껍군!"

"그 말에 대해 책임을 질 수 있나?"

이무환은 웃음을 지우고, 창룡부 간부들이 서 있는 곳을 가로질러 여건평을 향해 걸어갔다.

특조대가 그 뒤를 따라가자 늘어선 창룡부의 간부들이 일제히 뒤로 한두 걸음 물러나며 눈을 빛냈다.

이무환이 창룡전의 문턱을 넘어서며 질문을 던졌다.

"책임이라 했나? 여건평, 아니지, 여건평이라는 껍데기를 쓴 당신에게 묻지. 당신 정말 여 부주의 자식, 맞아?"

"본 부의 모든 사람이 알고 있는 사실이다."

"그런데 왜 여 부주는 죽기 전에 당신이 자신의 아들이 아니라고 했지?"

"훗! 헛소리는 그만하지."

여건평과 남은 거리는 십 장 정도. 이무환은 계속 걸음을 옮기며 씩 웃었다.

"헛소리라……. 좋아! 그렇게 자신있으면 왼손을 내밀어봐. 확인할 것이 있으니까 말이야."

"무슨 뜻인가?"

"어렵게 생각할 것 없어. 그냥 왼손만 펴서 내밀면 돼. 만일 내가 원하는 것을 당신 왼손에서 찾지 못하면, 오늘의 일을 사과하고 이 일에서 완전히 손을 떼지."

말하는 사이 이무환과 여건평의 사이가 사 장으로 줄어들었다.

사람들이 일제히 여건평을 바라보았다.

대체 왼손에 뭐가 있다는 걸까?

사람들의 마음 한구석에서 의구심이 솟구쳤다.

육도산이 그들의 마음을 대변하듯 여건평에서 말했다.

"대공자, 왼손을 보여줘서 저자의 코를 납작하게 해주시구려."

눈살을 찌푸린 여건평은 왼손에 힘을 주었다.

보여주지 못할 것은 없었다. 다만 문제는, 광룡이 자신의 왼손을 왜 보자고 하는지 그 이유를 정확히 알지 못한다는 것이었다.

혹시 자신도 모르는 어떤 문제가 있던가?

그때 여건평의 일 장 앞까지 걸어간 이무환이 걸음을 멈추었다.

"여건호가 어떻게 죽었는지 잘 알걸? 당신이 죽였으니까 말이야."

갑자기 여건호의 이야기가 나오자 여건평의 눈에서 새파란 빛이 찰나간 번뜩였다.

"건호도 내가 죽였단 말이냐? 차라리 최근 죽어간 사람은 모두 내가 죽였다고 하지 그러나?"

"왼손만 내밀면 된다니까? 그렇게 자신있으면 왜 못 내밀지? 혹시 왼손의 검지에 이상이 있는 거 아냐? 아니면……. 유난히 가늘어서 보여주기가 부끄러워? 하긴 어떤 지공을 익히면 손가락이 가늘어진다고 하기도 하던데. 마치 여자의 손가락처럼 말이야."

비릿한 조소가 섞인 이무환의 질문에 냉랭히 코웃음 친 여건평이 불쑥 왼손을 내밀었다.

"흥! 내가 왜 못 내민단 말이냐? 자, 봐라!"

이무환이 앞으로 한 걸음 더 다가갔다.

"그럼 어디 손을 펴봐."

서로 손을 내밀면 닿을 거리. 여건평이 손을 쫙 폈다.

찰나였다! 여건평의 쫙 펼쳐진 왼손에서 번개가 번쩍였다.

정확히는 여건평이 손을 펼침과 동시 이무환의 이마를 향해 검지를 뻗었다.

한줄기 시퍼런 번개가 이무환의 이마를 뚫고 지나갔다 싶은 순간! 이무환의 신형이 흐릿하게 사라지는가 싶더니 거짓말처럼 일 장 뒤로 물러났다.

"훗! 그 지법으로 여건호를 죽였나?"

회심의 일격이 실패로 끝나자 여건평이 분노의 일성을 내질렀다.

"나는 본 부의 대사를 방해하는 네놈을 제압하려는 것일 뿐이다. 네놈이 무슨 말을 해도 여기에 믿을 사람은 아무도 없다는 걸 모른단 말이냐!"

이무환은 꿈쩍도 하지 않고 또 다른 증거를 꺼내놓았다.

"내가 당신을 범인이라 하는 이유를 말해볼까? 첫째, 설미랑이 그러더군. 여 부주가 살해당하던 그 시각, 당신은 지하 연공실에 없었다고 말이야. 하긴 당연한 일이지. 당신은 그 시간에 설미랑에게 받은 검을 품속에 숨기고 여 부주를 만나러 갔으니까. 설마 그 사실마저 부인하려는 건 아니겠지?"

여건평이 바로 변명을 하지 못하고 이무환만 노려보았다.

이무환은 무표정한 얼굴로 담담히 말을 이었다.

"염추인이 가져온 양류한의 검을 그녀가 당신에게 주었지. 설마 당신이 사부를 죽일 줄은 꿈에도 모르고 말이야. 아! 혹시 그녀를 찾으려는 거라면 포기해. 그녀는 잠풍련 놈들이 입을 막으려고 해서 내가 보호하고 있으니까."

설미랑의 이름이 나오자 육도산을 비롯한 창룡부의 간부들도 눈빛이 흔들렸다.

그사이 이무환의 말이 이어졌다.

"두 번째는 여 부주가 남긴 흔적이지. 사실 여 부주가 남긴, 십(十), 하(下)라는 말이 무슨 뜻이었는지 궁금했어. 한데 말이야, 당신이 여 부주를 죽였다는 말을 들으니까, 그게 무슨 뜻이었는지 알게 되지 뭐야."

설미랑은 직접적으로 여건평이 죽였다는 말을 하지는 않았다. 하지만 이무환은 설미랑이 그렇게 말한 것처럼 몰아붙였다.

"네놈의 말은 다 헛소리일 뿐이다, 무환."

이무환은 피식, 싸늘하게 웃고 다시 입을 열었다.

"그건 '십, 하'가 아니었어. 죽기 직전 시간이 없어 글을 제대로 쓰지 못한 것뿐이지."

육도산이 참지 못하고 물었다.

"그럼 그게 무슨 뜻이란 말인가?"

이무환이 여건평을 똑바로 바라보며 말했다.

"여 부주는 자, 부(子, 不), 바로 저자가 자신의 아들이 아니라는 말을 쓰고 싶었던 것이죠. 죽기 전에야 그걸 확신했으니까."

"큭, 아예 이야기를 꾸며내는군."

"글쎄, 과연 다 내가 꾸며낸 이야기일까? 알고 보니 당신은 오 년 전에 부친을 찾아 창룡부로 왔더군. 뭐, 친아들일 경우를 가정할 때의 이야기지만. 그런데 말이야……."

이무환이 조소를 흘리며 품에서 책 한 권을 꺼내 흔들었
다.

"이것은 부주 부인께서 주신 여 부주의 일기인데, 여 부주도
당신이 자신의 아들이 아닐지 모른다는 걸 의심하고 있었어.
다만 당신이 워낙 철저하게 정체를 감추어서 확신을 하지 못
했던 것뿐이지. 그런데 말이야, 당신이 아들이 아니라는 증거
를 나중에야 발견했지 뭔가? 이제 알겠나? 순순히 무릎 꿇지
그러나, 여건평!"

"죽어라, 이놈!"

여건평이 느닷없이 손을 뻗었다.

순간 그의 양손에서 시퍼런 번개가 줄기줄기 회오리치며 뻗
어 나왔다.

이무환이 뒤로 미끄러지며 웃음을 터뜨렸다.

"하, 하! 역시 잠풍련의 무공인가?"

동시에 책을 뒤로 내던지고 양손을 앞으로 뻗었다.

쩌저정! 콰광!

순식간에 서너 번의 격돌이 이루어졌다.

하지만 여건평이 강하다 해도 이무환의 적수는 아니었다.

더구나 단숨에 끝낼 작정을 하고 손을 쓴 이무환이다.

절대고수도 받아내기 힘든 천광수뢰장을 여건평이 막아낸
다는 것부터가 역부족일 수밖에 없었다.

네 번째 장력이 여건평을 뒤덮은 순간!

쾅!

“커억!”

단말마와 함께 여건평의 몸이 뒤로 튕겨지며 커다란 태사의와 함께 나뒹굴었다.

두어 바퀴를 구른 여건평이 부르르 몸을 떨며 안간힘을 다해 몸을 일으키려 하자, 이무환은 홍옥지를 튕겨 반쯤 몸을 일으킨 여건평의 마혈을 제압했다.

“이야기는 나중에 하자고. 나도 물어볼 게 많으니까. 진득하게 말이야.”

한편, 이무환이 던진 책을 받아 든 제갈신걸은 책을 펼쳐 보고 어이없다는 표정을 지었다.

“이, 이건……?”

이무환이 널브러진 여건평에게서 고개를 돌리고 씩 웃었다.

“전에 와룡부의 일기가 생각나서 한 번 써먹어봤지. 그건 ‘창룡야사’ 라는 책인데, 꽤나 볼만하더군.”

육도산이 말을 더듬으며 물었다.

“부주의 일기가 아니라고? 그, 그럼 조금 전의 말이 다 거짓이었단 말인가?”

“중요한 것은 그게 아니지요. 어찌 되었든 덕분에 저자가 여 부주의 살해범이라는 것을 빨리 밝혀냈지 않습니까?”

“여건평이 여 부주의 아들이 아니라고 한 것은……?”

“그건 십중팔구 사실일 겁니다. 생각해 보십시오. 다른 배에서 나온 자식이니 다를 수도 있다지만, 여건평은 다른 자식들과 너무나 많이 다릅니다. 게다가 여 부주와도 전혀 닮지 않았지요. 특히… 특이한 특징을 지닌 귀와 손가락은 더욱 그렇고요. 그리고 여기 오기 전에 부주 부인을 뵙고 왔는데, 그분께서도 오래전부터 조금은 의심을 하고 계셨더군요.”

사람들의 눈이 일제히 여건평을 향했다.

여후량과 그 자식들은 작은 귀와 투박한 손가락을 지녔다. 그런데 여건평의 손가락은 길쭉하니 미끈하게 빠져 여인의 손가락처럼 보일 정도였다. 게다가 귀는 부처의 귀마냥 크고 넓었다.

그런데 과연 그 정도만으로 부자간이 아니라고 단정할 수 있을까?

사람들이 그린 의문을 담아 쳐다보자 이무환이 싸늘한 표정으로 결론을 지었다.

“물론, 그가 진짜 여 부주의 자식이라고 해도 저로선 용서할 마음이 전혀 없습니다. 그렇다면 자식이 아버지를 죽인 것이니까 말입니다.”

이무환은 더 이상 할 말이 없다는 듯 광룡사위에게 명을 내렸다.

“자, 우리는 이자를 데리고 본 단으로 가자고.”

그러고는 멍하니 서 있는 육도산을 바라보았다.

“그럼 여러분은 계속해서 창룡부의 부주를 뽑으십시오. 아! 내가 사람 하나 천거해도 되겠습니까? 실력도 괜찮아 보이던데."

7

　이무환이 여건평을 잡아 수룡단으로 데려가던 그 시각.

　이십여 명이 서너 명씩 짝을 지어 구룡성 서문으로 들어섰다.

　그들 중 중간에 들어온 왜소한 체구의 노인은 좌우를 둘러보더니, 분위기가 심상치 않자 걱정스런 표정을 지었다.

　"왜 알리지 못하게 한 것이냐?"

　"오빠는 모르는 게 좋아요. 조금 있으면 모든 게 끝나는데, 사실을 알면 일이 엉뚱하게 흐를지 모르거든요."

　"그건 그렇다만……. 그런데 네가 이곳에 왔다는 걸 알면 그가 많이 걱정할 텐데, 괜찮을지 모르겠구나."

　노인과 나란히 걷던 소녀는 걱정할 것 없다는 듯 피식 웃었다.

　"괜찮아요, 할아버지. 아마 제가 왔다는 걸 알면 오빠는 좋아 죽을 거예요."

　"후우, 네가 하도 우겨서 오긴 했다만, 솔직히 지금이라도 다른 곳을 물색했으면 싶다."

　"너무 걱정 마세요. 객잔에 머물면서 돌아가는 상황을 지켜보기만 할 거예요. 그리고 안 되겠다 싶으면 바로 빠져나가면 되니까, 설령 무슨 일이 벌어진다고 해도 생각보다 그리 위험하지는 않을 거예요. 더구나 황산의 대협들께서 함께 계시잖아요.”

그건 그랬다. 황산검문의 제자들이 삼삼오오 짝을 지어 그
녀를 따르고 있는 터였다. 아무리 험한 상황이 닥친다 해도 황
산의 절정검수들이 보호할 것이었다.

다만 문제는; 이곳이 다름 아닌 구룡성이라는 것이었다.

“가요, 할아버지. 산산이가 맛있는 거 사드릴게요.”

第六章
구룡(九龍)의 선택(選擇)

삼월 십일, 미시 초.

삼천의 구룡성 무사들이 천룡부를 에워쌌다.

고요함 속에 질서정연한 움직임이 더욱 무겁게 구룡성의 대지를 짓눌렀다.

그리고 오시 정각.

열 겹으로 둘러싸인 무사들의 도열을 뚫고 팔부의 부주들과 삼단의 단주, 십이 개 지부의 주인들이 천룡부로 모여들었다.

둥! 둥! 둥! 둥!

성문에서 북소리가 울렸다.

서른여섯 번의 북소리가 울리고, 마지막 울림이 사라질 즈음 일성이 터져 나왔다.

"문을 닫아라!"

끼이이익! 쾅!

천룡부의 정문이 굳게 닫혔다.

천룡전의 거대한 대전에 이십사 명이 앉아 있다.

구부의 부주, 삼단의 단주, 십이지부의 지부장들. 그야말로 구룡성을 움직이는 중추 거물들이 모조리 모인 것이다.

구부의 주인들은 구룡성주를 뽑을 권리를 지니고, 삼단과 십이지부의 지부장들은 참관인으로서 이 자리에 온 것이었다.

그리고 그들의 뒤에는 각자 대동한 단 한 명의 호위가 만약의 사태를 대비한 채 서 있었다.

침묵 속에 시간이 흘렀다.

서로를 바라보는 눈빛들은 담담했다.

그러나 담담한 눈빛 깊숙한 곳에서는 번갯불이 번쩍이며 상대의 머릿속을 탐색했다. 아마 머리를 갈라 속을 알 수만 있다면, 당장 달려들어서 상대의 머리를 가르고 싶을 것이었다.

특히 주백천과 금화산은 호연청의 뒤에 서 있는 사람을 보고 속으로 이를 갈았다.

광룡 이무환. 그가 서 있었던 것이다.

'뭘 봐?'

이무환도 두 사람을 향해 눈을 한 번 부라리고는, 두 사람의 눈빛이 싸늘해지자 모른 척 딴청을 부렸다.

　제일 먼저 침묵을 깬 사람은 신룡부주 주백천이었다.

　그는 묵묵히 앉아 있는 이금환과 양류한을 보더니 비릿한 조소를 지으며 말문을 열었다.

　"뜻밖이군, 자네들이 천룡부와 창룡부의 대표로 오다니."

　이금환이 담담히 말을 받았다.

　"중요한 것은 천룡령의 주인이 누군가 하는 것이 아니겠습니까?"

　주백천의 눈썹이 꿈틀거리고 두 눈이 가늘어졌다.

　이충선과 이충현도 자신의 앞에서 함부로 말을 하지 못한다. 하거늘, 담담한 표정으로 말을 받는 이금환이다.

　"의외군. 그동안 잘못 생각했어. 천룡부에 사람이 없다 생각했는데, 그게 아니었어."

　"저 역시 잘못 생각한 것이 있습니다."

　이금환의 말에 사람들이 일제히 이금환을 바라보았다.

　"저는 신룡부에 신룡이 사는 줄 알았지요. 그런데 신룡은 보이지 않고 땅속에 웬 악룡만 가득한 거 같더군요."

　주백천의 가늘어진 눈에서 새파란 노기가 번뜩였다.

　하지만 동방휘와 호연청 등은 속이 다 시원해졌다.

　호연청이 웃음이 나오려는 것을 꾹 참고 중얼거리듯 말했다.

　"자네도 알지 모르겠네만, 밤새 악룡의 무리들이 설치는 바람에 구룡성이 피로 물들었지."

　주백천은 싸늘하게 식은 눈으로 이금환을 노려보고는, 손을 뻗어 앞에 놓인 찻잔을 집어 들었다.

바로 그때였다.

천룡전 안쪽에서 한 사람이 걸어나왔다.

언뜻 봐도 백 살은 되어 보이는 노인이었다.

그를 본 순간, 천룡전에 앉아 있던 반수가 벌떡벌떡 자리에서 일어나고, 누군가의 입에서 경악성이 터져 나왔다.

"맙소사! 저분은 무운천수 북궁만호 어르신이 아니신가?!"

순간 앉아 있던 사람들마저 자리에서 튕기듯이 일어났다.

"어, 어떻게 오래전 본성을 떠나셨다는 저분께서……?!"

무운천수 북궁만호.

구룡무제 이건천의 외숙부이며, 삼십 년 전 이건천과 함께 구룡성주의 자리를 놓고 다투었던 절대의 고수가 바로 그다.

당시의 사람들은 그를 천룡부의 살아 있는 신화라 불렀다.

사십 년 전, 천마교와의 대회전에서 혼자 서른 명에 달하는 천마교의 고수들을 물리치고, 천마교를 강서에 묶어놓는 데 결정적인 공을 세운 비천룡!

그러나 그는 이건천이 구룡성주의 자리에 오르자 홀연히 자취를 감추었다.

사람들은 그가 모습을 감추자 갖가지 억측을 했다.

어떤 자는 북궁만호가 구룡성주의 자리에 오르지 못한 것에 불만을 품고 구룡성을 떠났다고 했다. 또한 어떤 자는 천룡전에서 암암리에 그를 제거했다고도 했다.

다만 분명한 것은, 북궁만호가 모습을 보이지 않은지 삼십 년이 되었다는 것이었다.

그러한 북궁만호가 모습을 보이자 주백천과 금화산의 얼굴이 딱딱하게 굳었다.

"주 형, 아무래도 상황이 이상하게 흐르고 있소. 왜 저 늙은이가 나타난단 말이오?"

"너무 걱정할 것 없소. 제아무리 북궁만호라 해도 구룡성의 법을 뒤집을 수는 없으니까."

그사이 북궁만호는 걸음을 옮겨 이금환의 뒤에 서서 천천히 고개를 돌려 사람들을 둘러보더니 동방휘에게서 멎었다.

"흘흘, 동방가의 별도 벌써 흰 머리가 반은 덮었군."

동방휘가 다급히 고개를 숙였다.

"정말 오랜만에 뵙습니다, 어르신."

북궁만호는 미미하게 고개를 끄덕이더니 주백천을 바라보았다.

"성주를 뽑는 자리라 들었네. 진행하지."

"어르신, 어르신께서 주관하시지요."

북궁만호는 고개를 저으며 조용히 웃음 지었다.

"아니네. 나는 천룡부의 호법으로 나온 사람이야. 그러니 예정대로 진행하도록 하게."

주백천은 속으로 안도의 숨을 쉬며 고개를 들었다.

"그럼 말씀대로 하겠습니다."

그의 시선이 앞쪽으로 향했다. 맨 앞에는 북궁만호만큼이나 늙어 보이는 노인이 굳은 표정으로 앉아 있었다.

"금 장로님, 시간이 된 것 같은데, 시작하지요."

덩치가 금화산 못지않게 큰 그는 금룡부의 원로로, 현 구룡성의 원로 중 가장 나이가 많은 금교신이었다.

그는 북궁만호를 바라보고는 도저히 참을 수 없는지 칼칼한 목소리로 입을 열었다.

"설마하니 자네가 아직도 천룡부에 있었을 줄은 꿈에도 몰랐구먼."

"살다 보면 가끔 의외의 일이 벌어지곤 하지. 그냥 그렇게 알게나."

"클, 자네가 있는 줄 알았다면 이 일을 맡지 않았을 거네."

"신경 쓰지 말고 진행하게나."

"하아, 어차피 여기까지 왔으니 그렇게 해야겠지."

금교신은 주름진 입술로 쓴웃음을 짓고는 자리에서 일어나 어깨를 폈다.

곧 그의 입에서 나이 백두 살이라는 게 믿어지지 않는 우렁찬 목소리가 흘러나왔다.

"전대 구룡성주께서 불의의 일을 당하시는 바람에 성주 후계가 정해지지 않았소이다! 해서 이제부터! 구룡률에 따라 대구룡성 제오대 성주님을 선출할 것이오! 각 단체의 주인들은 그 결과에 무조건 따르겠다는 맹서를 해주시오!"

곧 구룡부의 부주들을 시작으로, 삼단, 십이지부장들이 그 어떤 결과가 나와도 구룡률에 따르겠다는 맹서를 했다.

구룡률에 대한 맹서!

맹서에 따른 무조건적인 복종!

그것이 곧 구룡성을 지탱해 온 정신이다.

이제 맹서를 한 이상, 어기면 모든 구룡성 무인들의 적이 될 것이었다.

오직 그에 대해서만큼은 구룡부주가 가진 면책권도 소용이 없었다.

맹서가 끝나자 금교신이 우렁찬 목소리로 일을 진행시켰다.

"먼저! 추천권이 있는 각 부의 부주들과 삼단의 단주와 십이 지부장들은 구룡부주님들 중에서 차대 구룡성주가 될 분을 추천하기 바라오!"

제일 먼저 금화산이 통통한 손을 들었다.

"현재 본 성에서 신룡부의 주백천 부주 외에 어느 분이 더 구룡성주의 자리에 어울리겠소이까? 나 금화산은 주백천 부주를 추천하겠소이다."

뒤이어 주백천이 손을 들고 말했다.

"허허허, 나보다는 금룡부의 부주께서 더 적임이외다."

서로가 한편임을 모르는 사람이 누가 있으랴.

서로 간의 낯 뜨거운 추천이 오가자 장내가 차갑게 가라앉았다.

그렇게 잠시 시간이 흐르고 다시 분위기가 무르익을 무렵, 호연청이 손을 들었다.

"검룡부의 동방휘 부주를 추천하겠습니다."

세 명의 이름이 나온 후로는 누구도 손을 들지 않았다.

금화산은 있으나마나 한 추천. 주백천과 동방휘의 이름이 나온 이상 더 나올 이름도 없었다.

금교신이 입을 열 때까지만 해도 그랬다.

"추천이 더 없으면 세 분 부주님 중 한 분을 구룡성주님을 선출하겠소이다."

한데 바로 그때였다.

창룡부를 대표해 나온 양류한이 손을 들었다.

"저도 한 사람을 추천하겠습니다."

뜬금없는 그의 말에 모두가 양류한을 바라보았다.

특히 호연청은 모호한 표정으로 그를 뚫어지게 응시했다.

묘하게 흐르는 상황이다. 당연히 검룡부를 밀 줄 알았던 양류한이 추천을 하다니.

하지만 추천을 하는 거야 누가 뭐라 할 것인가.

"말해보시오."

금교신의 말이 떨어지자 양류한이 고개를 돌려 한곳을 바라보았다.

"천룡부의 이금환 부주를 추천하겠습니다."

호연청은 안도의 숨을 내쉬었다. 동방휘도 눈살만 찌푸렸을 뿐, 살짝 떼었던 등받이에 다시 등을 기댔다.

주백천이나 금화산은 내심 기대했던 일이 벌어지지 않은 것에 실망하는 표정을 지었다.

하다못해 철군평이나 제갈무진을 추천했다면, 동방휘를 지지하는 세력 중 한 곳이라도 이탈할 가능성이 있었다. 그러나 이금환이라면 그럴 가능성이 눈곱만큼도 없었다.

아마 자신들이 금화산을 동반 추천하는 걸 보고 무작정 한 사람을 추천한 것이리라.

그들은 그렇게 생각하고 묵묵히 다음 순서를 기다렸다.

그 후 더 이상 추천이 나오지 않았다.

금교신은 주위를 둘러본 후 선언하듯이 말문을 열었다.

"더 이상 추천이 없다면! 이제부터 부주들께선 한 분씩 앞으로 나와서 추천된 분 중 한 사람의 이름을 쓴 후 이 늙은이에게 주도록 하시오!"

2

천룡부의 징문이 닫히자 특조대 대부분이 도룡부 인근에 머물렀다. 심지어 식사도 도룡부에서 했다. 전날 도룡부주 구자천과의 약속을 지키기 위함이었다.

그리고 일부는 구룡부의 주변을 다시 한 번 은밀하게 샅샅이 훑었다.

숫자는 모두 열세 명. 광룡대에 속한 수룡단원 열둘을 감이랑이 이끌었다.

부단주로 있던 십여 년 동안 적룡단을 실질적으로 움직이던 감이랑이 아닌가. 하기에 새로 쌓은 담장이나 바뀐 지형이 있다면 어느 누구보다 잘 알 것이었다.

구룡부의 부주들이 추천을 하며 서로의 눈치를 보고 있을 무렵. 이무환이 그들을 바라보며 속으로 조소를 짓고 있던 그 시각. 감이랑은 적룡단의 정보를 토대로 몇 곳을 중점적으로 살펴보았다.

그러기를 이각, 창룡부의 북쪽 담장 근처, 창룡부와 신룡부와 중간 지점에 있는 야트막한 가산에서 첫 번째 수상한 곳을 발견했다.

멀쩡하던 소나무 두 그루가 옆으로 기울고, 바위 하나가 밑으로 푹 꺼져 있는 게 보인 것이다.

"파봐."

감이랑의 말에 수룡구대 두 명의 대원이 기울어진 소나무 밑을 치우고, 푹 꺼진 바위 옆을 파냈다.

깊게 팔 것도 없었다. 흙을 서너 치 치우자 곧 판판한 석판이 드러났다.

감이랑이 그걸 보고는 가까이 다가가 석판 옆을 손으로 쑤셨다. 그러더니 불끈 힘을 주었다.

"으챠!"

석판의 두께는 한 자 가까이 되었다. 하지만 깊게 묻히지 않아선지 감이랑의 힘을 이기지 못하고 위로 들렸다.

감이랑은 석판 밑을 힐끔 보고 석판을 잡고 있던 손을 놓아버렸다.

쿵!

"제길, 봉쇄했군."

석판 아래쪽으로 내려가는 계단이 보였다. 그러나 한 자 밑으로는 양쪽 벽에서 밀려든 흙으로 가득 채워진 상태였다.

아마 파낸다 해도 통로의 끝을 찾기가 쉽지 않을 터였다. 그 정도는 감안하고 봉쇄했을 테니까.

감이랑은 미련을 버리고 다른 곳을 살펴보기 위해 그곳을 벗어났다.

상대가 어떤 식으로 비밀 출구를 만들었는지 안 이상 다른 곳을 찾기가 더 쉬울 것이었다.

아니나 다를까, 일각 후 두 번째 비밀 출구를 신룡부 서쪽에서 찾아냈다. 그러나 그곳도 봉쇄된 후였다.

감이랑의 걸음이 빨라졌다.

은근히 오기가 일었다.

적이 봉쇄한 두 곳은 잠풍련의 고수들이 처음 발견되었던 곳과 멀지 않은 곳이었다. 이미 발견될 것을 우려해서 봉쇄한 듯했다.

그러나 두 곳 외에 또 다른 출입구가 있을 것이었다. 본래 여우들은 굴을 여러 개 파놓으니까.

'좋아! 누가 이기나 해보자, 이놈들!'

언제부턴지 감이랑의 눈빛이 육 개월 전으로 돌아왔다.

스윽, 훑어보는 것만으로도 벽돌의 색깔, 개수, 상태까지도 한눈에 들어왔다.

오랜만에 느껴지는 팽팽한 긴장감!

혈관을 타고 흐르는 짜릿한 느낌!

감이랑은 냉소를 지은 채 신룡부를 한 바퀴 빙 돌았다.

간혹 신룡부의 무사들이 눈살을 찌푸린 채 주시했다. 하지만 상대가 광룡대라는 걸 알고는, 더러워서 상대하지 않겠다는 듯 고개를 돌렸다.

한데 신룡부를 두 번째 돌고는, 도룡부의 담장을 살펴볼 때다.

도룡부의 담장이 건물의 벽으로 바뀌는 부분을 지나가던 순간, 감이랑의 눈이 반짝 빛을 발했다.

'찾았다!'

3

금교신이 천천히 종이를 펼쳤다.

한 장, 두 장… 종이가 펼쳐질 때마다 사람들의 얼굴에도 긴장감이 덧씌워졌다.

마지막 아홉 번째 종이가 펼쳐졌다.

모두의 눈이 금교신을 향했다.

언뜻 금교신의 눈에 곤혹감이 떠오른다.

"발표하시지요, 금 장로."

주백천이 발표를 재촉했다.

금교신은 고개를 들더니 아홉 명의 부주를 둘러보았다.

곧 그의 입이 열렸다.

"발표하겠소이다."

극도로 달아오른 긴장감이 당장 천룡전을 터뜨릴 것처럼 짓눌렀다.

"먼저… 신룡부의 주백천 부주를 지지하신 분은… 모두 세 분이오."

주백천과 금화산의 표정이 굳어졌다. 두 사람의 가늘게 뜬 눈이 바삐 돌아갔다.

셋.

이탈하는 곳이 있을지 모른다 생각했다. 한데 생각대로 한 곳 정도가 이탈한 듯했다.

누굴까? 마룡부일까? 아니면 도룡부일까?

'흥! 감히 나를 배신하다니, 어느 놈이든 가만두지 않겠다.'

반면, 호연청과 동방휘는 내심 안도한 표정으로 서로를 마주 보았다.

남은 사람은 여섯. 그중 기권을 한 자들이 둘일 경우 네 사람이 동방휘를 택했다는 말이다.

설령 기권이 셋이라 해도 삼 대 삼. 비기는 결과가 나오면 보름 후 재선출을 하게 된다.

적어도 보름의 시간은 벌 수 있을 터. 그 정도면 상황을 바꾸기에 충분하다.

희미한 웃음이 호연청과 동방휘의 입과 얼굴에 번졌다.

마룡과 도룡 중 하나가 이탈했다. 철룡이 신룡을 거부했다. 거기다 잘하면 와룡이 검룡의 손을 들어줄지 모른다.

'후후후, 광룡이 제대로 일처리를 해줬어.'

호연청은 내심 만족하며 금교신의 입이 열리기를 기다렸다.

그때 금교신이 곤혹스런 표정을 지우지 못한 채 두 번째 발표를 했다.

"검룡부의 동방휘 부주를 지지하신 분은… 모두 두 분이오."

순간, 호연청과 동방휘는 아연한 표정을 지으며 눈을 크게 떴다.

'믿을 수 없어! 말도 안 돼!'

당장 그렇게 소리치며 벌떡 일어날 것 같은 표정이다.

뜻밖의 결과에 희비가 엇갈렸다.

굳어 있던 주백천과 금화산의 얼굴에 희색이 만연했다.

여섯 중 둘이라니! 더 볼 것도 없이 주백천의 승리였다.

기권을 한 사람이 생각보다 많았지만, 어쨌든 이겼다는 것에는 변함이 없었다.

금화산은 눈웃음을 지으며 축하한다는 표정으로 주백천을 바라보았다.

"허허, 역시 그렇군요. 생각보다 기권한 분이 많지만, 어쨌든 축하합니다, 부주, 아니, 구룡성주."

주백천은 대소를 터뜨리고 싶은 걸 억지로 참고, 입가에 희미한 웃음만 지은 채 고개를 끄덕여 답례했다.

"허, 허. 이거 쑥스럽소이다. 적어도 다섯 분의 지지를 받으며 이기고 싶었는데 말입니다."

얼굴이 일그러진 호연청과 동방휘는 그런 두 사람을 바라보며 이를 부서지도록 악물었다.

한 사람에서 밀렸다.

대체 이게 어찌 된 일이란 말인가?

검룡부와 창룡부와 천룡부만 해도 셋이다. 은밀하게 철군평이 협조한다는 말을 했으니, 그까지 합하면 넷.

한데 둘이라니!

'가만? 양류한이 천룡부를 추천했지?'

호연청은 슬쩍 고개를 틀고 이무환에게 전음을 보냈다.

"이게 어찌 된 일인가! 양류한이 우리를 지지할 거라 하지 않았는가?'

이무환이 고개를 모로 꼬며 대답했다.

"했으니까 두 표 나온 거 아닙니까. 어? 아직 끝나지 않은 거 같은데요?"

바로 그때였다. 손에 들린 종이를 바라보던 금교신이 고개를 들었다.

머뭇거리는 그의 표정은 쓸개를 씹은 듯 잔뜩 찌푸려져 있었다.

어느 순간, 그의 입이 집게로 잡아 벌리듯 억지로 열렸다.

"에… 그리고… 천룡부의 이금환 부주를 지지하는 분이… 모두… 네 분입니다."

쿠구궁!

벼락이 천룡전의 지붕을 뚫고 장내로 떨어졌다.

"뭐요?!"

"그게 무슨 말이오, 금 장로!"

주백천과 금화산이 벌떡벌떡 일어섰다.

호연청과 동방휘도 입을 반쯤 벌린 채 의자에서 엉덩이를 들었다.

금교신이 믿을 수 없다는 표정으로 종이를 한 장 한 장 들어 사람들에게 보여주었다.

"사실이 그러하니 어쩌겠소?"

'천(天)' 자가 쓰인 종이는 모두 네 장.

금교신이 결코 잘못 보거나 셈을 잘못한 것이 아니었다.

"정말이군!"

"어떻게 저런 일이⋯⋯?"

십이지부장 사이에서 웅성거림이 일었다.

쿵!

그때 북궁만호가 발을 들어 천룡전의 바닥을 굴렀다.

진각이 천룡전을 흔들었다.

동시에 북궁만호가 내력을 실어 일성을 터뜨렸다.

"맹서를 잊었는가?!"

웅웅웅!

그의 목소리가 천룡전을 흔들고 밖에까지 퍼져 나갔다.

"금 장로! 결론을 분명히 말하게! 가장 많은 지지를 얻은 부주가 누군가? 천룡의 주인이 아닌가?!"

"그, 그렇다네, 북궁 장로."

"그럼 뭘 망설이는가?!"

순간 주백천이 소리쳤다.

"잠깐 기다리시오! 이의가 있소이다!"

북궁만호의 하얀 눈썹이 역팔자로 꺾어졌다.

"이의?"

"그렇소! 이금환은 천룡부조차 제대로 이끌지 못하고 있소! 그런 이금환이 구룡성을 다스린다면 천하가 비웃을 것이오!"

"이금환 부주가 천룡부를 이끌지 못한다고 누가 그러던가?"

"본 성의 모든 사람이 알고 있는 일이오, 북궁 장로! 천룡부는 이청선과 이충현이 장악하고 있소! 그리고 그 두 사람은 이금환 부주와 사이가 좋지 않소! 사실이 그러하거늘, 능력이 없는 이금환이 대구룡성의 성주가 된다면, 그거야말로 우스운 일이 아니겠소?!"

한데 바로 그때, 한곳에서 혀를 차며 중얼거리는 소리가 흘러나왔다.

"쯔쯔쯔, 저 양반은 이충현과 이충선이 갇혔다는 걸 아직 모르나 보군."

이무환이었다. 비록 혼잣말처럼 작은 목소리였지만, 장내가 워낙 조용해서 듣지 못할 정도는 아니었다.

주백천이 살기가 도는 눈빛으로 이무환을 노려보았다.

호연청의 어깨가 잘게 흔들렸다.

사람들의 시선이 집중되는데도 이무환은 모른 척 허공만 바라보았다.

그때 북궁만호가 냉랭히 코웃음 쳤다.

"흥! 저 사람의 말대로다. 오늘 아침, 원로회의의 결과에 따라 이충선과 이충현은 뇌옥에 갇혔다. 천룡부의 모든 무사들은 이금환 부주를 따르기로 했지. 더 할 말이 있는가?"

주백천은 부릅뜬 눈으로 북궁만호를 노려보았다.

대전 안의 사람들 중 그러한 일이 벌어졌다는 것을 아는 사람이 누가 있을까?

아침에만 해도 천룡부는 관심 밖이었다. 구룡성의 모든 관심은 검룡부와 수룡단에 집중되어 있었으니까.

한데 그사이에 일을 벌인 듯했다. 외부로 새는 것을 철저히 숨긴 채.

'대체 어떤 놈이 이런 수작을 벌였단 말인가?'

주백천은 이를 갈며 주먹을 움켜쥐었다.

'이대로 물러날 거라 생각했다면 오산이다, 북궁만호.'

한편 호연청은 눈을 반쯤 감은 채 상황을 저울질했다.

이금환이 최대 지지를 받을 줄은 생각지도 못했던 일이었다.

그러나 한편으로, 다행이라면 다행이었다. 적어도 주백천이 되지는 않았으니까.

'그렇다면 아직 끝난 것은 아니다.'

그렇다. 그에게는 마지막 방법이 남아 있었다.

바로 그때, 마치 그의 마음을 대변이라도 하듯 두툼한 살집에 턱을 묻고 있던 금화산이 말했다.

"구룡률에 따르면, 부주들의 이의가 있을 경우 하루의 말미를 두고 부주가 제시한 이의에 대해 조사를 하게 되어 있소이다. 나 금룡부주 금화산도 이금환 부주의 능력을 의심하는 바, 결정을 내일로 미루었으면 하오."

호연청은 재빨리 동방휘에게 전음을 보냈다.

딱딱하게 굳어 있던 동방휘의 눈에서 기광이 번뜩이는가 싶더니, 금화산의 말이 끝나자마자 바로 이어 입을 열었다.

"검룡부도 그 의견에는 동의하오!"

묵묵히 앉아 있던 제갈무진도 동의를 표했다.

"그리해서 모든 것을 깨끗이 결정할 수 있다면, 그리하는 것이 좋을 것 같소."

거의 모든 사람들이 고개를 끄덕인다. 그만큼 이금환에 대한 믿음이 약하다는 말.

이금환이 자리에서 일어나 포권을 취한 채 입을 열었다.

"먼저 미진한 저를 지지해 주신 분들께 감사드립니다. 그리고 여러분의 걱정 또한 충분히 알고 있습니다. 저 역시 제가 구룡성을 잘 이끌어갈 수 있을지 걱정이 태산이거늘, 어찌 여러분의 마음을 모르겠습니까? 여하튼, 하루 동안 저 자신의 능력을 보일 것인즉, 금 장로님께선 모든 결정을 내일 오시(午時)로 미뤄주시기 바랍니다."

낭랑하면서도 무게있는 목소리다.

말하는 도중 전신에서 맑고 웅혼한 기운이 흘러나온다.

결코 절대고수에 못지않은 기운!

사람들은 새삼 이금환의 무위를 짐작하고 놀라움을 금치 못했다.

　　외중에 십이지부장 중 몇 사람이 자신의 마음을 그대로 드러냈다.

　　"천룡공자가 이미 천룡이 되어 있었군."

　　"천룡의 검을 얻은 것 같은데?"

　　"허어, 아직 서른도 되지 않았다 했는데, 정말 대단하군!"

　　"몇 년만 지나면 구룡무제 어르신에게 뒤지지 않는 천룡이 되겠어."

　　그들의 목소리가 커질수록 주백천과 금화산의 얼굴이 일그러지고, 호연청과 동방휘의 눈에 곤혹감이 커졌다.

　　이무환은 무저의 늪보다 더 깊게 가라앉은 눈빛으로 그들을 둘러보았다.

　　'하루의 시간밖에 없으니 모든 힘을 다 끄집어내겠지? 훗! 길고 긴 하루가 되겠어.'

　　하루라고 해서 다 같은 하루가 아니다.

　　피로 얼룩진 어제보다 몇 배나 힘들고 긴 하루가 될 것이다.

　　그리고 그 중심에 그가 있을 것이었다.

　　천외광룡 이무환이!

　　'여차하면, 진짜 미친 짓 한번 제대로 해버리겠어!'

4

　　"뭐라고? 그게 정말이냐?"

　　"그렇다니까요? 항주 일대에서 큰 싸움이 벌어졌데요. 무림맹에서 수백 명이나 왔는데도 막상막하라고 해요.”

사마강은 용아의 말에 얼굴이 딱딱하게 굳었다.

더없이 편안한 생활이었다. 마음이 편안해지니 보이지 않던 길도 보였다. 덕분에 보름 전에 이미 떨어지는 낙조를 베었다.

이제 떠오르는 태양만 베면 될 것이었다.

한데 언제부턴지 검을 잡는 횟수가 줄어들었다.

떠오르는 태양을 베면 돌아가야 하는데, 그것이 두려웠다. 집으로 돌아간다는 것이. 사랑하는 사람들을 놔두고 떠나야 한다는 것이.

하지만 항주가 피로 뒤덮였다면 돌아가지 않을 수 없었다.

사마강은 밖으로 나가 주방으로 들어갔다. 진초련은 요리의 간을 보고 돌아서다 사마강의 눈과 마주쳤다.

“잠시 할 이야기가 있소.”

그녀는 사마강의 말에 천천히 고개를 끄덕였다.

“뒤로 가요.”

뒷마당으로 나간 사마강은 뒷짐 진 손을 만지작거리며 입을 열었다.

“떠나야 할 것 같소.”

진초련은 조용히 미소를 지으며 입을 열었다.

“가보세요.”

“다시 오겠소. 반드시.”

“너무 마음 쓰지 않으셔도 돼요.”

“솔직히… 함께 가고 싶소. 그런데 너무 위험할 것 같아서 그렇게 할 수가 없소.”

끝내 진초련의 눈꺼풀이 잘게 떨렸다.

하지만 그녀는 곧 안정을 되찾고 고개를 저었다.

“저는… 아이가 있어요. 이곳에서 마음도 안정되었고요. 그냥… 잊으세요.”

“상관없소! 내가 용아를 얼마나 좋아하는지 모르오? 그건 걱정 마시오.”

“공자의 집안이 결코 평범한 집안이 아닐 거라는 건 이미 알고 있었어요. 그런 집안에서 저를 받아줄 거라 생각하나요?”

“만일 집안에서 싫어하면… 내가 이곳에서 살겠소.”

입술을 질근 깨문 진초련이 고개를 세차게 저었다.

“말도 안 돼요. 그럴 수는 없어요. 저는… 이미 겪어봐서 잘 알아요. 절대 받아주지 않을 거예요. 그러니… 그냥 한때의 추억이라 생각하고 잊으세요.”

“더 이상 말하지 마시오. 그냥 이곳에서 내가 무사히 돌아올 수 있도록 빌어주기나 하시오. 알겠소?”

“무사안녕을 빌어줄 수는 있어요. 하지만…….”

진초련이 말을 맺기도 전이었다. 갑자기 사마강이 그녀를 덥석 끌어안았다.

“내가 말이오. 고집이 무척 세다오. 남이 하지 말라면 더 하는 성격이오. 아버지도 그래서 포기하다시피 했소. 무슨 말인지 알겠소? 다른 생각 말고, 무조건 기다리시오.”

진초련은 눈물이 왈칵 치밀었다.

열여덟 어린 나이에 용아를 낳고 떠밀리듯이 도망쳐야 했다. 용아를 살리기 위해서. 그게 벌써 십이 년 전이다.

그 후 다시는 누군가를 사랑하지 않을 생각이었거늘, 또 한 사람이 좋아졌다. 상대도 자신을 사랑한다는 것을 그녀 역시 알았다.

그런데 그 사람도 대단한 집안의 사람인 듯했다.

절대 맺어질 수 없는 인연. 그녀는 그것을 너무도 잘 알기에 눈물이 나오지 않을 수 없었다.

'하늘이 원망스럽다. 하늘은 왜 나에게 이런 시련을 주는 걸까?'

그때 사마강이 끌어안은 손에 힘을 주고 말했다.

"만일 당신이 사라지면, 저 바다 속에 있을 거라 생각하고 찾으러 갈 거요. 그러니 절대 도망치지는 마시오. 알겠소?"

진초련은 자신도 모르게 고개를 끄덕였다. 눈물이 폭포수처럼 쏟아져 사마강의 가슴을 타고 흘렀다.

'알았어요, 도망치지 않을게요. 사실 저도… 다시는 도망치고 싶지 않아요.'

그녀가 고개를 끄덕이자 사마강의 손에 힘이 더 들어갔다.

진초련도 손을 둘러 사마강의 허리를 안았다. 더 이상 운명에서 물러서지 않겠다는 듯.

그렇게 얼마나 지났을까, 사마강이 손에서 힘을 풀고 나직이 말했다.

"그리고 옥이라는 아이 말이오. 아무래도 나와 외사촌간 되는 동생과 연인 사이인 것 같소. 당신이 좀 잘 보살펴 주시오."
뜻밖이었는지 진초련이 사마강의 가슴에서 고개를 들었다.
"예?"
"아마 당신도 잘 생각해 보면 알지 모르겠소. 그가 나에게 성하루를 추천했으니까."
진초련도 사마강에게 들은 적이 있었다. 누군가가 성하루를 알려줘서 왔다고. 그때 한 사람을 떠올렸었다. 한데 아무래도 그가 맞는 듯했다.
"알 것 같아요. 옥이는 걱정 마세요."
바로 그때였다.
"엄마!"
갑자기 용아가 뒷마당으로 뛰어들었다. 그러다 후다닥 안으로 도망쳤다.
진초련이 깜짝 놀라 품에서 벗어났다.
사마강은 헛기침을 하며 하늘을 바라보았다.
"험, 날씨 한번 좋군. 그럼… 다녀오겠소."

第七章
오빠는 잡아줄 사람이 있어야 해요

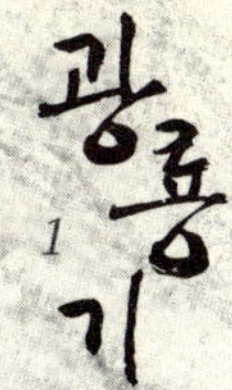

소식은 바람을 타고 구룡성 전역에 퍼졌다.

객잔과 주루는 발 디딜 틈도 없이 들어선 사람들로 북적였다.

그들의 이야기는 한결같이 천룡전에서 벌어진 구룡성주 선출에 대한 것이었다.

─천룡부의 새로운 부주에 오른 이금환이 구룡성주로 선출되었다!

─능력 검증을 위해 결정이 하루 연기되었다고 한다!

청천벽력이었다.

구룡성의 사람들 거의 모두가 신룡부주 주백천과 검룡부주 동방휘, 둘 중 한 사람이 구룡성주가 될 거라 생각했다.

한데 난데없이 하늘에서 뚝 떨어진 이금환이 가장 많은 지지를 받다니!

모두가 나름대로 추측하며 열을 올렸다.

─다른 부주들이 주백천과 동방휘가 득세하는 것을 원치 않아서 이금환을 지지했다.

─한마디로 두 사람 물먹으라고 이금환을 뽑았다.

거의 모든 사람들이 그 말에 고개를 주억거렸다.

하지만 백룡객잔에 머물러 있는 남궁산산만큼은 그 말에 절대 동의하지 않았다.

"크크, 오빠가 주백천과 호연 단주의 뒤통수를 제대로 쳤군요."

당호민이 의아한 표정으로 물었다.

"광룡이 이금환을 지지한 부주들을 조종하기라도 했다는 말이냐?"

"아마 그랬을 거예요."

"허어, 구룡부의 부주들은 모두가 대문파의 장문인과 같은 지위를 지닌 사람들인데, 광룡이 그들을 움직일 수 있단 말이냐?"

남궁산산이 피식 웃으며 간단하고 확실하게 대답했다.

“오빠는 할 수 있어요. 오빠는 구룡을 제압하는 광룡이거든요.”

절대의 믿음.

당호민은 남궁산산의 믿음에 설레설레 고개를 저었다.

“아무리 그래도 그렇지, 구룡성의 부주들이 그렇게 쉽게 넘어갈까?”

남궁산산이 당호민의 노안을 물끄러미 바라보았다.

“할아버지, 할아버지는 오빠를 어느 정도 안다고 생각하세요?”

당호민이 미간을 좁혔다. 그러잖아도 주름이 가득하던 그의 이마에 잔주름이 겹겹이 포개졌다.

그러고 보니 광룡을 만나본 것은 기껏해야 네 번 정도다. 그나마도 처음의 두 번은 한날 만났으니 세 번이라 해야 옳을 터. 아는 것이 많지 않다고 봐야 했다.

물론 구룡성의 미친 용, 광룡에 대한 소문은 귀에 딱지가 내려앉도록 들어보았다. 강하다는 것도 알았다.

그런데도 광룡의 능력을 의심하는 것은, 광룡의 나이가 워낙 어리기 때문이었다.

천하제일성 구룡성의 아홉 주인을 광룡이 주물럭거린다고?

아마 그 말을 하면, 강호의 친구들이 술을 마시다 코로 다 뿜어낼 것이었다.

“글쎄다. 아무리 내가 그를 잘 모른다 해도, 이제 스물한두 살의 젊은이가 그들을 모두 움직일 수 있다는 것은 믿을 수가 없구나."

아마 누구에게 물어도 마찬가지 대답이 나올 터였다.

남궁산산도 그걸 모르지 않았다.

문제는 그 대상이 광룡 이무환이라는 것이었다.

"오빠는요, 이해불가한 사람이에요. 아무도 오빠의 진정한 힘을 몰라요. 심지어… 저도요. 아마 오빠가 작정하고 힘을 다 드러내면, 마음만 먹으면, 구룡성의 성주가 되는 건 일도 아닐 거예요."

당호민은 힐끔 남궁산산을 바라보았다.

어찌나 표정이 진지한지 헛소리라고 말할 수가 없었다.

'하긴, 아이들은 전부 자신이 좋아하는 사람이 최고라고 생각하지.'

하기에 그는 그냥 그렇게 생각하기로 했다.

그때 남궁산산이 눈을 반짝반짝 빛내며 말했다.

"하지만 가끔 엉뚱한 일을 저질러서, 옆에서 바로잡아 줄 사람이 있어야 돼요."

그러고는 환하게 웃었다.

당호민이 보기에는 '오빠 옆에는 내가 있어야 돼요. 그래야 말썽을 덜 피워요' 란 말을 하고 싶은 표정처럼 보였다.

'허허허, 차라리 저렇게 말하니 좀 아이답군.'

내심 빙그레 웃음을 지은 당호민은 귀여운 손녀를 보는 눈빛을 지으며 물었다.

"그래, 이제 어떻게 할 생각이냐? 여기에 계속 있을 거냐?"

"아뇨. 아마 앞으로 하루 동안 구룡성이 뒤집어질 정도로 시끄러워질 거예요. 오빠도 반쯤 미쳐서 뛰어다닐 거구요. 그런데 제가 어떻게 이곳에서 구경만 하고 있을 수 있겠어요?"

"그럼……?"

다시 걱정스런 표정을 짓는 당호민을 향해, 남궁산산이 환하게 웃었다.

"당연히 오빠를 도와야죠."

2

고개를 반쯤 숙인 채 턱을 괴고 있는 호연청의 표정이 사뭇 신중하다.

이무환은 세 번째 찻잔을 비우며 슬쩍 호연청을 바라보았다.

천룡전에서 돌아온 호연청은 화를 내지도, 많은 말을 하지도 않았다.

벌써 이각째.

호연청은 그저 앞에 놓인 찻잔이 식은 것도 모를 정도로 깊숙한 생각에 잠겨 있을 뿐이다.

수룡전에 모인 사람들도 묵묵히 앉아서 호연청의 입이 열리기만을 기다린다.

"아함……. 쩝쩝……. 잠을 제대로 못 잤더니……."

이무환은 하품을 하고 입맛을 다셨다.

사람들이 송곳처럼 예리한 눈빛으로 쏘아보았다.

'누가 미친놈 아니랄까 봐!' 그런 눈빛으로.

물론 이무환은 조금도 신경 쓰지 않고, 손을 뻗어 찻주전자를 든 후 잔을 채웠다. 남들은 아직 한 잔을 다 비우지 않았는데 그 혼자만 네 번째 잔이었다.

호연청이 눈을 슬쩍 치켜뜨고는 찻잔을 집어 드는 이무환을 노려보았다.

"말해보게. 자넨가?"

찻잔을 입으로 가져가던 이무환이 멈칫했다.

"갑자기 뭔 말입니까?"

"이금환이 앞세운 거 말이네. 자네야?"

"나원, 갑자기 왜 남의 소매로 코를 닦는 겁니까?"

바라보는 사람들의 송곳 같던 눈빛이 뚝 꺾어졌다.

'정말… 저놈 머릿속에는 뭐가 들어서……'

모두가 한마음이었다.

그때 모용상명이 날카로운 눈빛을 빛내며 물었다.

"이 대주와 그는 결코 남이 아니지 않은가?"

후르륵, 찻잔을 비운 이무환이 찻잔으로 탁자를 세게 내려쳤다.

쾅!

찻잔이 한 뼘 두께의 나무탁자에 깊숙이 박혔다.

"똥통에 빠진 걸 건져 주면 되었지, 지금 나에게 몸까지 씻겨달라는 거요, 뭐요?!"

이무환은 버럭 소리치고 모용상명을 노려보았다.

사실 모용상명도 그 일에 대해선 할 말이 없었다. 이무환이 창룡부의 음모를 뒤집어놓은 것만큼은 분명했으니까.

"창룡부와 철룡부가 주백천을 지지하지 않은 것만도 다행이라고 생각하쇼."

그것만큼은 분명한 사실이었다. 만일 여건평이 창룡부를 대표해서 나왔다면, 철군평이 신룡부를 지지했다면 이러고저러고 할 틈도 없이 당했을 테니까.

이무환은 호연청과 모용상명의 가슴을 쿡 찌르고, 탁자에 박힌 잔을 빼냈다.

'헹, 어림없지. 어디서 책임을 씌우려고 해?'

그때 호연청이 침중한 목소리로 입을 열었다.

"주백천이 보고만 있을 거라 보는가?"

이무환은 찻주전자를 들어 다섯 번째 잔을 따랐다.

'붕어 새끼가 따로 없군.'

역시 모두가 같은 마음으로 이무환을 노려보았다.

이길 자신만 있다면 당장 달려들어서 찻잔으로 주둥이를 후려치고 싶은 표정들이었다.

그러든 말든, 이무환은 느긋이 찻잔을 채운 후에야 대답했다.

"그러면 주백천이 아니죠. 아마 그 양반, 지금쯤 머리에 뿔이 두 개쯤 솟아났을 겁니다."

그러고는 힐끔 호연청의 머리를 바라보았다.

이무환이 바라보는 뜻을 왜 모를 호연청이 아니다.

'건방진 놈! 왜, 내 머리에도 뿔이 난 것처럼 보이냐?!'

호연청은 숨을 크게 들이쉬고 난 후에야 마음을 가라앉히고 다시 물었다.

"천세도인도 본격적으로 움직일 거네. 그래, 자넨 어떻게 할 건가?"

이무환이 별 걱정 다 한다는 듯 태연히 말했다.

"움직이면 다 때려잡아야죠."

호연청의 눈 깊은 곳에서 기광이 번뜩였다.

"검룡부와 수룡단을 한꺼번에 공격한 자들이네. 광룡대만으로 가능하겠나?"

이무환이 눈을 치켜떴다.

"미쳤습니까? 보나마나 신룡부와 금룡부도 은밀하게 움직일 게 뻔한데. 아예 기름동이를 끌어안고 불구덩이에 들어가라고 하지 그러십니까?"

대놓고 미쳤냐고 하는데도 누구 하나 특별한 반응을 보이지 않았다. 그저 힐끔 쳐다볼 뿐이다.

호연청조차 그 말에는 반박을 하지 않고 헛기침을 하며 넌지시 말했다.

"험, 그래서 하는 말이야. 어차피 자네가 나설 수밖에 없는데, 도움이 필요하면 말하게나. 많이는 도울 수 없지만, 최대한도로 돕겠네."

저들의 주목표는 천룡부다. 검룡부와 수룡단은 나중 문제라 여기고 있을 터. 검룡부와 수룡단으로선 전날보다 훨씬 편한 상태에서 신룡부와 잠풍련을 상대할 수 있게 된 것이다.

물론 광룡대와 천룡부가 그들과 함께 공멸한다면 더 바랄 것이 없었다.

이무환은 잠시 대답을 미룬 채 붕어처럼 입을 벌리고 차를 쏟아 넣었다.

그러고는 찻잔을 탁자에 난 구멍에 집어넣고 눈에 힘을 주었다.

"좋습니다. 최대한도로 돕겠다면 제가 맡죠."

호연청도 눈 한 번 깜박이지 않고 대답했다.

"최대한도라고 해봐야 자네가 다 알고 있는 정도지. 좌우간 자네가 맡겠다니, 그리 알겠네."

그때 황보광이 참지 못하고 끼어들었다.

"호연 형, 그럼 우리 모두 저 친구의 명을 들어야 한단 말이오?"

"일단 잠풍련을 치는 게 중요하네. 놈들만 무너뜨리면 신룡부와 금룡부는 걱정할 것이 없네. 하루면 되니, 광룡대를 돕도록 하게."

하후영과 정화풍 등이 불만 가득한 표정으로 이무환을 바라보았다.

그들이 눈에서 번개를 뿜어내든 말든, 이무환은 의자 깊숙이 몸을 묻고 흐뭇한 미소를 지었다.

'우흐흐, 이제 우내십존 중 한 사람도 내 졸병이 되었군.'

쾅당!

의자가 한쪽으로 날아가 산산이 부서졌다.

분노에 찬 목소리가 신룡전을 울렸다.

"빌어먹을! 어떻게 이런 일이……! 내가 그따위 애송이에게 밀리다니!"

분노한 주백천이 이를 갈며 소리치는데도, 금화산은 커다란 덩치를 의자에 묻고 눈을 실처럼 가늘게 떴다.

"구자천이 확실한 거 같소, 주 형. 지금 특조대가 도룡부에 머물고 있다고 하오."

주백천이 이를 으드득 갈았다.

"구자천! 네놈이 감히 나를 배신하다니!"

구자천이 천룡부 편을 들었든, 아니면 기권했든 그것은 상관없었다. 그가 자신들 편만 들었어도 일이 이렇게 엉뚱하게 진행되지는 않았을 테니까.

그래선지 주백천은 그 누구보다 구자천에게 더 분노가 끓어 올랐다.

"괘씸한 놈! 내 그놈만큼은 절대 용서치 않을 것이오."

분노가 쉽게 가라앉지 않는 주백천이다.

금화산은 두꺼운 눈꺼풀을 힘겹게 들어 올리고는, 통통한 손가락으로 콧등을 문질렀다.

"어쨌든 문제는 이제부터요. 하루의 말미를 얻긴 했소만, 계획이 있소?"

주백천의 두 눈에서 자광이 일렁였다.

"놈들이 피를 바란다면 바라는 대로 해줘야겠지요."

"북궁만호가 나타난 이상 예상치 못했던 자가 또 있을지 모르오. 가능하겠소?"

금화산의 말이 왠지 모르게 자신을 비웃는 것처럼 들린다.

주백천은 자광 어린 눈으로 금화산을 쳐다보았다.

"나에게 그 정도 능력도 없을 거라 생각하시오?"

"내 어찌 그런 생각을 하겠소?"

그때였다.

톡톡톡.

조용히 앉아 있던 천세도인이 손가락 끝으로 탁자를 두들겼다.

"어차피 이렇게 되었으니 이제 하는 수 없네. 오늘 밤에 모든 것을 끝내도록 하지."

묵묵히 고개를 끄덕인 금화산이 눈살을 찌푸렸다. 두툼한 살 때문에 잘 보이지는 않았지만, 그의 미간에 두 줄기 주름이 그어졌다.

"호연청은 물론이고, 십이지부의 지부장들이 모두 몰려와 있는데 그들에 대한 대비책은 있습니까, 어르신?"

천세도인의 기다란 눈썹 아래서 칼날 같은 눈빛이 찰나간 번뜩였다.

"혼전이 되면 그들도 쉽게 움직이지 못할 거네. 물론 그들이 움직이기 전에 싹 쓸어버리면 더 좋겠지. 자네들이 확실하게만 도와준다면 충분히 가능한 일이야."

지금껏 힘으로 밀어붙이는 것을 망설였다.

엄청난 피해가 날 터, 남 좋은 일만 시켜줄 게 분명했으니까.

게다가 구룡성주 선출에서의 승산 또한 확실해 보였으니 굳이 무리할 이유가 없었다.

하지만 이제 앞뒤 가릴 형편이 아니었다.

이판사판, 밀리면 끝장이었다. 천마교나, 사우천이나, 정천무림맹을 막아내는 것은 나중 일이었다.

주백천이 먼저 단호한 결심을 잇새로 갈아 뱉어냈다.

"신룡부의 모든 것을 걸지요."

벼랑 끝에 선 상황.

금화산도 커다란 머리통을 위아래로 끄덕였다.

"금룡부도 생사를 함께하겠습니다."

4

천룡부는 여느 곳과 달리 고요했다.

처음에는 새롭게 부주가 된 이금환이 구룡성주로 선출되었다는 사실에 천룡전이 무너질 것처럼 환호했었다. 그러나 환호도 잠시, 곧 죽음 같은 침묵만이 천룡부를 짓눌렀다.

그들도 아는 것이다. 역천사룡이 결코 가만히 있지 않을 거라는 걸.

물론 마룡부와 도룡부는 더 이상 적대할 힘이 없을지도 몰랐다. 하지만 그들이 빠진다 해도 신룡부와 금룡부, 그리고 암중에 도사리고 있는 잠풍련은 천룡부 혼자서 막아낼 수 있는 세력이 아니었다.

게다가 이제는 과거와 달리 검룡부와 수룡단마저 등을 돌릴 터였다. 자신들이 먼저 검룡부에 등을 돌렸으니까.

그나마 위안이 되는 것은, 이금환을 지지한 곳이 세 곳이나 된다는 것이었다.

그들의 도움도 바람으로 끝날지 모르는 일이지만.

침묵에 눌린 천룡전 안에는 아홉 사람이 모여 있었다.

이금환과 북궁만호를 비롯해, 이건천의 사촌동생인 이강천과 장로 이충신, 그리고 이금환을 따르기로 맹세한 천룡부의 원로들과 간부들이었다.

이충신이 먼저 무겁게 가라앉은 침묵을 깼다.

"오늘 밤이 고비네. 저들은 절대 순순히 인정하지 않을 것이야."

"저도 알고 있습니다, 오숙."

알고 있다면서 큰 걱정을 하지 않는 눈치다. 이충신은 그런 이금환을 보고 가슴이 답답해졌다.

"솔직히 아직도 확신을 갖지 못하겠네. 차라리 검룡부를 밀고 나중을 생각하는 게 낫지 않았을까?"

"저라고 해서 왜 오숙의 고충을 모르겠습니까. 하나 그럴 수가 없었습니다. 굳이 이유를 말하자면, 검룡부를 밀고 있는 자들이 누군지 알게 되었기 때문이지요."

이충신이 의아한 표정으로 물었다.

"검룡부를 밀고 있는 자들이라니? 수룡단주 호연청을 말하는 것인가, 아니면 호연청이 끌어들인 자들을 말하는 것인가?"

"오숙께선 호연청이 누구를 끌어들였는지 아십니까?"

담담하면서도 진중한 이금환의 질문에 이충신이 곤혹스런 표정을 지었다.

"명부신사 헌원숭과 절명마수 소천득이 호연청을 돕고 있다는 걸 모르는 사람은 없으니 그들을 말하는 건 아닐 테고……. 수룡단에 와 있다는 외부인들을 말하는 건가? 대체 그들이 누군데 부주가 그런 생각을 한 것인가?"

그동안 검룡부와 창룡부, 수룡단과의 우호적인 관계를 암암리에 이끌어온 이충신이다. 그런 그조차도 정확히 알지 못하는 판국이니 다른 사람들은 말할 것도 없었다.

원로인 이강천이 답답한 표정을 지으며 물었다.

"호연청이 끌어들였다는 자들이 누군가, 부주?"

이금환이 북궁만호를 바라보았다.

"어르신이 말씀해 주시지요."

잠자코 듣고만 있던 북궁만호가 원로와 간부들을 둘러보았다.

"지금 수룡단에 개천신권 황보광이 와 있다. 설마 그가 누군지 모르는 사람은 없겠지?"

우내십존 중 한 사람인 개천신권 황보광.

누가 그를 모를까?

이충신이 깜짝 놀란 표정으로 되물었다.

"개천신권이 수룡단에 와 있단 말입니까, 어르신?"

"그자뿐이 아니다. 도왕 하후중천의 아들인 하후영이라는 아이와 일도진천검이라 불리는 정화풍 등 중원에서 난다 긴다 하는 자들이 다수 와 있지."

말을 멈춘 북궁만호가 나직한 목소리로 물었다.

"한데 너희들은 황보광이 어디에 속해 있는 줄 아느냐?"

개천신권 황보광이 비록 황보라는 성을 쓰기는 하나, 무림맹의 중추 세력 중 하나인 황보세가의 사람은 아닌 것으로 알려져 있었다.

더구나 하후중천과 정화풍도 결코 무림맹의 사람들이 아니었다.

한데 북궁만호는 그들이 어느 세력의 사람이라는 듯 말한다.

우내십존이 속한 미지의 세력이 있다는 것. 그것은 생각만으로도 경악힐 일이었다.

"그들이 어떤 세력에 속해 있기라도 한단 말입니까?"

이충신이 다시 묻자, 북궁만호가 낯선 이름을 하나 꺼냈다.

"밀천회라고 들어봤느냐?"

“밀천회요?”

이충신은 물론이고, 이강천 등 천룡부의 원로와 간부들이 눈만 멀뚱히 뜨고 북궁만호를 바라보았다.

밀천회(密天會)라는 이름을 처음 들어보는 것이다.

북궁만호가 무거운 표정으로 입을 열었다.

“하긴 너희들이 알 리가 없지. 나 역시 건천의 부탁으로 강호에 나간 후 이름을 아는 데만도 몇 년이나 걸렸으니까.”

마침내 무운천수 북궁만호가 왜 삼십 년이나 모습을 보이지 않았는지 그 이유가 밝혀졌다.

천룡부의 원로와 장로들은 해연히 놀란 눈으로 북궁만호를 바라보았다.

건천의 부탁. 구룡무제가 북궁만호에게 뭔가를 알아보도록 명이나 다름없는 부탁을 한 듯했다.

대체 어떤 일인데 천하의 북궁만호가 그 이름을 알기 위해 몇 년 동안이나 조사를 했단 말인가?

그들의 궁금증을 풀어주려는 듯 북궁만호가 설명을 이어갔다.

“밀천회는… 강호에 알려지지 않은 정천무림맹의 극비 조직 이름이다. 황보광은 바로 그 밀천회의 다섯 거두 중 하나지.”

대경한 이충신이 두 눈을 크게 떴다.

“그럼… 호연청이… 정천무림맹의 비밀 조직을 끌어들였단 말입니까?”

“좀 더 정확히 말하면, 정천무림맹을 끌어들였다고 봐야겠지."

정천무림맹이 제아무리 천하정파의 결집체라 하나, 구룡성의 일에 그들이 관여하는 것은 구룡성의 무인 누구도 바라지 않는 일이었다.

이강천이 분노한 표정으로 소리쳤다.

"그동안 혼자서 구룡성을 위하는 것처럼 행동하더니, 결국 구룡성을 정천무림맹에 팔아먹을 작정이었단 말입니까?"

"놈이 구룡성을 정천무림맹에 넘기려 했는지, 아니면 단순히 정천무림맹을 이용하려 한 것인지, 아직 확실한 것은 아무 것도 없다. 물론 오늘이 지나면 어느 정도 윤곽이 드러나겠지만."

그때 이금환이 입을 열었다.

"그 사실은 결정적일 때 터뜨릴 것입니다. 그때까지는 모두 입을 다물고 밖으로 그 말이 새지 않도록 주의해 주시기 바랍니다. 놈들이 알면 일이 더 복잡해지니까요."

"으음……."

"알겠네, 부주."

불만이 없는 것은 아니지만, 원로와 간부들은 고개를 끄덕이지 않을 수 없었다.

이제 이금환은 어제의 힘없는 천룡공자 이금환이 아니었다.

천룡부의 부주이며, 대구룡성의 성주가 될 사람인 것이다.

장내가 다시 조용해지자 북궁만호가 입을 열었다.

"오늘 밤 놈들의 발호를 막지 못하면 모든 것이 무너지네.

모든 무사들을 철저히 관리하도록 하게."

이충신이 난색을 표했다.

"솔직히 말씀드려서, 저희 힘만으로는 불가능합니다, 어르신."

이금환이 하얗게 웃으며 말했다.

"물론 우리들뿐이라면 그렇겠지요. 하나 오늘 천룡부에 손님들이 올 것입니다. 너무 걱정 마십시오."

이강천이 그 말뜻을 알고 눈을 빛냈다.

"부주를 지지한 곳에서 무사들을 보내주기로 했는가?"

"그렇습니다. 그들 역시 천룡부가 저들에게 무너지는 것을 바라지 않으니까요. 그리고… 천외광룡이 광룡대를 이끌고 올 겁니다."

"광룡이? 호연청이 그를 보내줄까?"

보내주지 않아도 이무환은 올 것이다. 하나 그전에, 호연청으로선 천룡부를 돕는 시늉이나마 하지 않을 수 없을 것이었다.

나중에는 어떻게 변할지 몰라도, 당장은 구룡성 무사들의 눈을 생각하지 않을 수 없을 테니까.

그것이 남의 눈치 보지 않고 무조건 힘으로 누르려는 마도와 남의 눈을 꺼리며 명분을 찾는 정파의 차이였다.

이금환으로선 천룡부를 지키기 위해서라면, 구룡성을 지키기 위해서라면, 적의 힘도 마다할 생각이 없었다.

"이이제이(以夷制夷)라, 또 다른 적의 힘으로 적을 치는 것도 과히 나쁠 것은 없지요.”

5

석양이 질 무렵, 이무환은 광룡대를 찾아온 한 사람을 보고 눈을 크게 떴다.

“어? 당신이 어쩐 일로……?”

그를 찾아온 사람은 공은효였다. 무창에 있어야 할 공은효가 찾아왔다는 것만으로도 이무환은 가슴 한구석에 싸한 느낌이 들었다.

아니나 다를까, 공은효가 입을 열자마자 이무환의 몸이 엉덩이에 송곳이라도 꽂힌 것처럼 펄쩍 뛰어올랐다.

“소저가 성에 들어와 있소이다, 이 공자.”

“뭐요?!”

벌떡 일어선 이무환은 마치 문밖에 남궁산산이 서 있기라도 한 듯 방문을 뚫어지게 쳐다보았다.

“그러니까, 꼬맹이가 무창에 있지 않고 성 안으로 들어왔다, 그 말이오?”

“그렇소이다.”

솔직히 무진장 반가웠다. 하지만 지금은 반가워할 때가 아니었다.

“아니, 이 꼬맹이가! 안전한 곳에 있으라고 했더니, 왜 말을 안 듣는 거야?!”

“저희도 무창에 머물기를 바랐습니다만, 아무래도 돌아가는 상황이 심상치 않다고 꼭 들어가야 한다고 해서…….”

“지금 어디 있소?”

“백룡객잔에 있소이다.”

당장 달려가서 혼을 내고 싶었다. 남들은 어떻게 생각할지 몰라도, 꼭 꼬맹이가 보고 싶어서가 아니었다.

하지만 그래서는 안 된다. 지금 구룡성 무인들의 눈은 세 군데로 집중된 상태였다.

천룡부, 신룡부, 그리고 수룡단.

수룡단을 바라보는 이유는 당연히 자신 때문이었다.

신룡부와 천룡부가 다툴 경우, 수룡단, 정확히는 광룡이 어떻게 나올 것인가!

그만큼 광룡의 움직임은 구룡성 모든 무인들의 관심사였던 것이다.

‘그래도 머리에 혹이 나도록 한 대 때려줘야 하는데…….’

그때 문득, 이무환은 이상한 생각에 고개를 갸웃거렸다.

몰래 들어온 꼬맹이가 왜 사람을 보내 자신이 왔다는 걸 알렸을까? 분명히 자신이 화를 낼 거라는 걸 알 텐데 말이다.

그가 생각할 때 그 이유는 하나였다.

“혹시… 꼬맹이가 특별히 전하라는 말 같은 거 없었소?”

공은효가 감탄한 표정을 지으며 남궁산산의 말을 전했다.

“이용할 때 철저히 이용하고, 털어낼 때 확실히 털어내라고 하더구려. 나로서는 무슨 말인지 잘 모르겠소만.”

이무환의 눈이 반짝반짝 빛났다.

'귀신같은 꼬맹이, 벌써 상황을 다 파악했군.'

상황만 파악한 것이 아니다. 자신의 마음까지 눈치챘다.

사실 호연청의 세력을 어디까지, 언제까지 이용할 것인지 약간 고민이 되던 중이었다. 이용가치가 많다 보니 그만큼 털어내기가 아까웠던 것이다.

한데 남궁산산이 전하라고 했다는 말을 들으니 대충 선이 그어진다.

'으흠, 확실히 털어내라, 그 말이지?'

하지만 털어낼 때 털어내더라도, 이용하는 것이 먼저였다. 그리고 꼬맹이에게도 확실하게 경고를 해주어야 했다.

"가서 꼬맹이에게 전해주쇼. 한 번만 더 말을 안 들으면 통나무에 매달아서 집으로 돌려보낼 거라고 말이오."

움찔한 공은효가 어색한 표정으로 머뭇머뭇 말했다.

"저기… 혼내면 도망가 버린다고 하던 거 같던데… 그래도 그렇게 말해야 하는 거요?"

이무환의 눈꼬리가 가늘어졌다.

'요 여우가……!'

자신이 어떻게 나올지 빠삭하게 내다보는 꼬맹이다.

'끄응, 그냥 확 쫓아가서 혼을 내버려?'

마음이야 그럴 거 같지만, 막상 만나면 혼을 내기는커녕 꼬맹이에게 거꾸로 당할지 몰랐다.

갈등이 이는 눈빛으로 힐끔 공은효를 바라본 이무환은 슬며시 고개를 돌리며 툭 한마디 내뱉었다.

"그냥 못 들은 것으로 하쇼."

"알겠소. 그럼 이만……."

포권을 취하고 돌아서는 공은효의 입술이 꽉 다물렸다.

'으음, 구룡성을 뒤집었다는 광룡도 남궁 소저에게는 못 당하는군. 결국 광룡을 움직이려면 남궁 소저를 통하는 길이 지름길이라는 말인데…….'

6

어둠이 밀려들 즈음, 천룡부에 사람들이 몰려들기 시작했다.

와룡부의 제갈무진이 일백의 무사와 함께 천룡부를 방문했다. 그리고 얼마 지나지 않아 양류한이 창룡부의 사람들과 함께 도착했다.

신임 천룡부주 이금환이 구룡성주로 뽑힌 것을 축하할 겸, 저녁 식사를 함께하기 위한 것이 목적이라고 했다.

하지만 그게 진짜 이유가 아니라는 것을 모르는 사람은 구룡성에 아무도 없었다.

"창룡부와 와룡부의 무사들이 천룡부로 들어갔습니다."

"창룡부가? 흠……. 광룡이나 다른 곳의 움직임은?"

"아직 조용합니다."

환비의 보고를 받는 천세도인의 입가에 싸늘한 웃음이 걸렸다.

"우리가 움직이는 것을 기다리는 것이겠지."

"그런 것 같습니다, 사부님."

"그래, 준비는 되었느냐?"

"명이 떨어지면 즉시 천룡부를 공격할 것입니다."

무면검마와 그를 따르는 수하들이 검룡부와 수룡단 공격에서 희생된 것이 아깝기만 했다. 하지만 그 바람에 막강한 적 두 곳이 움직이지 못할 것이니 손해라고 할 것까진 없었다.

"시간을 끌어서는 안 된다. 최대한 빨리 무너뜨려야 한다는 점을 명심해야 할 것이야."

"너무 염려 마십시오, 사부님."

고개를 숙이는 환비의 눈이 천세도인의 앞을 바라보았다.

약사발이 하나 놓여 있었다. 사부이신 천세도인이 하루에 한 번씩 복용하는 특제 만선대보탕이 담긴 사발이었다.

환비가 고개를 들 즈음, 천세도인이 약사발을 들어 입으로 가져갔다.

"흠, 오늘은 약향이 유난히 짙구나."

"마침 최고 품질의 삼백 년근 하수오가 들어왔다 해서 구해 넣었습니다."

"호오, 그래?"

"큰일을 앞두었으니 드시고 힘을 내셔야 하지 않겠습니까?"

"허허허. 그래, 그래야지."

천세도인의 입가에 몇 달에 한 번 보기 힘든 웃음이 번졌다.

'녀석, 이제 다 컸구나. 상아가 이 모습을 볼 수 있었다면 얼마나 좋을까?'

환비도 조용히 웃음 지었다.

'힘이 나실 겁니다. 아주 엄청난 힘이 말입니다.'

흑귀에게서 연락이 왔다. 작은 장원을 발견했는데, 그곳에서 귀조의 무공인 청귀마조의 흔적과 엄청난 핏물을 발견했다고.

실패했다는 말. 빌어먹을 일이었다. 그렇다고 가만히 있을 수는 없었다.

최후의 방법이라도 쓰는 수밖에…….

*　　　*　　　*

그 시각.

이무환도 천룡부의 상황을 보고받고는 자리를 털고 일어났다.

"흠, 두더지들이 굴에서 나올 때가 되었는데……. 어디 나도 슬슬 움직여 볼까?"

7

와룡부와 창룡부에서 온 무사들은 모두 삼백, 대부분이 일류 이상의 고수들인데다 그중에는 절정의 고수들만도 오십여 명에 이르렀다.

천룡부의 고수들까지 합하면 근 칠십 명에 달하는 절정고수가 있는 셈. 게다가 그중 절대의 경지에 이른 고수가 둘, 초절정의 경지에 이른 고수가 아홉이다.

가히 삼룡부의 최정예가 모두 모인 것이다.

하지만 천룡전에 모인 사람들은 누구 하나 밝은 웃음을 짓는 사람이 없었다.

특히 육도산은 찜찜한 얼굴을 펴지 않고, 입을 꾹 다문 채 한쪽에 앉아 있는 북궁만호만 바라보았다.

'저 영감이 나타나다니……'

천룡전에 무운천수 북궁만호가 삼십 년 만에 나타나고, 그가 이금환의 호위를 자처했다는 것은 비밀도 아니었다.

그가 나타났다면 양류한이 갑자기 천룡부를 밀겠다고 한 것도 꼭 잘못된 판단만은 아니었다. 그만큼 무운천수 북궁만호라는 이름은 거대했다.

그가 모습을 보였다는 것만으로도 구룡성이 들썩일 정도니까.

하지만 약속을 어긴 것만큼은 마음에 들지 않았다. 어찌 되었든 전대 부주인 여후량이 검룡부를 밀겠다고 약속하지 않았던가 말이다.

물론 새로운 술은 새 부대에 담아야 되는 법, 양류한의 판단도 무시할 수 없었다.

　육도산이 크게 불만을 터뜨리지 않고, 오히려 사람들을 설득해서 이곳까지 온 이유도 그 때문이었다.

"육 노제는 여전하군."

그때 북궁만호가 육도산을 향해 입을 열었다.

"큭, 나야 북궁 형보다 열 살은 젊지 않소?"

"성질도 여전한 것 같은데, 이제 좀 누그러뜨릴 때도 되지 않았나?"

갑자기 육도산의 귓전에 이무환의 목소리가 맴돌았다.

"그쯤 되시면 성질 좀 가라앉힐 때 되지 않았습니까?"

육도산의 눈초리가 치켜떠졌다.

"흥, 꼭 어떤 놈하고 똑같은 말을 하시는구려."

"어떤 놈?"

"그런 놈이 있소. 이제 스물 조금 넘은 놈인데, 아주 건방지고 싸가지가 없는 놈이지요."

북궁만호의 눈이 가늘어졌다.

"혹시 광룡을 말하는 것 아닌가?"

"응? 어떻게 아셨소? 북궁 형도 그놈에 대한 소문을 들었소?"

"만났지. 그놈이 나더러 돌부리에 걸려서 넘어지라고 기도하더구만."

육도산의 눈이 커졌다.

"정말 북궁 형에게 그렇게 말했단 말이오?"

"그뿐이 아니네. 내가 네놈이라고 했다고, '놈놈하는데 기분 좋은 놈 어디 있냐'며 따지지 뭔가."

육도산이 풀썩 웃었다.

"허……."

다른 사람들은 광룡이라는 이름이 나온 순간부터 눈을 빛내며 귀를 기울이다가, 북궁만호의 말에 슬며시 웃음을 지었다.

광룡, 그라면 충분히 그런 말을 했을 것이었다.

누구보다 제갈무진이 잘 알았다.

"그 정도면 다행입니다. 전에는 제 보물 창고에다 냄새나는 장갑을 던져 놓고 갔지요. 그때는 어찌나 화가 났는지……."

침묵으로 무겁게 짓눌린 천룡전에 열기가 피어났다.

모두가 광룡이라는 이름 하나 때문이었다.

북궁만호와 육도산, 제갈무진이 광룡이라는 안주를 놓고 요리를 시작하자 다른 사람들도 한두 마디씩 끼어들었다.

"솔직히 그와 말을 하다 보면 머리에서 허연 김이 솟는다는 거 아니겠습니까?"

"김만 솟아? 나는 머리가 깨지는 줄 알았네."

"흥! 그 정도면 다행이지. 나는 화를 참다 이 부러진 사람도 알고 있다네."

"아, 글쎄, 나에게 귓구멍이 걸레로 막혔냐고 하지 뭐요?"

"좌우간 그놈 주둥이는……."

웅성웅성……

이금환은 빙그레 웃으며 그 광경을 지켜보았다.

참 대단하다. 이름 하나로 이 많은 사람들의 입을 열게 하다니. 물론 좋은 소리는 별로 나오지 않지만.

그러나 어쨌든 나쁜 일은 아니었다.

지나친 긴장으로 서로 간의 마음이 닫히면 제대로 힘을 발휘할 수 없다. 한데 지금 같으면 본래 지닌 힘보다 배의 위력을 발휘할 수 있을 것 같지 않은가 말이다.

이금환은 이야기들이 오가며 어느 정도 분위기가 달구어지자 천천히 자리에서 일어났다.

그가 일어나자 웅성거림이 잦아들었다.

장내가 조용해진 순간, 이금환이 포권을 취하며 천룡전에 모인 사람들을 향해 포권을 취했다.

"이렇게 본 부를 돕기 위해 오신 모든 분들께 심심한 감사의 말씀을 드립니다."

포권을 한 채 장내를 죽 둘러본 이금환은 포권을 풀며 제갈무진을 지그시 바라보았다.

그러고는 조금도 비굴하지 않은 태도로, 묵직하면서도 힘있는 목소리로 말했다.

"그런 일이 없기를 바랍니다만, 혹시라도 오늘 저녁에 어떤 일이 벌어진다면, 제갈 부주님께서 군사의 역할을 맡아 전체 상황을 지휘해 주시기 바랍니다."

찰나간 제갈무진의 눈빛이 흔들렸다.

이곳은 천룡부. 더구나 이금환은 다음 대 구룡성주로 선출된 사람이다. 그 대신 지휘를 한다는 것은 구룡성의 모든 것을 움직일 수 있다는 말과도 같았다.

어찌 보면 단순한 부탁처럼 들렸다. 그만큼 자신의 위상도 높아질 것처럼 보였다.

그러나 깊이 따지면 결코 단순하지도, 이익이 되는 것만도 아니었다.

'내가 그의 말대로 전체 상황을 지휘한다면, 그는 가만히 앉아서 말 몇 마디로 와룡부주를 움직인 셈이 된다.'

뛰어난 군주는 함부로 전장에 나가 무용을 뽐내지 않는다. 그저 무용이 뛰어난 장수를 적절하게 부리면 될 뿐이다.

공을 세운 신하에겐 상을 주고, 과를 범한 신하는 등을 다독이며 격려하는 것만으로도, 뛰어난 군주는 그 몫을 다하게 되는 것이다.

자신이 승낙하면, 아마 이 시간 이후, 누구도 이금환의 능력에 의심을 품지 못하게 될 것이다.

와룡부주를 말 한마디로 움직인 이금환을 누가 능력없다 할 것인가!

더구나 자신을 부리는 것만으로 끝날 것 같지가 않다.

'하아, 일이 이렇게 흐를 줄이야.'

거절하고 싶었다. 이대로 이금환의 위상이 굳어지게 놔둘 수는 없는 일이 아닌가.

그러나 문제는, 거절할 명분도 없고, 거절하기에는 상황이 너무 좋지 않다는 것이었다.

제갈무진은 천천히 자리에서 일어나 포권을 취하며 고개를 숙였다. 어차피 거절할 수 없는 일이라면 기분 좋게 숙여서 나쁠 것도 없었다.

"알겠소이다, 부주. 맡겨주시구려."

"고맙습니다, 제갈 부주님."

가볍게 고개를 숙인 이금환이 어깨를 폈다.

곧이어 이금환의 낭랑한 목소리가 천룡전을 흔들며 힘있게 울려 퍼졌다.

"당금 구룡성이 어떤 위험에 처해 있는지 모두가 아실 겁니다! 그러나 나 이금환은, 어떤 힘에도 굴하지 않을 것입니다! 잠풍련이든, 누구든! 구룡성을 좀먹는 자들은 단호히 물리칠 것입니다! 구룡성을 지키기 위해 여러분과 함께 목숨을 던질 것입니다!"

한마디 한마디에 진정이 담긴 목소리다.

짧은 순간, 이금환의 마음에서 우러나온 열기가 천룡전 전체를 휘돌며 퍼져 나갔다.

"우리 모두! 대구룡성의 안녕을 위해 건배합시다!"

장내의 모든 사람들이 벌떡벌떡 일어섰다.

너 나 할 것이 없었다.

무인의 열기가 모든 사람을 집어삼켰다.

"구룡성의 안녕을 위해!"

"신임 구룡성주를 위해!"

"구룡성을 위하여!!!"

서른두 명의 군웅이 막 건배한 잔을 비웠을 때였다.

덜컹!

천룡전의 문이 거세게 열리더니 여덟 명의 중년인이 안으로 들어왔다. 그들 중 선두에 선 중년인이 성큼성큼 걸음을 옮기며 말했다.

"나도 끼워주게나!"

이금환이 그를 보고 힘차게 포권을 취했다.

"기다리고 있었습니다. 어서 오십시오, 철 부주님!"

그랬다. 천룡전의 문을 열고 들어온 사람들, 그들은 철룡칠의와 철룡부주 무적철검 철군평이었다.

"늦지 않았나 모르겠군."

"절대 늦지 않았습니다. 아니, 아주 적절한 때에 오셨습니다."

천룡전이 무인의 열기로 휩싸인 그 시각.

어둠에 묻힌 두 곳에서 사백여 명의 무사가 일제히 몸을 날렸다. 그들의 목적지는 구룡성의 중앙, 천룡부였다.

이무환이 신룡과 금룡이 움직였다는 소식을 접한 것은 소집한 사람들이 다 모였을 때였다.

이무환은 사람들이 다 모였는데도 뜸을 들이고 바로 움직이지 않았다.

그들이 멍청하지 않다면 무작정 천룡부를 공격하지는 않을 터였다. 공멸은 원치 않을 테니까.

“감 씨, 두더지굴 입구 몇 군데라고 했죠?”

“내가 발견한 곳은 두 곳이오. 물론 더 있을지도 모르오만.”

“사람들을 배치해 놓았겠죠?”

“삼중으로 해놓았소.”

“흠, 그럼 곧 나오겠군요.”

지금쯤 무슨 일이 벌어지고 있는지 모르는데 태평한 이무환이다. 안심이 안 되는지 소천득이 물었다.

“이보게. 빨리 가봐야 하지 않겠나?”

“뭐가 그리 급합니까? 천룡부로 간 사람 중에 누구 때려죽이고 싶은 사람 있어요?”

소천득은 눈만 부라리고 입을 다물었다. 말상대해 봐야 좋은 꼴 보지 못한다는 걸 알면서도 말을 건 자신에게 공연히 화가 날 뿐이었다.

‘내가 미쳤지, 저놈에게 먼저 말을 걸다니.’

그때였다. 고개를 번쩍 쳐든 이무환이 소리쳤다.

“출발!”

구룡성 서쪽에서 붉은빛이 꼬리를 길게 끌며 솟아오르는 게 보인 것이다.

뒤로 돌아서 있던 소천득은 그걸 보지 못했다. 하기에 이무환이 자신을 놀리는 것처럼 들릴 뿐이었다.

“방금 천천히 가도 된다고……”

하지만 이무환은 단칼에 그의 말꼬리를 자르고 도리어 큰 소리로 몰아쳤다.

"뭐 해요?! 꾸물거릴 시간 없단 말입니다! 안 올 거면 여기서 놀고 있으쇼!"

그러고는 벙 찐 소천득을 놔둔 채 그대로 적룡단과 붙은 담장을 넘었다.

"시간없어! 최단 거리로 통과해!"

'빌어먹을 놈!'

머리가 뜨겁게 달아올랐지만, 이곳에 혼자 남을 수는 없는 일. 소천득은 헌원숭이 제자들과 함께 몸을 날리는 걸 보고 즉시 신형을 날려 담을 넘었다.

第八章
약 먹은 천세도인,
그리고 파천삼법(破天三法)

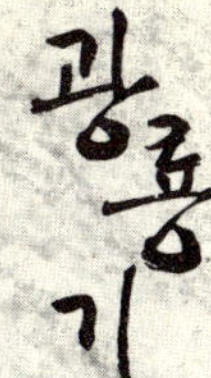

　제갈무진은 천룡부에 모인 무인들을 각 부별로 나누었다.

　천룡부의 무사들, 와룡부의 무사들, 창룡부의 무사들, 철룡부의 무사들. 그리고는 주요 고수들을 따로 빼서 모두 다섯의 무리를 형성했다.

　오행방어진의 주축이 이루어진 것이다.

　다행히 각 부별로 무사들을 나누다 보니 시간도 오래 걸리지 않았고, 서로가 익히고 있는 무공의 괴리감도 최소화되었다.

　오행의 방위를 맡을 사람들이 정해지자, 제갈무진은 즉시 그들을 움직여 천룡전을 감싸게 했다.

　"양고! 싸움이 시작되면, 자네는 와룡의 무사들을 이끌고 목방(木方) 동쪽을 맡게. 창룡부는 화방(火方) 남쪽, 철룡부는 수방(水方) 북쪽을 맡고, 천룡부가 금방(金方) 서쪽을 맡아주십시오! 그리고 이 부주께선 선별된 오십 명의 고수와 함께 중앙의 토방(土方)을 맡아서 상황을 조절해 주시오!"

어차피 적들은 천룡부에 모인 사람들이 목적이지 건물을 부수기 위해 오는 것이 아니다.

특히 그중에서도 이금환이 주목적일 터였다.

그런 만큼 격전장을 넓혀서 좋을 것이 없었다. 대연무장과 천룡전 전면의 넓은 공간이면 충분했다.

일사불란한 제갈무진의 지휘에 천룡전 내에 있던 주요 간부들이 일제히 밖으로 나가고, 장내에는 각 부의 부주들과 북궁만호만이 남았다.

바로 그때!

삐이익! 삐이익! 삐이이익!

서쪽에서 기다란 신호음이 연속적으로 울렸다.

우려하던 저들의 움직임이 시작되었다는 신호였다.

제갈무진은 차갑게 굳은 표정으로 이금환을 바라보았다.

"무슨 일이 있어도 이 부주가 당하면 안 되오. 자신의 몸이 곧 구룡성의 운명과 같다는 점을 명심해 주시오."

"내 어찌 그걸 모르겠습니까? 걱정 마십시오. 동생에게 혼나기 싫어서라도 어떻게든 이겨낼 것입니다."

일순간 두 사람의 눈이 마주쳤다.

제갈무진은 이금환의 눈을 보고 의아함과 경악을 금치 못했다.

당금 상황에서 어느 누가 태연할 수 있을 것인가. 자신도, 철군평도, 심지어 구룡성의 살아 있는 전설 북궁만호조차 긴장으로 온몸이 굳어가거늘!

한데 이금환의 두 눈에는 일말의 여유마저 보인다.

무엇이 저 젊은 거인을 저리도 여유있게 만들었을까!

'가만? 동생?'

문득 기이한 생각이 들었다.

이금환에게 사촌 동생이 상당수 되지만, 이금환이 이러한 상황에서 동생 운운할 사람이 누가 있을까?

더구나 동생에게 혼나기가 싫다니?

천하에 어떤 동생이 있어 천룡부주, 아니, 이제는 구룡성의 성주가 될 이금환을 야단칠 수 있단 말인가!

아무리 생각해 봐도 천룡부에 그럴 만한 자는 없다. 한마디로 말도 안 되는 소리다.

그때 번쩍! 한 사람의 모습이 떠올랐다.

천룡부주 이금환이 아니라, 구룡성주 이금환이라 해도 야단칠 수 있는 자는 오직 그뿐이다!

'신결 말로는 그의 성이 이 씨라고 했는데……'

"동생이라면… 호, 혹시……?"

제갈무진이 그답지 않게 더듬거리며 입을 열자, 이금환이 빙그레 웃으며 전음으로 말했다.

"내가 말한 걸 알면 아마 아우가 화를 낼 겁니다. 그러니 모른 척해주십시오."

제갈무진의 입이 떡 벌어졌다.

그는 결코 멍청한 사람이 아니었다. 천하의 누가 구룡성의 와룡부주를 멍청하다고 할 것인가.

그는 그제야 모든 일의 전말을 대충이나마 유추할 수 있을 것 같았다.

'그, 그랬어. 이금환의 뒤에 그가 있었어! 그가 있었기에 일이 이렇게 흐른 거야! 멍청한 제갈무진! 이제야 그걸 알다니!'

그때 북궁만호가 제갈무진의 마지막 남은 의혹을 찌꺼기까지 깨끗이 태워 버렸다.

"무환이 놈은 왜 안 오는 거냐? 올 때가 되지 않았느냐?"

"곧 올 겁니다, 어르신. 아마 적기를 노리느라 늦는 것 같습니다."

"큼, 나는 도무지 믿을 수가 없다. 어떻게 그런 천방지축 같은 녀석이 그렇게 잔머리를 잘 굴린단 말이냐? 더구나 뭐? 환우사천만큼이나 강하다고?"

묵묵히 서 있던 철군평이 보충하듯이 한마디 했다.

"사실일 겁니다, 어르신. 구유마도 석치상도 그의 손에 죽었으니까요."

처음 듣는 소리에 이금환과 북궁만호는 멀뚱히 눈을 뜨고 철군평을 바라보았다.

철군평이 슬며시 고개를 돌리며 말을 덧붙였다.

"저도… 졌습니다."

그것도 구 초 만에 졌다. 하지만 그는 절대 그 사실을 밝히지 않았다.

물론 물어도 대답하지 않을 생각이었다.

다행히 돌아가는 상황이 철군평에게 대답을 강요하지 않았다.

밖에서 큰 소리가 들린다.

"신룡부와 금룡부의 부주께선 무슨 일로 이곳에 오신 것이오?!"

방양고의 목소리다.

장내에 남아 있던 사부의 부주들과 북궁만호의 표정이 일제히 굳어졌다.

저들이 축하하기 위해 온 것은 아닐 터, 마침내 구룡성의 운명을 가를 일전이 시작된 것이다.

"우리는 이금환의 능력을 시험해 보기 위해 왔다네."

주백천이 담담하게 방양고의 말을 받았다.

하지만 그의 말을 믿는 사람은 장내에 아무도 없었다.

"그런데 왜 이렇게 많은 사람을 데려온 겁니까? 설마 힘으로 구룡성주의 자리를 차지할 수 있다 생각한 것은 아니겠지요?"

방양고가 시간을 끌기 위해 질문을 던졌다.

주백천이 그의 마음을 알고 비릿한 조소를 지었다.

"방양고, 쓸데없는 심기는 쓸 필요 없다. 우리는 시간을 끌고 싶은 생각이 없으니까."

금화산도 커다란 덩치를 들썩이며 웃었다.

"클클, 와룡이 제법 잔머리를 굴리나 본데, 곧 그게 얼마나 쓸데없는 일인지 알게 될 거다. 어디 슬슬 시작해 볼까?"

그의 말이 끝나자마자 담장 위에 올라서 있던 무사들이 일제히 안으로 진입했다.

빠르게 다가들지는 않았다. 그런데도 그들에게서 밀려드는 기운은 무겁고 강했다.

위협적인 압박!

공손척이 천천히 장검을 빼 들고 앞으로 나섰다.

광룡이 준 영약 덕분에 반 단계는 강해진 그다. 주백천이나 금화산이라 해도 한동안은 막을 수 있을 것 같았다.

"저들은 제가 막을 테니 뒤로 물러나십시오."

"음, 알겠네."

전보다 더 강해져 돌아온 공손척이다. 맡겨도 좋을 듯했다.

한 걸음 뒤로 물러선 방양고는 이를 지그시 깨물고 품에서 철필을 꺼내 들었다.

그가 무공을 쓰는 경우는 극히 드물었다. 와룡의 무사들조차 대부분 그의 무위가 어느 정도인지 모를 정도였다.

하지만 방양고의 옛 별호가 귀필(鬼筆)이었다는 것을 아는 사람들은 그의 철필이 얼마나 신랄한지 모두 알고 있었다.

"앞은 공손척에게 맡기고, 다른 사람들은 진세를 흐트러뜨리지 말고 적을 상대하시오!"

방양고가 앞으로 나서려던 사람들을 향해 주의를 주었다.

그러자 대여섯 명이 주춤거리며 다시 뒤로 물러났다.

그때 천룡전의 문이 열리고 부주들과 북궁만호가 나타났다.

그들은 천룡전을 나선 즉시 연무장의 중앙으로 이동했다.

순간 연무장 사방을 에워싸고 있던 무사들이 재빨리 사방을 점하며 그들을 둘러쌌다.

오행의 방어진이 완성되자 북궁만호가 대노한 목소리로 주백천을 다그쳤다.

"주백천! 구룡률을 어기려 하다니! 네놈이 감히 구룡성을 능멸하겠다는 것이냐?!"

북궁만호의 일갈에 주백천의 얼굴이 이지러졌다.

천룡부뿐만이 아니라 구룡성 전체에 울려 퍼질 만큼 큰 외침이다.

구룡성의 무인들을 격동시키겠다는 뜻.

주백천은 냉소를 흘리며 북궁만호의 말을 일축했다.

"나는 이금환의 능력을 시험하려는 것뿐이외다! 북궁 장로는 공연한 말로 본 성의 무인들을 현혹하지 마시오!"

"으하하하! 개도 안 믿을 헛소리로다! 그렇다면 네놈만 오면 되지 왜 무사들을 모두 데려왔단 말이냐?!"

"흥! 그럼 그대들은 이금환만 남기고 모두 뒤로 물러설 수 있소?!"

북궁만호가 눈을 부라렸다.

"대구룡성의 성주가 되실 분이시다! 말을 함부로 하지 마라, 주백천!"

주백천의 두 눈에서 자광이 뿜어졌다.

'구룡성의 성주' 라는 말을 듣자 분노가 솟구친 것이다.

그의 마음을 짐작한 금화산이 통통한 두 손을 만지작거리며 소리쳤다.

"더 들을 것 없소이다! 오늘이 지나면 누가 진정으로 구룡성을 다스릴 능력이 있는지 알려질 것이오! 신룡과 금룡의 무사들아! 저들에게 진정한 구룡성의 힘을 보여주어라!"

일순간, 압박해 들어가던 신룡부와 금룡부의 무사들 움직임이 빨라졌다.

바로 그 순간이었다. 서쪽 하늘에서 붉은 불꽃이 하늘 높이 솟구치는 것이 보였다.

그걸 본 이금환이 노성을 내질렀다.

"주백천! 그대가 진정 구룡성을 잠풍련에게 넘기기로 작정했구려! 모두 잘 들으시오! 곧 잠풍련의 습격이 있을 것이오! 모두 철저하게 자리를 지키며 놈들을 막아내시오!"

이무환이 사람을 보내 전했다. 하늘로 붉은 화살이 치솟으면 잠풍련이 움직이기 시작한 것이라고. 그때는 철저히 방어에 치중하고 함부로 공세를 펼쳐선 안 된다고.

그런데 마침내 붉은 불꽃이 솟구친 것이다.

한데 이금환의 노성이 살심을 자극했는지, 주백천의 눈에서 뿜어지던 자광이 더욱 짙어졌다.

어둠 속에서 확연히 느껴질 정도의 자광이다.

"사정 봐줄 것 없다! 오늘이 지나면 구룡성의 주인은 신룡이 될 것이다! 모두 놈들을 쳐라!"

일순간, 신룡부와 금룡부 무사들 중간에서 약간의 미적거림이 느껴졌다.

단순히 비무를 하는 것이 아니다. 적으로서 검을 들이대어야 한다.

길게는 수십 년, 적어도 수년 동안 서로의 얼굴을 보고 지낸 사람들이 대다수다. 아무리 명령이라지만, 자신들이 속한 단체의 이익을 위해서라지만, 막상 천룡부에 모인 사람들을 향해 살검을 펼친다는 게 쉬울 리 없었다.

그때 기회를 놓치지 않고 이금환의 외침이 천룡부의 창공에 울려 퍼졌다.

"구룡성의 무사들이여! 그대들은 구룡성의 무사로서 '의리'를 저버리겠다는 것인가! 진정 잠풍련에게 대구룡성의 자존심을 넘길 생각인가!"

갈등이 이는지 주춤거리는 사람들이 더 많아졌다.

"뭐 하느냐! 놈들만 물리치면 대구룡성의 주역이 될 것이다! 흔들리지 말고 놈들을 쳐라!"

그렇게 이금환과 주백천의 외침이 천룡부의 창공을 뒤흔들 때였다.

이백여 명이 서쪽 담장을 유령처럼 날아 넘었다.

어둠보다 더 검은 흑의, 얼음장처럼 굳은 표정, 단호한 움직임!

그들은 담장을 넘자마자 찰나의 망설임도 없이 신룡부 무사들의 등 뒤를 향해 검은 구름처럼 밀려갔다.

언뜻 보면 신룡부의 무사들이 추가로 달려온 듯했다.

하지만 이금환만큼은 결코 그렇지 않다는 것을 잘 알고 있었다.

"잠풍련 놈들이 왔소! 모두 조심하시오!"

신룡부와 금룡부의 무사들 중 상당수가 흠칫하며 공격을 멈췄다.

바로 그때, 그들 중 누군가가 소리쳤다.

"잠풍련과 함께라면 나는 이 일에서 손을 뗄 것이다! 손을 뗄 사람들은 모두 뒤로 물러서라!"

주백천이 그를 알아보고 눈을 부릅떴다.

"용천! 네가 미쳤구나!"

"형님! 신룡이 구룡성의 주인이 되는 것을 반대하지는 않습니다! 하나 잠풍련의 개가 될 수는 없습니다!"

"갈! 무슨 헛소리냐?!"

"신룡은 구룡성의 신룡으로서 존재해야 합니다! 신룡은 결코 잠풍련의 개가 아니란 말입니다!"

"네놈이 감히 내 뜻을 거역하겠단 말이냐?!"

"우하하하! 죽을 때 죽더라도, 나 주용천은 구룡성의 신룡으로 죽겠습니다!"

의기에 찬 그의 목소리가 커질수록 뒤로 물러나는 자들도 많아졌다.

하지만 뒤에 나타난 잠풍련의 고수들은 조금도 개의치 않고 중앙을 향해 신형을 날렸다.

이백여 명의 고수가 가공할 기운을 피어 올리며 날아든다.

그 광경은 한밤에 태풍이 폭풍우를 몰고 들이닥치는 듯했다.

만 장 두께의 먹구름이 그대로 머리 위로 무너져 내리는 기분!

대연무장에 모여 있던 무사들은 이를 악물고 도검을 쥔 손에 힘을 주었다.

찰나간! 잠풍련의 고수들이 바닥으로 내려서며 일제히 공세를 펼쳤다.

그들이 일시에 퍼붓는 공격이 천룡전을 흔들었다. 아니, 정확히는 대연무장의 대기와 청석으로 이루어진 바닥을 흔들었다.

쿠구구구궁!

쩌저저적! 콰아아아!!!

그에 맞서는 각 부의 고수들 역시 만만치 않았다.

"어디서 잠풍련 따위가 구룡성에서 설친단 말이냐! 놈들을 부숴 버려라!"

철군평이 노성을 내질렀다.

천위평이 이끄는 철룡칠의가 전면으로 밀려드는 잠풍련의 고수들을 향해 철검을 휘두르며 달려들었다.

와룡부의 주력인 비월삼십육위, 창룡부의 주력인 스물네 명의 창룡패왕대가 잠풍련의 공세를 악착같이 가로막았다.

그 사이에도 신룡부와 금룡부의 무사들은 쉴 새 없이 외곽을 두들겼다.

순식간에 대연무장이 악다구니로 들썩거렸다.

"뚫리면 안 된다! 막아!"

"한 놈도 안으로 들어오지 못하게 하라!"

"으악!"

"크어억!"

비명이 여기저기서 튀어나오고, 어둠 속에서 피가 뿌려졌다.

점점 커져 가는 격전의 굉음!

부딪치며 으깨진 진기의 파편들이 비산하고, 산산이 부수어지는 대기를 뚫고 고함이 커진다.

이금환은 사방을 둘러보다 한곳에 시선을 고정시켰다.

이를 절로 악다물렸다.

철군평과 철룡칠의가 막고 있는 곳. 그곳을 치는 자들의 무위는 예상보다 훨씬 강했다.

적 하나하나가 초절정의 경지에 이른 자들이다. 개중에는 철군평조차 우세를 점하지 못할 정도의 고수마저 있다.

그들로 인해 사상의 방위를 굳건히 지키는 것이 힘들 지경이다.

"육 어르신! 저쪽을 도와야 할 것 같습니다!"

이금환이 소리치자 육도산이 몸을 날렸다.

"알겠네. 반만 따라와!"

중앙에서 지원할 사람들을 셋으로 나누어놨던 상황. 육도산의 외침에 십여 명이 신형을 날렸다.

제갈무진이 바로 이어 소리쳤다.

"양 부주가 사람들을 데리고 서쪽을 도와주시고, 북궁 어르신은 이 부주 곁에서 벗어나지 마십시오!"

"알겠습니다."

"걱정 말게! 누구도 신임 구룡성주를 건들지 못할 것이야!"

바로 그때였다!

난데없는 웃음소리에 어둠이 미칠 듯 요동쳤다.

"와하하하! 두더지 새끼들이 모조리 다 나왔구나!"

그와 동시, 남쪽에서 백수십 명이 솟구쳐 안으로 날아들었다.

누군가가 죽은 조상이 살아 돌아온 것처럼 반갑게 소리쳤다.

"광룡이 왔다!"

"특조대다!"

하지만 그 소리도 이무환이 날아들며 바락바락 외치는 소리에 묻혀 버렸다.

"천세도인인지, 망세도인인지 어디 있어! 나와!"

아무리 미친놈처럼 소리쳐도 없는 천세도인이 나올 리 없었다.

이무환은 천세도인이 없는 걸 알고 이를 뿌드득 갈았다.

"두더지 같은 영감! 꼴에 뒤에서 무게나 잡고 있겠다, 이 말인가?! 자신있으면 이리 와라, 너구리 삶아 먹은 늙은이!"

어딘가에서 들었다면 화가 나서라도 나올 수밖에 없을 것이었다.

그러나 그렇게 소리쳐도 천세도인은 나타나지 않았다.

그 화가 고스란히 잠풍련의 무사들에게 집중되었다.

"저기 시커먼 옷을 입은 놈들이 잠풍련이야! 모조리 죽여 버려! 사정 봐줄 것 없어!"

그의 외침이 끝나기도 전에 허공이 길게 찢어졌다.

퉁! 쉬이익!

헌원숭의 이기어시가 이십 장의 공간을 격하고 쏘아진 것이다.

퍽!

삼 장 허공에 떠서 천룡부의 무사들을 향해 공세를 펼치던 자가 풀쩍 튕겨지며 힘없이 떨어졌다.

"명부신사다!"

"죽음의 화살, 무영시다!"

와중에도 명부신사 헌원숭의 활이 연이어 튕겨졌다.

투두둥!

특조대는 명부신사의 선공을 시작으로 신룡과 금룡 무사들의 뒤를 쳤다.

느닷없는 후면 공세에 신룡과 금룡의 무사들이 허둥대며 급급히 물러섰다.

"구룡성의 무사들은 물러서! 검을 거두는 사람은 공격하지 않을 것이야!"

광룡의 외침은 여타 다른 사람들의 외침과 또 달랐다.

특조대의 공세가 거세게 등 뒤로 몰아닥친다.

한데 정말로 순순히 물러서는 자에겐 공격을 하지 않고, 맞상대하는 자들만 공격한다.

그것도 더욱 사납게, 추호의 용서도 없이 죽여 버릴 것처럼!

신룡과 금룡의 무사들 중 백여 명이 머뭇거리며 뒤로 물러섰다.

그사이, 이무환과 이십여 명의 고수는 쏜살같이 잠풍련의 무사들 쪽으로 날아갔다.

그때까지도 사방의 진세가 크게 뚫리지 않은 상황. 잠풍련의 고수들 중 일부는 이무환 등이 등 뒤로 날아들자 재빨리 몸을 돌리고 상대를 바꿨다.

그들은 갑작스런 공격에도 당황하지 않았다. 냉정하게 공세를 전환시키며 특조대를 맞이했다.

철저히 단련되지 않고는 불가능한 대응. 그만큼 상대하기 어려운 자들이라는 말이었다.

게다가 하나같이 절정 이상의 고수들.

도대체 이런 자들이 어디에 숨어 있었던 걸까?

'제길, 최대한 이놈들을 빨리 해치우고 두더지 굴을 파버려야겠어!'

작심한 이무환은 암영무류를 펼치며, 눈앞으로 다가드는 자를 향해 손을 쫙 폈다.

이무환의 신형이 흐릿하게 어둠에 녹아든 순간!

쾅!

뇌정갑을 낀 손에 정통으로 가슴이 가격당한 흑의인 하나가 이 장 밖으로 날아갔다.

그게 시작이었다.

전력으로 펼친 암영무류와 수류보가 뒤섞이자 이무환의 신형은 유령이나 다름없이 흑의인 사이를 누볐다.

퍼벅! 콰광!

멋모르고 특조대를 향해 뛰어들던 자들이 눈 깜짝할 새에 다섯이나 사방으로 튕겨졌다.

그들이 이무환의 공세를 알아챘을 때는 이미 여덟 명의 고수가 튕겨난 후였다.

한 번 튕겨진 자들은 특조대의 집중 공격을 받아야만 했다.

이미 명이 떨어진 터. 와룡사십팔객은 일말의 인정도 두지 않고 흑의인들의 가슴과 목에 검을 쑤셔 넣었다.

그때 흑의인들 중 두 사람이 유령처럼 움직이는 이무환을 향해 달려들었다.

그들은 일반 흑의인들과 달리 이무환의 신형을 거의 정확히 잡아냈다.

이무환이 그들 중 한 사람을 알아보고 차가운 웃음을 흘렸다.

"훗, 또 만났군!"

협봉검을 앞세우고 달려드는 자, 공손척과 싸웠던 귀검마다. 다른 하나도 그에 못지않은 고수.

초절정에 이른 고수 둘의 협공이지만 자신을 위협할 정도는 아니다. 그러나 그들을 상대하기 위해 시간을 보낼 수는 없는 일. 이무환은 두 사람 사이로 파고들며 묵린도를 밀어 올렸다.

귀검마가 그걸 보고 대경해 소리쳤다.

"광룡이 도를 뺀다! 조심해!"

모르는 사람이 들으면 왜 그런지 이해하기 힘든 행동이었다.

하지만 귀검마와 함께 협공을 하던 키가 큰 흑의인은 전공력을 끌어올리고 대비했다. 그도 들은 것이다. 광룡의 도가 손보다 몇 배 무섭다는 걸.

찰나였다!

쉬이이익!

허공이 쩍 갈라지는가 싶더니, 묵빛 비늘이 수백 개의 암기마냥 키가 큰 흑의인을 덮었다.

"헉!"

헛바람을 집어삼킬 틈도 없었다. 그가 물러서려 했을 때는 이미 묵빛 비늘이 그의 몸에 쏟아진 뒤였다.

"크으윽!"

비틀거리며 안간힘을 다해 물러서는 그를 향해 이무환이 쇄도했다.

"이놈!"

귀검마가 신검합일로 이무환을 향해 달려들었다. 그의 검첨에서 석 자 길이의 검강이 화살처럼 뿜어진다.

이무환은 묵린도의 도첨을 휘돌리며 귀검마의 검을 쳐냈다.

쾅!

단발의 굉음이 일며 귀검마의 몸이 주춤거렸다.

순간 이무환의 좌수가 귀검마를 향해 뻗었다. 천광수뢰장 중 천광무벽이었다.

"가라!"

번쩍!

이무환의 좌수가 파란 광채로 뒤덮인 순간!

퍽!

일 장 거리에 있던 귀검마의 몸뚱이가 사정없이 뒤로 날아 갔다.

단숨에 초절정의 고수 둘을 해치운 이무환이다.

가히 만부막적의 위세!

주위 오 장은 이미 텅 비어 있는 상황. 누구도 이무환이 있 는 곳으로 다가가려 하지 않았다.

이무환은 오시하듯 좌우를 바라보고는, 제일 저항이 거센 곳을 향해 신형을 날렸다.

그가 날아간 곳은 창룡부가 막고 있는 곳이었다.

원로와 장로 등이 총출동한 창룡부의 무사들도 결코 약하지 않았다. 그러나 그들이 상대하는 자들 사이에 끼어 있는 네 명 의 흑의중년인이 문제였다. 그들 네 명의 흑의중년인은 창룡 의 무사들이 상대하기 힘겨울 만큼 강했다.

귀검마에 비해 떨어지지 않는 초절정의 고수들. 개중 하나는 귀검마보다 월등히 강해 보였다.

무면검마에게 들은 대로라면, 저들이 바로 잠풍십삼마 중 일부일 것이었다.

이미 창룡부의 무사들 중 이십여 명이 죽었다. 여차하면 방어진이 뚫릴 판. 이무환은 그들에게 날아가며 묵린도를 휘둘렀다.

쩌저적!

단 일격에 허공이 진저리치며 갈기갈기 찢겨져 나간다.

"광룡이다! 모두 전력을 다해 상대해!"

잠풍십삼마 중 서열 삼위의 청월신마가 대경하며 소리쳤다.

이무환도 차갑게 코웃음 치며 마주 소리쳤다.

"담 씨 노인장! 이제 시작해 보자고!"

한편, 이무환이 잠풍련의 일각을 무너뜨리는 동안, 헌원숭과 소천득과 황보광은 밀천회의 고수들과 함께 와룡을 공격하는 자들을 쳤다.

순식간에 전세가 급변했다.

유철상이 이끄는 사십팔객, 북리웅이 이끄는 구룡수호단, 악에 바친 광룡대의 무사들. 거기에 영호숭 등 광룡사위도 전력을 다해 잠풍련의 고수들을 공격했다.

제아무리 잠풍련의 힘이 강하다 해도 그들 모두의 공세를 막아내기에는 역부족이었다.

더구나 엎친 데 덮친 격으로 신룡과 금룡의 무사들 중 반 가까이가 물러선 상태가 아닌가.

생각지도 못했던 상황이 그들의 위기감을 더욱 부채질하며 사기마저 떨어뜨렸다.

결국 더 이상 밀리면 끝장이라는 생각에 주백천과 금화산마저 격전장으로 뛰어들었다.

"뭐 하느냐! 공격해라! 물러서는 자들은 용서치 않을 것이다!"

동시에 두 사람을 호위하던 신룡부와 금룡부의 장로와 호법들이 일제히 싸움에 가담했다. 담사황과 만겁궁의 고수들도 그제야 움직이기 시작했다.

그때 이무환의 외침이 들려왔다.

"담 씨 노인장! 이제 시작해 보자고!"

순간, 담사황을 비롯한 만겁궁의 고수들이 갑자기 금룡부의 장로들과 호법들을 공격했다.

"무, 무슨 짓이오! 미쳤소?! 적은 저들이란 말이오!"

금철종이 대경하며 말을 더듬었다.

그러나 담사황은 미치지도, 적을 잘못 본 것도 아니었다.

"후후후. 미안하네만, 광룡의 말을 안 들어주면 호남이 시끄러워질 것 같아서 말이야."

그야말로 금룡부의 등 뒤로 날벼락이 떨어졌다.

싸움이 일각을 넘어가지 혼전을 빌이던 양편이 양쪽으로 갈리기 시작했다.

이무환은 십여 초 만에 다섯 명의 잠풍련 고수를 눕히고는, 잠풍련의 고수들과 천룡부에 모인 군웅들과의 거리를 더 벌렸다.

그렇게 틈이 벌어진 순간, 이무환은 왼손을 비틀어 무영뢰를 손에 쥐었다.

찰나, 세 발의 무영뢰가 그의 손을 벗어났다.

쒜에에엑!

귀곡성이 울리며 세 줄기 번개가 어둠을 갈랐다.

굳이 많은 변화를 일으킬 생각은 없었다. 그럴 필요도 없었다.

그들 중 벼락처럼 날아드는 무영뢰를 피할 정도의 고수는 그리 많지 않았다.

"켁!"

"커억!"

"뭐, 뭐야? 허억!"

무영뢰가 한 바퀴 돌고 이무환의 손에 안착하는 동안 네 명의 고수가 대항조차 못하고 쓰러졌다.

그것은 또 다른 공포였다!

이무환은 무영뢰를 거두어들이자마자 물러서는 잠풍련의 고수들 속으로 뛰어들었다.

한 마리 미친 호랑이가 열흘 굶은 늑대들 사이를 누비는 듯했다.

당하면서도 믿을 수가 없는지, 그토록 냉정하던 잠풍련의
무사들이 흔들리기 시작했다.

한데 바로 그때였다.

미친 듯이 잠풍련 고수들 사이를 누비던 이무환이 손을 멈
추고 고개를 번쩍 들었다.

고오오오오!!!

거대한 압력이 밀려오고 있었다. 목표는 자신!

압력의 정체는 하나의 거대한 회오리였다.

"천세도인! 망할 영감! 마침내 두더지 굴에서 나왔구나!"

이무환의 전신에서도 지금까지와는 비교도 안 되는 기운이
흘러나왔다.

찰나의 순간, 숨을 한 번 쉬기도 전이었다.

어둠마저 빨아들일 것 같은 거대한 회오리가 이무환의 머리
위로 떨어져 내렸다.

동시에 이무환의 묵린도가 허공으로 쳐들렸다.

콰과과과과! 쩌저저저적!

만천묵린우, 단천묵린월이 연달아 펼쳐지자 어둠이 수천,
수만 조각으로 쪼개졌다.

산산이 부서지는 회오리! 강기의 파편이 사방으로 비산했
다.

"휩쓸리면 안 된다! 피해!"

근처에 있던 황보광이 대경해 소리치며 뒤로 몸을 날렸다.

천하의 개천신권마저 강기의 파편을 피해 물러선다. 하후영

과 밀천회의 고수들은 하얗게 질린 표정으로 다급히 물러섰다.

이무환은 단 한 번의 격돌로 숨이 턱 막히고 가슴이 먹먹해졌다.

'크윽! 생각보다 훨씬 더 하잖아?'

세 걸음 물러서서 눈을 들자 저만치 내려서는 천세도인이 보였다.

칠채도관을 쓴 천세도인은 큰 충격을 받지 않은 듯했다.

그의 몸을 중심으로 휘도는 회오리는 조금도 줄어들지 않은 상태다.

이무환이 이상한 점을 느낀 것은 천세도인이 입을 열고 난 후였다.

"후후후후, 어린놈이… 듣던 대로… 정말 대단하구나……."

음울한 목소리. 말을 할 때마다 일렁이는 엄청난 기운. 그리고 붉은 눈동자!

'뭐, 뭐야? 저 영감탱이도 폭령잠마단을 처먹은 거야?'

천세도인의 눈에서 일렁이는 붉은 기운은 무면검마의 눈에서 봤던 거와 비슷했다.

미치지 않고서야 스스로 폭령잠마단을 복용할 일이 없다. 설령 악기운을 이겨낼 수 있을지라도 한동안 내력을 잃고 고생해야 할 테니까.

천하를 노리는 자가 그런 짓을 할 정도로 멍청할까?

절대 아니다. 뭔가가 잘못되었다.

“영감! 대체 왜 폭령잠마단을 처먹은 거지?”

천세도인의 붉은 눈빛이 흔들리는가 싶더니, 음울한 웃음이 그의 잇새에서 흘러나왔다.

“후후후후, 으흐흐흐……. 죽여주마… 미친 애송이…….”

그러나 그도 잠시였다. 천세도인의 몸에서 시퍼런 회오리가 일어나 어둠을 빨아들이기 시작했다.

“젠장! 완전히 미쳐 버렸군! 대체 얼마나 많이 처먹은 거야?”

한 알로는 절대고수인 천세도인의 정신을 저렇듯 흔들어놓을 수 없을 것이었다.

그렇다면 적어도 두 알 이상, 많으면 세 알 이상도 복용했다는 말이었다.

대체 왜 그런 미친 짓을 했을까?!

하지만 지금은 그걸 따질 때가 아니었다.

폭령잠마단을 그렇게 많이 복용했다면, 공력의 폭주에 한계가 있다 해도 평소보다 훨씬 강한 힘을 쓸 터였다.

절대고수 중의 절대고수인 천세도인의 폭주한 공력은 어느 정도일까? 도무지 상상이 가지 않는다.

그렇다고 물러설 수도 없는 일.

“좋아! 어디 한번 해보자고, 미친 늙은이!”

묵린도를 도집에 집어넣은 이무환은 이를 악물고 천광지령의 모든 힘을 끌어올렸다.

전력을 다하지 않고는 천세도인을 꺾을 수 없다.

누가 이기나 끝장을 보는 수밖에!

어느 순간, 사자탄의 와류와 같은 기운이 이무환의 몸 주위를 선회하기 시작했다.

그 기운이 서서히 은은한 청광을 띠어가자 이무환이 잇새로 소리쳤다.

"죽기 싫으면 모두 뒤로 물러서!"

이미 직경 십오륙 장의 공간이 만들어졌다. 떨어진 거리만도 칠팔 장이다. 한데도 이무환은 더 뒤로 물러서라고 한다.

특조대는 적을 상대하면서도 머뭇거리면서 뒤로 물러섰다. 광룡이 그 말을 했을 때는 그만한 이유가 있을 터. 일단 듣지 않을 수 없었다.

천룡부와 와룡부, 창룡부의 무사들도 특조대를 따라 한 걸음, 한 걸음 뒷걸음질을 했다.

그러나 잠풍련의 고수들과 신룡, 금룡부의 무사들은 물러나지 않고 잠깐 생긴 여유 시간에 숨을 골랐다.

천세도인의 공격이 시작된 것은 바로 그 순간이었다.

고오오오오오!

이무환도 끌어올린 천광지령의 기운을 방출하기 시작했다. 그러자 몸 주위를 휘돌던 와류가 점점 커지며 뇌음이 일었다.

콰르르르르!

"와라! 망할 늙은이!!!"

이무환의 일성이 터진 순간!

천세도인의 기운이 회오리처럼 휘돌며 허공으로 치솟았다.

주위 삼 장의 모든 것이 회오리에 빨려든다.

칠채도관의 양쪽으로 늘어진 백발이 하늘로 솟구친다.

광기에 찬 두 눈에서 뿜어지는 은은한 혈광!

"우흐흐흐! 죽어라, 광.룡!"

천세도인의 입에서 광소가 흘러나옴과 동시였다. 오 장 높이로 솟구친 회오리가 급격하게 꺾어지며 이무환을 향해 쏟아져 내렸다.

콰아아아!

이무환의 몸 주위를 휘도는 와류에서 뇌음이 사라진 것은 바로 그때였다.

뇌음은 들리지 않았지만, 청광이 더욱 짙어지며 일대가 진공 상태로 변했다.

십여 장 밖에 있던 사람들은 고막이 먹먹해지자 싸우던 상대도 팽개치고 급급히 뒤로 물러났다.

미처 피하지 않고 칠팔 장 근처에 있던 잠풍련의 고수들 중 칠팔 명이 머리를 쥐어 싸고, 피를 토하며 무너져 내렸다.

그 찰나, 어둠의 장막을 가르며 떨어진 거대한 바람의 창이 일 장 허공에 도달했다.

순간! 이무환은 두 손을 들어 올리며 크게 휘돌렸다.

"하아아아! 얼마든지 와라!"

찰나였다!

이무환의 두 손에서 뻗어 나온 푸른 번개가 와류를 따라 휘도는가 싶더니, 하늘에서 떨어지는 거대한 바람의 창을 빨아들였다.

천광지령의 파천삼법(破天三法) 중 하나. 천광회회탄(天光回回灘)의 초현이었다!

빨려드는 것은 바람의 창만이 아니었다. 어둠이 진저리를 치며 광란의 바다 속으로 빨려들었다.

그러던 어느 순간이었다.

쩌저저저적!

거대한 바람의 창에 그물 같은 금이 가기 시작했다.

와류도 비명을 지르며 바람의 창을 더욱 강하게 휘감았다.

'크윽!'

심장이 터져 나갈 것 같은 기분!

온몸이 산산이 부서질 것 같은 극렬한 충격!

이무환은 이를 부서져라 악물고 혼신의 내력을 끌어올렸다.

물러서면 끝장이다.

오기와 광기의 대결!

'당신이 폭령잠마단을 복용했다면, 나는 폭령잠마영단을 복용했다고! 누가 뭐래도 폭령잠마영단이 한 수 위 아니겠어!'

이무환은 그런 마음으로 한 줌의 내력까지 모조리 끌어냈다.

단전이 텅 빌 때까지!

한데도 천세도인의 공세는 멈출 줄을 모른다.

여전히 광기에 찬 웃음소리를 흘려낸다.

“크크크크, 산산조각 내서… 죽여… 주마…….”

이무환은 몸이 터져 버릴 것 같은 와중에도 은근히 불안감이 커졌다.

‘씨발, 이대로 죽는 거 아냐?!’

눈앞에 아버지가 어른거린다.

—이놈아! 네가 누구냐?! 나 이충량의 아들이 아니냐! 힘 내!

옥이가 소리친다.

—오빠! 그 늙은이한테 지면 안 돼!

꼬맹이가 울먹거린다.

—나하고 섬에 놀러 가야잖아!

바로 그때였다!

단전이 부글거리며 정체를 알 수 없는 거대한 기운이 끓어올랐다. 한계치를 넘는 충격에 만년해령실과 폭령잠마영단의 남은 기운이 앞 다투어 폭주하는 듯했다.

평소라면 두 기운을 다스리기에 급급했을 터다. 하지만 지금은 그럴 시간이 없었다. 오히려 두 기운을 반겨야 할 판이었다.

이러나저러나 밀리면 끝장이니까!

‘그래! 꼬맹아! 저 늙은이를 때려죽이고 섬으로 놀러 가자!’

단전에서 솟구친 기운이 전신혈맥을 치닫더니, 일순간 그의 모공을 통해 뿜어졌다.

“흐아아아압!”

콰아아아아아!

와류가 급작스럽게 빨라지고, 바람의 창에 간 금이 그물처럼 갈라졌다.

콰과과광!

굉음이 터지며 바람의 창이 산산이 부서졌다.

순간 휘돌던 와류가 부서진 바람의 파편을 완전히 빨아들였다.

그와 동시, 이무환이 천세도인을 향해 한 발을 떼었다.

입술을 비집고 흘러나오는 가느다란 핏줄기.

적지 않은 내상을 입었음에도 이무환은 한순간의 망설임도 없이 공세를 펼쳤다.

자신이 내상을 입은 만큼 천세도인도 흔들렸다.

시간을 끌어봐야 좋을 게 없는 상황. 끓어오른 내력이 언제끼지 자신의 몸을 지탱해 줄지 모르는 상태다.

게다가 자신이 지닌 무공의 진체를 천세도인이 알기 전에 끝장을 봐야만 하는 것이다.

가슴 높이에서 우수가 아래쪽에 놓이고 좌수가 위를 덮는다. 간격은 한 자.

언뜻 이무환의 쌍장 사이에서 밝은 빛이 일렁이는 듯하더니, 주먹 두 개 크기의 청색 구슬이 만들어졌다.

순간 광기에 차 있던 천세도인의 붉은 눈빛이 찰나간 출렁였다.

뭔가가 떠오르는데 확신을 가지지 못한 표정이다.

그가 생각을 떠올리기 전, 이무환은 쌍장 사이에 만들어진 천광주를 천세도인을 향해 밀듯이 내던졌다.

두 사람 사이의 거리는 십 장.

천광주는 찰나의 순간에 천세도인의 코앞에 도착했다.

그제야 확신을 가졌는지 정신없이 두 손을 휘두르는 천세도인의 얼굴이 악귀처럼 일그러졌다.

"그, 그것은… 천… 광… 주?!"

역시 알고 있다.

전설의 무공, 풍, 운, 뇌, 우를 부술 수 있는 천적을!

이무환은 천광주와 연결된 천광지령의 기운에 모든 공력을 쏟아부었다. 자신 역시 지대한 타격을 입을지 모르지만, 다른 방법이 없었다.

기회는 왔을 때 잡아야 하는 법!

더구나 미친 천세도인에게 시간을 주면 오히려 자신이 당할지 모르는 판이다.

"알았으면 가라, 재수없는 영감태기!"

찰나! 천광주가 눈부신 빛을 발하며 폭발했다.

화아아아악!

소리도 없이 어둠을 밝히며 터져 나가는 천광주다!

파천삼법 중 두 번째, 천광폭멸주(天光爆滅珠)!

일시지간 천광의 빛이 천세도인의 몸을 덮어버렸다.

그가 제아무리 빠르다 한들 비산하는 빛무리를 피할 수는 없는 일이었다.

벼락이라도 맞은 듯 천세도인의 몸뚱이가 뒤로 날아갔다.

이무환은 격하게 흔들리는 내력을 억지로 누르며 천세도인을 향해 신형을 날렸다.

당장은 천광폭멸주에 의해 힘을 잃었지만, 완벽하게 당한 것이 아니다. 폭령잠마단마저 복용한 그가 아닌가!

이무환은 날아가며 툭, 묵린도를 쳐올렸다.

우수로 묵린도를 뽑음과 동시, 좌수를 비틀어 무영뢰를 거머쥐었다.

쒜에에에엑!

세 발의 무영뢰가 먼저 귀곡성을 발하며 대기를 갈랐다.

천세도인은 뒤로 날아가는 와중에도 본능적으로 두 손을 휘둘렀다.

콰광!

두 발의 무영뢰가 그의 손짓에 튕겨졌다.

그러나 마지막 하나가 천세도인의 왼쪽 어깨를 뚫고 반대쪽으로 빠져나왔다.

악귀처럼 일그러진 천세도인의 입에서 거친 신음이 흘러나왔다.

"크으으……. 찢어 죽일……."

이무환은 천세도인이 욕을 하든 말든, 추호의 망설임도 없이 묵린도를 내리그었다.

단천묵린월!

천세도인이 오른손을 들어 휘저었다.

쩌저정!

만 근의 바위도 두 조각으로 갈라 버릴 도강이 천세도인의 손짓에 부서졌다. 하지만 부서진 도강의 파편이 천세도인의 몸을 쓸고 지나갔다.

또다시 피를 뿌리며 일 장을 물러서는 천세도인이다.

이무환은 좌수를 활짝 펴고는 허공을 찍듯이 내리쳤다.

천광수뢰장의 삼초, 천광무벽!

쾅!

훌훌 날아가는 천세도인의 가슴이 움푹 파인 듯 보였다.

'크으윽!'

동시에 이무환의 몸속에서도 극렬한 통증이 일었다.

혈맥이 갈기갈기 찢겨 나가는 극통!

만년해령실과 폭령잠마영단의 기운을 마음대로 날뛰도록 놔둔 결과다.

하지만 이무환은 겉으로 표를 내지 않고, 재빨리 품속에서 폭령잠마영단 하나를 꺼내 입안에 털어 넣었다.

그러고는 두 다리에 힘을 주며 천세도인을 향해 다가갔다.

방원 십여 장이 완전히 폐허가 된 상태. 폐허의 대지에는 오직 그와 천세도인뿐이었다.

한편, 광룡과 천세도인의 격전 와중에도 사람들은 생사를 가르는 싸움을 멈추지 않았다.

잠풍련의 고수들은 천세도인이 나타나면서부터 거세게 역공을 취하기 시작했다. 더구나 광룡이 밀리며 당장 패할 것 같은 상황이 지속되자, 잠풍련뿐만 아니라 신룡부와 금룡부의 사기도 충천했다.

상황이 그리되자 천룡부를 지지하는 세력들과 특조대는 사기가 오른 적들을 막기에 급급했다.

그렇다고 해서 기울어진 형세가 단번에 역전되지는 않았다. 그저 팽팽한 상태로 바뀌었을 뿐이었다.

하지만 상황에 상관없이 많은 사람들의 마음이 싸늘하게 식었다. 그중에서도 천중십마와 우내십존에 속한 절대고수들과 밀천회의 고수들 가슴에는 천근만근의 철추가 매달렸다.

천외광룡 이무환과 천세도인의 경천동지할 일전은 아예 논외로 치더라도, 그 외에 경악할 일이 한두 가지가 아닌 것이다.

담사황만 해도 금화산의 강함에 경악을 금치 못했다. 덩치만 커다란 곰이라 생각했던 금화산이 자신과 대등한 접전을 펼치는 것이 아닌가.

한데 그런 상황은 담사황만이 아니었다.

주백천과 일전을 벌이는 황보광. 천세칠노의 수장격인 천지쌍노와 한 치의 양보도 없는 접전을 벌이는 헌원숭과 소천득. 모두가 얼굴이 굳은 채 펴질 줄을 몰랐다.

그들이 누군가. 강호에서 그 적수를 찾기 힘들다는 절대고수들이 아니던가!

한데 그런 자신들이 우세를 점하지 못하고 있다.

대체 구룡성에 얼마나 많은 고수들이 있단 말인가! 잠풍련은 어떻게 이 많은 고수들을 모으고 길렀단 말인가!

실로 구룡성의 거대함이 뼛속까지 느껴지고, 잠풍련의 강함
에 심장이 싸늘하게 식을 지경이다.

천중십마? 우내십존? 웃기는 일이다. 이곳에서는 그 이름들
이 허명처럼 여겨질 뿐이다.

하물며 다른 사람들은 더 말할 것도 없었다.

모용상명과 하후영, 장화풍 등 밀천회의 고수들은 이를 악
문 채 발악하듯이 도검권장을 휘둘렀다.

그들은 강호에 전혀 알려지지 않은 자들의 선전을 보고 힘
을 아낄 마음조차 갖지 못했다.

성난 호랑이처럼 포효하며 상대의 가슴에 검을 꽂는 무설강
이야 더 말할 것도 없었다.

유철상이 이끄는 와룡사십팔객도 야생의 표범처럼 냉정침
착하게 잠풍련의 고수들을 막아내고, 구룡수호단은 와룡사십
팔객에게 지지 않겠다는 듯 혼신의 힘으로 상대를 밀어붙인
다.

피가 튀고, 사방에서 비명이 터져 나오는 혼전 속에서도 한
치의 흔들림이 없다.

저들보다 자신들이 나은 것이 뭔가?

없다. 아무것도 없다. 빌어먹을 일이지만 사실이 그렇다!

특히 광룡의 심부름꾼 정도로 생각했던 광룡사위의 활약은
생각지도 못했던 것이었다.

이제 이십대 중반의 나이인 그들이 절정의 무공을 펼치는
것이 놀랍긴 하지만, 사람들이 그들을 보고 경악한 것은 다른

이유 때문이었다.

네 사람은 등 뒤에도 눈이 달린 것만 같았다.

동물조차 따라가지 못할 초감각적인 움직임!

환상적인 그들의 몸놀림은 보는 이의 눈을 휘둥그렇게 만들었다.

검, 부, 도, 첨검. 각기 다른 무기들이 철저히 서로를 보호하며 상대를 위협한다.

그들의 공세에 무너진 잠풍련의 고수만도 벌써 아홉. 상대역시 모두 절정의 경지에 이른 자들이다.

저 네 사람이 몇 개월 전만 해도 겨우 일류 수준에 턱걸이한자들이었다는 것을 어느 누가 믿을 것인가!

사람들이 그렇게 죽지 않기 위해, 남들에게 뒤지지 않기 위해 젖 먹던 힘까지 끌어올려 적을 상대할 때였다.

콰과과광!

굉음이 천룡부를 흔들고, 광룡과 천세도인의 격전 상황이뒤바뀌었다.

당장 피분수를 뿜으며 쓰러질 것 같던 광룡이 갑자기 천세도인을 압도하기 시작한 것이다.

당연히 군웅들의 싸움 양상도 바뀌었다.

두 번 다시 기회를 주지 않겠다는 듯 군웅들은 오히려 전보다 더 거세게 밀어붙였다.

"놈들을 쳐라! 승리는 우리의 것이다!"

"잠풍련 놈들을 죽이고 구룡성을 지키자!"

"그럼 그렇지! 총대주가 어떤 사람인데!"

"광룡이 괜히 광룡인 줄 알아!"

"우하하! 덤벼, 새끼들아! 내가 바로 항주의 쌍도끼, 막위다!"

"여기 단칼 단우경도 있다! 덤벼라!"

충천하는 사기가 순식간에 불길처럼 번져 간다. 십여 명의 호위에게 둘러싸여 있던 이금환은 손바닥을 파고들 것 같던 손가락을 펴고 안도의 한숨을 내쉬었다.

'후우, 아우……'

이무환이 밀리는 것을 보고 참을 수가 없었다. 끼어들 수만 있었다면 당장 달려들었을 것이었다.

그러나 두 사람의 싸움은, 이곳의 누구도 끼어들 수 없는 무신들의 일전이었다.

절대고수라는 천중십마와 우내십존 중 다섯, 그에 뒤지지 않는다는 구룡성의 절대고수가 다섯이나 있음에도, 누구 하나 두 사람의 싸움에 끼어들지 못하고 있던 판국이다.

하물며 절대지경에 아직 도달하지 못한 자신은 더 말할 것도 없었다.

'우형이 강하지 못한 죄다! 아우! 하지만 조금만 기다려 다오! 아우가 염려하지 않아도 될 정도로 강해질 테니까!'

이를 악문 이금환은 뛰는 가슴을 진정시키고 눈을 빛냈다.

그때 문득, 잠풍련의 고수들의 수상한 행동이 그의 눈에 잡혔다. 몇 사람이 상대와 접전을 벌이는 중에도 이무환 쪽을 흘겨보는 것이 아닌가.

이무환과 천세도인의 일전을 목도했기에 망설일 뿐, 여차하면 뛰어들 태세다.

자신과의 거리는 이십여 장 정도.

"어르신, 제 걱정 마시고 아우를 좀 지켜주십시오."

마음 같아서는 자신이 나서고 싶었다. 그러나 그럴 상황이 아니라는 것을 누구보다 자신이 잘 알았다. 더구나 자신이 나서면 다른 사람이 그리하도록 놔두지 않을 것이 분명했다.

이금환의 부름에 북궁만호가 앞으로 나섰다. 이제는 자신이 빠진다 해도 그리 염려할 것이 없을 듯했다.

"클클, 알겠다. 너, 너. 둘만 나 따라와라."

북궁만호가 두 사람을 데리고 이무환을 향해 훌쩍 몸을 날린다.

이금환은 싸늘한 눈빛으로 전방을 둘러보았다.

싸움은 막바지를 향해 달려가는 상황이다. 잠풍련의 고수들 중 남은 자는 이제 사십 명 정도. 한발 뒤로 처져 있던 신룡부와 금룡부의 무사들도 반수 이상이 쓰러진 상태다.

이제 마무리를 지어야 할 때!

그가 창공에 대고 소리쳤다.

"승룡의 형제들은 어디에 있는가!"

아비규환의 전쟁터로 변한 천룡부의 대연무장에서 십여 명이 상대를 밀치고 몸을 날렸다.

기다렸다는 듯 담장 밖에서도 삼십여 줄기의 인영이 솟구쳐 천룡부로 들어왔다.

양쪽 합쳐서 모두 사십여 명. 그들이 일제히 외쳤다.

"구룡성은 승룡이 지킨다!"

"목숨을 바쳐 구룡의 정신을 잇자!"

"원주께선 명을 내리시오!"

사십여 명의 외침이 천둥소리처럼 천룡부의 하늘을 울렸다.

뜻밖의 상황. 양쪽의 모든 사람들이 주춤거렸다.

그사이 승룡원의 청년 고수들이 이금환 앞으로 모여들었다.

이금환은 한 걸음 앞으로 나서며 그들을 향해 명을 내렸다.

"광룡의 주위에 아무도 접근하지 못하게 하라!"

명이 떨어지자마자 사십여 명의 승룡이 광룡과 천세도인을 에워쌌다.

그들의 면면을 살핀 사람들이 일제히 경악한 표정을 지었다.

숫자는 사십여 명에 불과했다. 그러나 대부분이 부주들의 자식들이거나, 원로, 장로들의 아들과 손자들이다.

구룡성의 미래를 책임질 젊은 용들!

그때 이금환의 일갈이 다시 울렸다.

"십이지부의 지부장들은 구룡성의 무인들이 아니던가! 구룡성을 침탈하려는 잠풍련의 잔당들을 이대로 놔둘 것인가!"

숨을 한 번 들이쉬고 내뱉을 시간이 흐른 후였다.

"어찌 우리가 구룡성의 무인임을 부인하겠소이까! 십이지부도 잠풍련의 잔당들을 처리하는 데 한 손 거들겠소이다!"

괄괄한 목소리가 들리더니 삼십여 명이 천룡부의 담장을 날아 넘었다.

십이지부장과 그들을 호위하고 온 호위무사들이었다.

이무환은 입가의 피를 닦아내며 천세도인을 노려보았다.

숨을 헐떡이는 그의 가슴 부위 옷이 완전히 뭉개져 있다.

천광무벽의 위력에 아마 내부의 주요 혈맥도 터져 나갔을 터였다.

"천세도인, 그대가 천존이겠지? 아니, 삼악 중 하나, 혈악 야율모궁이라 불러야 하나?"

이무환이 확인하듯이 묻자, 가래 끓는 목소리가 천세도인의 잇새로 흘러나왔다.

"크, 크, 크……. 천광… 천광이 나타났을… 줄이야……. 비아(飛兒)가… 약에 수작만… 부리지… 않았어도……."

천세도인의 마지막 말에 이무환의 고개가 모로 꺾어졌다.

"비? 설마, 폭령잠마단을 복용한 것이……?"

천세도인이 거친 숨을 몰아쉬었다.

"흐으, 흐으으……."

상황을 대충 유추한 이무환의 입가에 비릿한 조소가 걸렸다.

"훗, 그대도 더럽게 복이 없군. 하필 제자에게 당하다니. 아니지, 외손자에게 당했다고 해야겠지."

순간 천세도인의 두 눈이 거센 풍랑을 만난 것처럼 흔들렸다.

당장 숨이 끊어져도 이상할 것 없는 상태인데도 그는 악착같이 입을 열어 물었다.

"네, 네놈이… 어떻게……?"

"가면을 쓴 자가 말해주더군. 그러니 죽더라도 너무 궁금해 하지 마. 퉤!"

이무환은 무심히 말하고 피 섞인 침을 뱉어냈다.

그러고는 무심한 눈으로 천세도인을 바라보았다.

"어차피 묻는다고 대답해 줄 것 같지도 않고, 시간이 없으니 이제 특조대주로서의 임무를 수행해야겠어. 그대의 목숨만큼은 내가 거두고 싶었거든."

놔둬봐야 일각 이상 살지 못할 것이었다.

마무리만큼은 자신의 손으로 하고 싶었다.

천천히 묵린도를 쳐든 이무환은 낭랑한 목소리로 입을 열었다.

"천세도인! 구룡무제 이건천 공의 시해 교사죄로 그대를 즉형에 처한다!"

찰나! 묵린도가 허공을 수직으로 갈랐다.

부들부들 떨던 천세도인이 번쩍 고개를 쳐들었다.

뇌가 갈라지는 충격에 반사적인 행동이었을 뿐, 그는 두 번 다시 자의적으로 움직이지 못했다.

혈지겁난의 주인공 중 하나, 혈악 야율모궁, 마침내 그가 죽은 것이다.

담사황과 금화산의 격전은 반 각가량이 더 지나고, 삼십여 초가 더 흐른 다음에야 끝이 났다.

담사황은 평생 두 번째로 만겁귀원공을 펼치고 나서야, 금화산의 몸을 보호하고 있던 거령풍이라는 괴공을 깰 수 있었다.

첫 번째는 헌원숭과의 대결을 할 때였다. 그만큼 금화산이 상대하기 어려웠다는 말과도 같았다.

얼굴이 창백해진 담사황은 고개를 저으며 질린 목소리로 말했다.

"정말 저런 괴물 같은 자와는 두 번 다시 싸우고 싶지 않군. 십 년은 더 늙은 것 같아."

그러한 마음은 헌원숭이나 소천득도 비슷했다.

그들은 천지쌍노가 도주하는 것조차 막지 못한 것이다.

도주한 사람은 천지쌍노 외에도 대여섯 명이 더 있었다. 현 상태에서 빠져나갔다는 것은 그만큼 강한 자들이라는 것이었다.

하지만 일단은 천룡부에서 벌어진 일을 수습하는 게 우선이기에 그들을 끝까지 추적하지는 않았다.

이제 남은 싸움은 황보광과 주백천의 대결뿐이었다.

두 사람은 대결은 한 치의 양보도 없이 팽팽하게 진행되고 있었다. 상황이 이쯤 되었으면 포기할 만도 한데 주백천은 결코 포기하지 않았다.

자신이 이겼을 경우 상황이 바뀔 거라 생각하기 때문이 아니었다. 신룡부의 무사들은 이미 주용천에게 모두 무릎을 꿇은 상태. 어차피 모든 게 무너진 상황이다.

우내십존 중 한 사람인 황보광과의 승부는 마지막 자존심을 지키기 위한 것이라 할 수 있었다.

그리고 그러한 마음은 황보광도 마찬가지였다.

그렇게 두 사람의 격전이 벌어지는 사이 제갈무진은 잠풍련의 부상자를 제압하도록 명을 내렸다.

이미 대부분이 죽고 살아남은 자는 이십여 명 정도에 불과했다.

콰광!

천궁자령공과 개천권강이 부딪치며 두 사람 주위로 먼지구름이 피어올랐다.

삼 장의 거리를 두고 마주 선 주백천과 황보광의 얼굴이 창백하게 굳어졌다.

얼굴을 씰룩이던 황보광이 먼저 입을 열었다.

"정말⋯ 대단하구나, 주백천."

우내십존 중 능히 중간은 간다 생각했다.

그 말인즉, 천하에 알려진 고수 중 열 손가락에 들어갈 수도 있는 절대고수라는 말이다.

한데 그런 자신이 백 초가 지나도록 승부를 내지 못했다는 것은 적지 않은 충격이었다.

"그대 역시. 우내십존이 왜 강호를 진동시키는지 이제야 알 것 같군."

주백천도 잇새로 중얼거리듯 말하고 이를 악물었다.

천궁자령공을 완성한 후로 자신의 적수는 환우사천과 천세도인을 비롯한 삼악 정도라 생각했다. 더한다면 석치상을 죽이고 구유도문을 쓸어버린 광룡 정도라고나 할까?

한데 세상은 그리 만만치 않았다.

광룡과 천세도인의 대결은 자신이 얼마나 헛된 망상 속에서 살았는지 알게 해주었다. 폭마단에 의해 천세도인의 광기가 폭주했다는 것은 알지 못한 채.

그러함에도 황보광만은 이기고 싶었거늘, 그 정도는 되어야 자존심이 상하지 않을 것 같았거늘, 그것도 쉽지가 않다.

가슴이 타고, 머릿속이 텅 빈 기분.

자괴감에 몸과 마음이 터져 나갈 것만 같다.

갑자기 가슴 저 깊은 곳에서 웃음이 미칠 것처럼 터져 나왔다.

"크크크크, 와하하하하하! 정중지와(井中之蛙)라더니, 참으로 우물 안 개구리가 따로 없구나!"

그는 황보광을 앞에 두고도 하늘을 쳐다보며 웃어댔다.

"우하하하하! 주백천아, 주백천아! 네가 바로 개구리로다!"

순간이었다.

광소를 터뜨리는 주백천의 입에서 피분수가 솟구쳤다.

"헛! 저, 저……."

사람들이 경악한 표정으로 멍하니 바라고 있는 사이, 주백천은 가슴을 피로 적신 채 주용천을 응시했다.

"용천! 모든 뒤처리를 너에게 맡기마!"

그러고는 사십 명의 승룡에게 둘러싸인 채 내력을 다스리고 있는 이무환을 향해 고개를 돌렸다.

"광룡! 나 하나로 모든 것을 끝내자!"

찰나! 누가 말릴 사이도 없이 손을 쳐든 주백천이 자신의 천령개를 내려쳤다.

퍽!

너무도 갑작스럽게 벌어진 일이었다.

사람들은 그 자리에서 무너져 내리는 주백천을 보고 할 말을 잊었다.

그때 이금환의 목소리가 천룡부에 울려 퍼졌다.

"신룡과 금룡은 누가 뭐래도 구룡의 일부요! 그것만큼은 변함이 없을 것이오! 모두 나서서 상황을 정리하시오!"

제갈무진도 이금환의 뜻을 알고 사람들에게 명을 내렸다.

"죽은 사람들을 한쪽으로 모으고, 부상자들은 속히 치료토록 하시오!"

천룡과 와룡과 철룡과 창룡의 무사들이 먼저 움직이기 시작했다.

"잘잘못은 나중에 가려도 된다! 속히 사상자들을 챙기도록 해라!"

주인을 잃은 신룡과 금룡의 무사들은 엉거주춤 서 있다가, 주용천의 명이 떨어지자 침중하게 굳은 얼굴로 동료들의 시신을 챙겼다.

구룡성의 운명을 결정짓는 전쟁은 그렇게 시작된 지 반 시진이 조금 넘어서야 끝이 났다.

천룡부를 지지하는 자들의 승리였다.

그러나 환호하는 사람도, 밝게 웃는 사람도 없었다.

죽은 사람만 삼백 명에 이른다. 그중 이백 가까이가 구룡성의 사람들, 한때 웃으며 마주쳤던 동료들인 것이다.

하거늘 어찌 웃음이 나올 수 있으랴.

第九章
강호에서 보자, 광룡!

아마 그의 마음이 이렇듯 격동한 것은, 스스로 설 수 있다 생각한 이후 처음일 것이었다.

"말도 안 돼! 어찌 그런 일이 있을 수 있단 말이냐?!"

환비의 두 눈에서 흘러나오는 기광이 황촛불의 흔들림을 따라 출렁였다.

누구보다 그의 강함을 자신이 잘 알았다.

천하에 적수가 몇 없는 천세도인이다.

환우사전과 사우와 묵운의 주인만이 그와 대등한 위치에 설 수 있을 뿐이라 여겼다.

솔직히 광룡이 석치상을 죽였지만, 천세도인의 적수는 안 될 거라 생각했다.

그럼에도 천세도인의 약에 폭마단 세 알을 탄 것은, 보다 확실하게 천룡부를 피로 씻어내기 위해서였다.

자신의 계산대로라면, 천세도인은 평소의 두 배에 가까운 능력을 발휘할 것이었다. 적어도 두 시진 동안은.

그런 천세도인을 누가 막아낼 수 있을 것인가!

모두 죽을 것이다. 천중십마라는 자들도, 우내십존이라는 자들도, 구룡부의 부주라는 자들도. 그리고 그 가운데 광룡도 있을 터였다.

자신은 나중에 피로 뒤덮인 천룡부로 갈 생각이었다. 신룡부주 주백천의 제자라는 두 번째 신분으로.

그곳에 나타나 폭주한 공력이 대부분 소실된 천세도인을 죽이면 일차적인 계획이 마무리된다.

우내십존과 천중십마가 죽은 호연청과 검룡부 정도는 자신의 상대가 되지 못한다.

단숨에 구룡성이 그의 손아귀에 들어올 수 있다는 말이다.

그런데… 혈겁의 중심에서 광분해야 할 천세도인이 광룡의 손에 죽었다.

뭐가 잘못된 것일까?

자신이 광룡의 무위를 잘못 알았단 말인가? 아니면 폭마단에 문제가 있었던 걸까?

'으음, 미완성인 폭마단을 너무 과신했던 걸까?

아무리 생각해도 이유는 그것밖에 없었다.

"주군, 주백천과 금화산도 무너졌다 합니다. 놈들이 오기 전에 이곳을 떠나시는 게 어떻겠습니까?"

환비의 옆에 서 있던 중년인이 조심스럽게 건의했다.

환비는 눈을 들어 그를 바라보았다.

천세도인은 지난 이십 년 동안, 친위대 성격의 삼백여 고수를 키웠다. 그리고 자신은 그들 중 핵심 고수 상당수를 오 년 전부터 하나씩하나씩 자신의 사람으로 만들었다. 천세도인의 묵인하에.

옆에 서 있는 중년인도 그들 중 하나였다.

"마곡, 남은 사람이 몇이지?"

"아흔다섯 명입니다."

아흔다섯의 고수.

천세도인의 무위를 믿고 뒤처리를 위해 아꼈다. 호연청과 검룡부를 상대할 사람 정도는 있어야 했으니까.

만일 이들이 모두 갔다면 정세가 달라졌을까?

그럴지도 몰랐다.

그러나 천세도인이 죽은 지금은 망자계치(亡子計齒)라, 죽은 자식 불알 만지기나 마찬가지였다.

"즉시 비로(秘路)를 통해 구룡성을 빠져나간다. 그대와 혈소가 그들을 둘로 나누어 인도하도록 해라."

"예, 주군. 허면 통로를 먼저 봉쇄하겠습니다."

"아니, 신룡부 쪽의 통로만 무너뜨리고 나머지는 그대로 놔두어라. 뚫고 들어오려면 시간이 걸릴 것이니 차라리 지금은 그것이 낫다. 다른 곳에 신경 쓰지 않을 테니까. 그리고 빠져

나간 뒤에는 비로를 무너뜨려라."

"예, 주군."

환비는 마곡이 대전을 나간 뒤에야 자리에서 일어났다.

'지금까지 이루어놓은 것이 아깝긴 하지만, 나는 아직 젊다. 다시 시작해도 늦지 않아. 세상은 넓으니까.'

그의 입가로 하얀 웃음이 떠올랐다. 대범하게 웃음으로 모든 것을 털어내겠다는 듯.

"광룡, 이번에는 네가 이겼다. 하나 다음에 만나면… 절대 지지 않을 것이다. 강호에서 보자, 광룡."

그러나 그 웃음에 분노가 섞였다는 것을 자신조차 느끼지 못했다. 치욕의 분노가 말이다.

2

천룡부의 대연무장이 대충 정리될 즈음, 이무환이 엉덩이를 털고 일어났다.

겨우 반 정도밖에 공력이 회복되지 않았지만, 마냥 시간을 보내고만 있을 수는 없었다.

급하게 처리할 일이 있는 것이다.

"멋쟁이."

이무환이 갑자기 영호승을 부르자, 근처를 정리하던 사십여 명의 승룡 중 대여섯 명이 무심결에 고개를 돌렸다.

아마도 남들에게 멋쟁이 소리 몇 번쯤 들어본 자들인 듯했다.

하지만 이무환이 찾는 멋쟁이는 오직 한 사람이었다.

영호승이 어깨를 펴고 고개만 슬쩍 숙였다.

"예, 총대주!"

그의 옆에는 막위와 단우경과 혁수린이 서 있었다. 상황이 끝나자 승룡들도 주위를 정리하고, 광룡사위를 비롯해 부상이 덜한 특조대원들이 호법으로 남은 상태였다.

한데 광룡사위 모두가 피로 범벅된 모습이다. 거기다 부상도 작지 않은지 여기저기 상처가 보이고, 얼굴도 창백하다.

그러나 표정만큼은 어느 때보다 밝고 자신감에 차 있었다.

"쯔쯔쯔, 완전 걸레가 됐군. 깨끗하게 만들려면 시간 좀 걸리겠어."

비속한 말투에 주위를 정리하던 승룡들이 다시 이무환을 바라보았다. 물론 무설강과 제갈신걸 등 특조대원들은 신경도 쓰지 않았다.

그 정도 말투야 뭐, 모두가 그런 얼굴로 담담할 뿐이었다.

"특조대 피해가 얼마나 돼?"

"들은 말로는 광룡대원 중 일곱, 사십팔객 중 열여덟, 구룡수호단에서 스물다섯 명 정도가 죽은 것 같습니다. 그리고 수룡단에서 충원된 자들 중 열세 사람이 목숨을 잃었다고 합니다."

모두 마흔아홉이 죽었다. 물론 부상자는 더 많을 것이고, 그들 중에서도 사망자가 몇 명 정도는 더 나올 것이 분명했다.

특조대가 잠풍련의 고수들을 집중 공격했으니 어쩔 수 없는 피해였다고 해도 예상보다 많은 피해였다.

"지금 감 씨가 두더지 굴을 감시하고 있겠지?"

"그럴 것입니다."

"좋아, 당장 움직일 수 있는 사람들을 모아. 아예 뿌리를 뽑아버리겠어."

"예, 총대주."

영호승이 대답하고, 광룡사위가 사방으로 흩어질 때다. 이무환의 주위로 각 부의 부주들이 몰려왔다.

"괜찮아?"

이금환이 제일 먼저 걱정이 가득한 목소리로 물었다.

이무환은 힐끔 그를 보고 툭 쏘듯이 말했다.

"싸우지도 않은 사람이, 옷이 그게 뭐요?"

이금환의 옷 여기저기 핏자국이 묻어 있다. 싸움 때문에 묻은 것이 아니다. 상황을 정리하며 부상자들을 돌보다 보니 묻은 것일 뿐이다.

한데도 무안한지 이금환이 머쓱한 표정으로 대답했다.

"미안하게 되었네. 나도 싸우고 싶었는데……."

이무환이 눈을 치켜뜨며 이금환의 말을 싹뚝 잘라 버렸다.

"누구 피 말라 죽으라고 형이 싸워? 아마 그랬으면 저 양반 머리 좀 아팠을걸? 나도 그렇고 말이지."

이무환이 턱짓으로 북궁만호를 가리키자, 북궁만호가 버럭 소리쳤다.

"이놈아! 저 양반이 뭐냐, 저 양반이?"

"그럼, 이 양반이라고 해요? 괜히 신경질이셔. 에이, 할아버지라고 부르려고 했더니 하지 말아야겠네."

제갈무진과 철군평은 웃지도 못하고 이를 악물었다.

광룡의 말장난에 핏대가 솟은 게 어디 한두 번인가?

하지만 이무환은 아무렇지도 않다는 듯 주위를 둘러보며 물었다.

"제길, 우리가 그만큼 처리해 줬는데도 피해가 그렇게 많다니. 대체 그동안 뭐 한 겁니까? 뭔가를 얻고 싶었으면 힘도 키웠을 거 아닙니까?"

제갈무진과 철군평의 눈꼬리도 치켜떠졌다.

그러나 속이 부글부글 끓어도 할 말이 없었다. 그들은 누구처럼 눈앞에 뻔히 드러난 사실을 부정할 정도로 낯이 두껍지 않았으니까.

다행히 이무환은 두 사람을 더 몰아붙이지 않고 곧바로 본론을 꺼냈다.

"좌우간, 나는 두더지 잡으러 갈 것이니 당신들은 사람들을 모조리 불러서 이곳이나 지키고 있으쇼. 엉뚱한 생각을 하는 작자들이 있을지 모르니까."

"두더지라면……?"

"설마 저놈들이 전부일 거라 생각하는 건 아니겠죠?"

어떤 이유로든 천세도인이 제자에 의해 폭마단을 강제로 복용했다. 그럼 그자가 남아 있다는 말. 더구나 그 혼자 그곳에 있지는 않을 것이었다.

그제야 말뜻을 알아들은 제갈무진의 표정이 굳어졌다.

"찾아냈나?"

"찾아냈으니까 잡자는 거 아뇨? 빨리 사람들이나 데려오쇼. 놈들이 도망가기 전에 잡아야 하니까."

"알겠네."

"아! 그리고 제갈 부주님은 나와 함께 갑시다. 들어가는 곳에다 무슨 짓을 해놨는지 모르니까요."

묵묵히 고개를 끄덕이는 제갈무진의 눈빛이 찰나간 흔들렸다.

건성으로 대충 일을 처리하는 것 같아도 그 안에 철저한 계산이 들어 있는 광룡이다. 그것이 제갈무진의 가슴을 서늘하게 만든 것이다.

'얼굴 보는 사이에 뒤통수 때리고도 남을 놈이야.'

그는 방양고를 불렀다. 통로가 둘이라면 또 하나의 통로를 맡을 사람으로 방양고 이상 갈 사람이 없었다.

"양고, 자네가 나와 함께 가세. 그리고 척, 잠시만 네가 와룡을 지휘해라."

3

수룡단의 집무실에서 동방휘와 마주 앉은 호연청은 골이 지끈거렸다.

"그놈이 아무래도 우리를 의식한 것 같소."

동방휘의 얼굴에서도 짜증이 잔뜩 묻어 나왔다.

"으음, 정말 여우보다 골치 아픈 놈이오."

두 사람은 천세도인과 광룡의 싸움이 막 끝난 직후에 도착했다.

천룡부 주위에 몰려든 사람들의 숫자만도 일천이 넘었다. 마룡부와 도룡부와 검룡부의 무사도 있었고, 삼단의 무사들도 있었다.

하지만 서로 눈치를 보며 어느 누구도 쉽게 안으로 들어가지 못했다. 마룡부와 도룡부는 검룡부를 의식하고, 검룡부는 거꾸로 그들을 의식했다.

두 사람은 꿈에도 생각지 못했다.

도룡부의 구자천이 검룡부를 견제하라는 광룡의 부탁을 충실히 이행하고 있다는 걸.

어쨌든 조금 늦게 도착하는 바람에 두 사람은 일대 격전을 구경하지 못했다. 하기에 그저 사람들의 망연자실한 표정을 보고 오랜만에 구룡성이 뒤집힐 정도의 싸움을 본 것 때문이려니 했다.

그리고 잠시 후, 이금환의 외침이 천룡부 안에서 터져 나왔다.

생각시도 못했던 일이 그때부터 일어났다.

구룡성의 기재라 불리는 청년들이 일제히 이금환의 명에 한소리로 외치는 것이 아닌가!

그뿐이 아니었다. 곧 십이지부장들도 우렁찬 대답과 함께 이금환의 명을 좇아 안으로 들어갔다.

뭔가가 이상하게 흐르기 시작하자, 두 사람은 잔뜩 굳은 채 돌아가는 상황을 주시했다.

점차 천룡부 안쪽에서 소란이 가라앉기 시작했다.

그러더니 주백천의 외침을 마지막으로 싸우는 소리가 멈췄다.

예상보다 훨씬 빠른 상황 종료에 두 사람은 당황하지 않을 수 없었다.

이무환의 목소리가 들려온 것은 바로 그때였다.

"엉뚱한 생각을 하는 작자들이 있을지 모르니까."

두 사람은 그 말을 듣고, 그 자리를 물러나 수룡단으로 돌아왔다. 얼굴이 잔뜩 굳은 채.

답답한지 동방휘가 차를 한입에 털어 넣고 물었다.

"호 단주의 사람들은 아직 안 왔소?"

"곧 올 것이오. 상명이 돌아와 보면 자세히 알 수 있을 테니 조금만 기다려 봅시다."

답답한 것은 호연청도 마찬가지였다. 그도 만지작거리던 찻잔을 입으로 가져갔다.

'광룡, 그놈의 몸 상태를 알아야 일을 어떻게 진행할 것인지 결정할 수 있을 텐데……'

모용상명이 황보광 등과 함께 돌아온 것은, 두 사람이 천룡부에서 발길을 돌린 지 반 시진이 다 되어서였다.

그가 들어오자 호연청이 기다렸다는 듯 질문을 던졌다.

"광룡과 천세도인의 격전에 대해 말들이 많던데, 자세히 말해보거라."

모용상명의 목소리에서 갑자기 힘이 빠졌다.

"못 보셨습니까?"

동방휘가 의아한 표정으로 물었다.

"가보니 이미 끝났더군. 한데 왜 그런가?"

일단 숨을 한 번 크게 들이쉰 모용상명이 마른 입술을 뗴었다.

"솔직히 지금도 믿어지지가 않습니다. 광룡이 잠풍련의 고수들 사이를 누빌 때 천세도인이 나타났는데……."

그의 보고가 이어질수록 호연청의 주름살이 늘어만 갔다.

그러다 광룡과 천세도인의 격전이 절정에 달했을 때의 상황을 듣고는 주름살이 다 퍼질 정도로 경악했다.

모용상명의 설명이 사실이라면 그야말로 천하를 진동시킬 일이었다.

하지만 그는 와중에도 모용상명이 과장해서 말한다 생각했다.

그가 고개를 돌리고 한쪽에 묵묵히 앉아 있는 사람들을 바라보았다.

"정말 조카 말대로……."

그러나 그는 말을 다 내뱉지도 못했다.

헌원숭과 소천득, 황보광이 약속이라도 한 듯 바위처럼 굳은 표정으로 고개를 끄덕인다.

"그는… 도무지 이해할 수가 없는 사람이오."

"걱정이오. 전에 그와 승부를 내기로 했는데……."

"주백천과 승부를 내지 못했소. 하나 그는 주백천과 비교할 수 있는 자가 아니었소, 호 형."

이무환을 팽시킬 생각을 가지고 있던 호연청이 아니던가.

그는 갑자기 걱정이 태산처럼 쌓였다.

그냥 놔둬야 하나? 그런 생각도 했다.

하지만 그가 천룡부와 모종의 관계에 있다는 걸 아는 한 목적을 위해서는 놔둘 수도 없는 일이었다.

그때 문득 떠오른 생각. 호연청의 눈이 모용상명을 향했다.

"설마 천세도인과 싸우고 멀쩡한 것은 아니겠지?"

"천세도인과의 싸움에서 상당한 내상을 입었습니다. 아닌 것처럼 움직이고 있지만, 제가 보기에는 지닌 무공의 반도 쓸 수 없을 정도의 중상처럼 보였습니다."

호연청의 눈이 다시 헌원숭 등을 향했다.

세 사람이 눈살을 찌푸리고 생각에 잠기더니, 천천히 고개를 끄덕였다. 같은 생각이라는 뜻.

호연청과 동방휘의 얼굴이 밝아졌다.

광룡이 무공의 반을 상실하고 깊은 내상을 입었다?

그렇다면 천세도인이 아니라, 환우사천을 때려죽인 광룡이라도 상관없었다. 자신들 중 누구라도 제거할 수 있을 테니까.

정 안 되겠으면 둘이 손을 쓰면 될 일.

모용상명을 바라보는 호연청의 입가로 하얀 살소가 번졌다.

"다행이군. 그래, 놈은 언제 돌아온다고 하더냐?"

4

지하 통로를 빠져나온 이무환은 일단 천룡부 별원에 둥지를 틀었다. 말로는 뒷정리 때문이라고 했지만, 그 말을 믿는 사람은 거의 없었다.

그 와중에 엽상을 비롯한 수룡대의 일부와 구룡수호단은 수룡단으로 돌려보냈다.

수룡단에 일할 사람이 없을지 모르니 보낸다는 말과 함께. 물론 그 말 역시 사람들은 반밖에 믿지 않았다.

그렇게 이무환은 수룡단과의 관계를 깨끗하게 끊어버렸다.

호연청은 수룡대와 구룡수호단이 돌아오자 즉시 이무환을 호출했다.

하지만 수룡전에 보고하러 나타난 사람은 북리웅이었다.

그의 보고가 호연청의 심장을 철렁 떨어뜨렸다.

"광룡이 저희만 돌려보내고, 자신은 천룡부에 남았습니다."

"천룡부에 남았다고?"

"예, 단주. 천룡부가 안정될 때까지 잠시 동안만 있겠다고 했습니다.”

모용상명이 깊게 가라앉은 눈으로 입을 열었다.

“그들만 보낸 것이 아무래도 이상합니다.”

중상을 입었다 했다. 하기에 돌아오면 무슨 수를 써서라도 광룡의 힘을 무력화시킬 작정이었다.

하거늘, 갑자기 천룡부에 거처를 마련하고 눌러앉다니!

잠시 동안이라고 하지만, 광룡의 성격상 믿을 수 없는 말이다.

호연청의 입에서 상소리가 절로 나왔다.

“빌어먹을! 상명, 놈이 무슨 생각을 가지고 있는지 자세히 알아봐라!”

“예, 숙부.”

5

별원 하나를 통째로 차지한 이무환은 느긋이 차를 들이켰다.

천룡부의 차맛도 그리 나쁘지 않았다.

“광룡대에 있는 것을 가져와야 하는데, 엽상이 제대로 가져올지 모르겠네.”

그랬다. 가지 않겠다는 엽상을 보낸 것은, 다름 아닌 차가 든 자루 때문이었다.

남들이야 그 말을 듣고 어이없어했지만, 이무환은 눈 하나

깜박이지 않았다.

"크크. 지금쯤 골치가 좀 아플 거다, 호연청."

킬킬대며 차를 한 모금 홀짝인 이무환의 눈빛 깊은 곳에서 싸늘한 빛이 일렁였다.

"밀천회라고? 흥! 딱 한 번의 기회를 줄 거야, 호연청. 그것도 그동안 잠풍련 놈들을 견제해 온 점을 정상참작해서 기회를 주는 거라는 걸 알아야 할 거야."

그때 문밖에서 영호승의 목소리가 들렸다.

"총대주, 담 궁주께서 오셨습니다."

담사황은 찻잔을 내려놓고 이무환의 얼굴을 요리조리 뜯어보았다.

"왜 그렇게 보시는 거요?"

"후우, 도무지 자네 얼굴을 보면 볼수록 살아온 세월이 헛되게 느껴지는군."

아무리 봐도 얼굴만 번지르르한 말썽꾸러기 한량 같은 얼굴이다. 한데 저 속 어디에 천 년 묵은 능구렁이가 들어 있는 걸까?

오십칠 년의 삶으로도 이무환의 본질을 알아볼 수 없다는 것에 자괴감이 느껴질 정도다.

'좌우간 강호사에 별종이 하나 나온 것만큼은 분명하군. 광룡이라… 딱 어울려.'

담사황의 속도 모르고 이무환은 별거 아니라는 듯 환하게 웃었다.

"제가 좀 잘생겼지요."

그래, 너 잘났다.

담사황은 입안에서 그 말이 맴돌았지만, 겉으로는 담담히 웃으며 말했다.

"언제 한번 장사에 오지 않겠나? 내게 딸이 하나 있는 데……."

"잠깐!"

이무환이 눈을 크게 뜨고 손을 번쩍 치켜들었다.

말을 멈춘 담사황은 의아한 표정으로 얼굴이 굳어 있는 이무환을 주시했다.

"왜 그러는가?"

"저는 오직 옥이뿐이었지요."

그래서?

"그런데… 지금 꼬맹이 때문에 정신이 없습니다."

꼬맹이?

"혹시라도 따님과 저를 맺어주시려 한다면, 포기하십시오. 저는 둘이면 충분하고, 에, 또… 둘 다 아주 사납거든요."

누가 딸을 준다고 했나?

담사황은 어이가 없어 입이 벌어지려는 것을 억지로 닫고 나직이 말했다.

"내 말은, 기왕 올 거면 딸 혼인식 즈음해서 와줄 수 있냐는 거네."

이무환이 씨익 웃으며 헛웃음을 흘렸다.

"하, 하, 하. 난 또……."

바로 그때, 영호승의 목소리가 또 들렸다.

"총대주, 남궁 소저가 천룡부에 들어오셨다고 합니다."

순간 이무환이 벌떡 일어났다.

『광룡기』 7권 끝

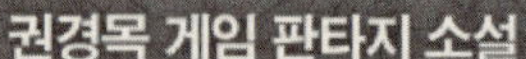

雲龍爭天

1

운룡쟁천

조돈형 新무협 판타지 소설
FANTASTIC ORIENTAL HEROES

조돈형 新무협 판타지 소설

운룡쟁천

『궁귀검신 1.2부』, 『운한소회』, 『마도십병』의
작가 조돈형!!
새로운 무림 최강의 전설이 도래하다!!
운룡쟁천(雲龍爭天)!!

팔룡전설의 기재 팔 인(八人)의 등장으로 들썩이는 천하(天下)!!
그러나 여기 진정한 전설이 눈뜨려 하고 있으니!!

그가 무림에 모습을 드러내는 날, 새로운 전설이 탄생할 것이다!!
온 무림이 숨죽이며 기다리던 도극성의 무림행!
이제 시작이다! 나를 막을 자, 그 누구냐!

유행이 아닌 자유추구 -
WWW.chungeoram.com

Book Publishing CHUNGEORAM

은하의 계곡

무천향 武天鄉

허담 新무협 판타지 소설

뿌리를 찾아가는 목동 파소의 여행.
그 여정의 끝에서
검 든 자들의 고향 대무천향 (大武天鄉)을 만난다.

검객 단보, 그는 노래했다.

…모든 검 든 자들의 고향 무천향.
한 초식의 검에 잠든 용이 깨어나고, 또 한 초식의 검에 잠든 바다가 일어나네.
검의 흐름을 따라가다 보면 어느새, 세월도 잊어버리고, 사랑도 잊어버리고,
무공도 잊어버려…….
결국에는 자신조차 잊어버리는…….

은하의 가장 밝은 빛이 되어버린다는
그 무성(武星)들의 대지(大地).

아, 대무천향(大武天鄉)이여!

유행이 아닌 자유추구 -
WWW.chungeoram.com
Book Publishing CHUNGEORAM

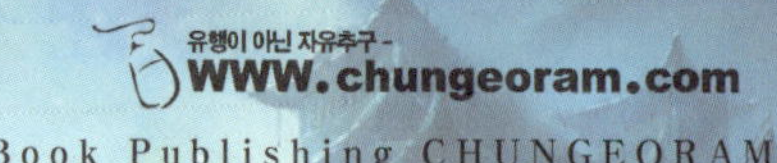

낭왕 狼王

별도 新무협 판타지 소설

살내음 나는 이야기에 여러분은 가슴 졸인 적이 있는가?
남들이 볼까 두려워하며 책을 가리면서 읽었던 구절을 몇 번이나 반복하며
읽은 적이 없는가?

구무협의 향수를 그리워하던 별도가 결국은
〈무협의 르네상스〉를 부르짖으며 직접 자판 앞에 앉았다.

"제가 무협을 쓰기 시작한 이유는 더 이상 읽을 책이 없었기 때문입니다."

모든 일은 4년 전부터 시작되었다.
살인사건을 배경으로 펼쳐지는 음모와 배신, 사랑과 역공작,
그리고 정사!

우리 시대의 이야기꾼, 별도의 새로운 글, 〈낭왕狼王〉!
〈천하무식 유아독존〉, 〈그림자무사〉, 〈검은여우黑心狐狸〉에
이은 그의 또 하나의 역작!

화공도담

畵工道談

촌부 新무협 판타지 소설

예(禮)와 법(法)을 익힘에 있어
느리디 느린 둔재(鈍才).
법식(法式)에 얽매이기보다 마음을 다하며,
술(術)을 익히는 데는 느리지만
누구보다 빨리 도(道)에 이를 기재(奇才).

큰 지혜는 도리어 어리석게 보이는 법[大智若愚]!

화폭(畵幅)에 천지간(天地間)의 흐름을 담고
일획(一劃)에 그리움을 다하여라!

형식과 필법을 익히는 데는 둔하나
참다운 아름다움을 그릴 수 있게 된
화공(畵工) 진자명(陳自明)의 강호유람기!

광룡기

장담 新무협 장편 소설

미친 바람이 동해에서 불기 시작했다!
둥지를 떠난 광룡(狂龍)이 강호에 나타났다!

내가 가고 싶은 대로 간다.
내가 하고 싶은 대로 한다.
누구도 내 앞을 막지 마라!

한겨울, 마침내 광룡의 전설이 시작되고,
천하가 광룡과 방심에 뒤집어졌다!

유행이 아닌 자유추구 -
WWW.chungeoram.com

Book Publishing CHUNGEORAM